ウィリアム・モリスの夢

19世紀英文学における
中世主義の理想と具現

清川祥恵 著
KIYOKAWA SACHIE

A Dream of William Morris:
The Ideals and Embodiment of Medievalism
in Nineteenth-Century English Literature

晃洋書房

目　　次

略　語

序　論 …………………………………………………………………………… i

第一章　「中世」の理想を旅する ………………………………… 19
──中世主義の史的展開
第一節　近代の悪夢への反応　21
第二節　モリスへの影響　26
第三節　ロマンスの力　32

第二章　「中世」の美しさを讃える ……………………………… 43
──初期作品における憧憬
第一節　Ｄ・Ｇ・ロセッティの「内なる詩」　44
第二節　荒墟と幻影　48
第三節　「夢」の伝統　59

第三章　「中世」の儚さを描く ……………………………………… 71
──『地上楽園』における弁明と幻視
第一節　詩人の「弁明」　72
第二節　魔術師の幻　76
第三節　「硬い宝石のような焰」　83

第四章　「中世」という希望を紡ぐ …………………………… 89
──社会主義転向と詩人の「夢」
第一節　社会主義ロマンスの萌芽　90
第二節　フェローシップの予示　95

第三節　敗北と希望　　97

第五章　「中世」からめざめる　………………………… 101
　　──『ジョン・ボールの夢』における「フェローシップ」

　第一節　ユートピアの夢　　102
　第二節　天国と地上の連帯　　104
　第三節　夢からのめざめ　　106
　第四節　フェローシップの記憶　　115
　第五節　民衆の聖堂　　122
　第六節　希望とヴィジョン　　127

第六章　「中世」という未来へ　………………………… 135
　　──『ユートピアだより』における「ヴィジョン」

　第一節　中世的未来の夢　　137
　第二節　中世に対する困惑　　139
　第三節　未来世界における成長　　142
　第四節　夢からヴィジョンへ　　145

第七章　「中世」をかたどる　…………………………… 151
　　──大聖堂、書物製作、ロマンス

　第一節　ケルムスコット・プレスと理想の書物　　151
　第二節　後期ロマンスにおける理想の具現　　159
　第三節　フェローシップの完成　　165

結　論　……………………………………………………… 173

あとがき　　179
参考文献　　183
人名・団体名索引　　207
事項索引　　214

略　語

AWS······Morris, May. *William Morris: Artist Writer Socialist.* Edition Synapse, 2005. 2 vols. Originally published by Basil Blackwell, 1936.

CL······*The Collected Letters of William Morris.* Edited by Norman Kelvin, Princeton UP, 1984–96. 4 vols. in 5.

CW······Morris, William. *The Collected Works of William Morris.* Edited by May Morris, Russell and Russell, 1966. 24 vols. Originally published by Longmans Green, 1910–15.

EB-J······MacCarthy, Fiona. *The Last Pre-Raphaelite: Edward Burne-Jones and the Victorian Imagination.* Faber and Faber, 2011.

EQA······Eastern Question Association

JWMS······*Journal of William Morris Studies* or *Journal of William Morris Society*

Letters······*The Letters of William Morris to His Family and Friends.* Edited by Philip Henderson, Longmans Green, 1950.

Memorials······B［urne］-J［ones］, G［eorgiana］. *Memorials of Edward Burne-Jones.* Macmillan, 1912. 2 vols.

Morris······MacCarthy, Fiona. *William Morris: A Life for Our Time.* 1994. Faber and Faber, 2003.

PRB······Pre-Raphaelite Brotherhood

PW······*Political Writings: Contributions to Justice and Commonweal 1883–1890.* Edited by Nicholas Salmon, Thoemmes Press, 1994.

Socialism······Morris, William, and E. Belfort Bax. *Socialism: Its Growth and Outcome.* Swan Sonnenschein, 1893.

SPAB······Society for Protection of Ancient Buildings

UL······*The Unpublished Lectures of William Morris.* Edited by Eugene D. LeMire, Wayne State UP, 1969.

Works······Ruskin, John. *The Complete Works of John Ruskin.* 39 vols. Edited by E. T. Cook and Alexander Wedderburn. George Allen, 1903–1912.

序　論

　2019年4月15日、セーヌ河岸に佇むパリのノートルダム司教座聖堂が炎上した。天高く聳えるゴシック様式の尖塔が懸命の消火活動むなしく燃え落ちる様子は、瞬く間に世界に中継され、記録された。アヴェ・マリアを歌いながら鎮火を祈る民衆の姿が、この聖堂がパリ市民にとっての「我が町」の象徴たることをいっそう印象づけた。直ちに再建計画についての議論が立ち上がった。より現代的なスタイルを望む声も複数あがるなか、焼失の翌年7月に早くも発表された決定は、様式は変更せずに再建する、というものであった。

　この尖塔が再建されるのは、21世紀が初めてのことではない。ノートルダム司教座聖堂はとりわけフランス革命期を経て大きく損傷しており、19世紀半ばに建築家ウージェーヌ・エマニュエル・ヴィオレ゠ル゠デュク（Eugène Emmanuel Viollet-le-Duc, 1814–79）らが「修復」を手がけた。今回失われたのは、この際に再びゴシック様式で建造された二代目の塔である。聖堂前の広場にはフランス各地への距離を計測するための起点となるポワン・ゼロ（Point Zero）が置かれるなど、現在この聖堂は名実ともにパリのランドマークとなっているのだが、近代国家の成立よりはるか以前、今日「中世」とされる時代からこの「祈りの家」は人々の生のなかに存在してきたのであり、二度目の再建においてまたしても、その「中世」の装いをつづけることを最終的に選んだということになる。

　中世を特徴づけるものとして知られるゴシック建築の崩壊とその修復は、西ヨーロッパにおいて実は、「中世」と「近代」をめぐる人々の歴史認識と

密接に関わっている。そもそも「中世」(the Middle Ages) いう時代区分は、古代 (ancient times) と近代 (the modern era) の間 (middle) を意味するにすぎず、対象となる厳密な時期はこの語が使用される文脈によってさまざまである。しかし概して近代からの視点を基準として生み出された概念であるために、社会の進化・成長を肯定する価値観、つまり中世は現在とは異なる暗黒の時代だったのだとするステレオタイプが、永らくこの語には随伴してきた。まさに「近代化」の激浪のさなかにあった時代の社会は、発展を目指して猛然と未来へとのみ向かうことを余儀なくされたからである。だが、壮麗な大聖堂をはじめ、過去の優れた事績の存在にふと気づき、それに魅せられた近代人のなかには、その向こうに存在した「中世」の世界や社会に無限の想像力を働かせ、自らの時代のための希望を見いだす者たちがいた。

　青年期、北フランスを中心に、ノートルダム・ド・パリを含むゴシック聖堂をめぐった19世紀の英国人、ウィリアム・モリス (William Morris, 1834-96) もそのひとりである[5]。キリスト教世界 (Christendom) の一部として、英国でもフランスとおなじく数々のゴシック聖堂が建築されたが、英国においてはこうした聖堂は、ヘンリ8世 (Henry VIII, 1491-1547；在位1509-47)、エドワード6世 (Edward VI, 1537-53；在位1547-53) の治下、それまでのローマを中心とするヨーロッパ・カトリック体制からの離脱が試みられた際、各地でうち捨てられたり、取り壊されたりした。過去を迷信の時代として破却することで、エリザベス1世 (Elizabeth I, 1533-1603；在位1558-1603) の時代に、名実ともに国家教会が完成することになったのである。だが、破壊された教会や修道院は、すべてが灰燼と帰したわけではなかった。崩れかけた壁や砕けたまま置き去りにされた石材は数世紀を経て、やがてロマン主義の詩人たちを介し、かつて存在した美的な世界への入り口となり、巡礼の対象となっていったのである[6]。

　19世紀にはこの動きがいっそう趣深いものとなり、ひろく衆目をあつめ、加速的に展開する。それが、「ゴシック・リヴァイヴァル」(the Gothic Revival) と呼ばれる「復興運動」である。好古趣味の流行自体は、18世紀中

にはすでに起こっていたが、19世紀になると、教会はもちろんのこと、邸宅や公的施設までもがゴシック様式を採用するようになった。ノートルダム・ド・パリの尖塔の「修復」より前、1830年代に焼失から再建されたウェストミンスター宮殿（国会議事堂）は、建築自体には古典主義様式が用いられているものの、外面・内装にはゴシック様式の装飾が施された。そうしてヴィクトリア時代のイングランドに、中世の街並みが幻影のように立ちあがったのであった。

　このとき人々がゴシック様式を選択した理由は、「イギリス」固有の様式としての占有から、自らの家柄の正統性を示すためまでさまざまであり、決して整然としたゴシックの都市ができあがったというわけではない。しかしその背後に、何かしらの強い希求があったことは確かであった。美術史家ケネス・クラーク（Kenneth Clark）は、1928年に著書『ゴシック・リヴァイヴァル──趣味の歴史における小論』（*The Gothic Revival: An Essay in the History of Taste*）のなかで、この運動を次のように総括している。

　　リヴァイヴァリストたちはゴシック様式の価値を断固として信じていたために、調和的な建築を生みだすことは決してできなかった。しかしゴシック・リヴァイヴァルを興味深いものにしているのは、まさにこの確信なのである。ゴシック・リヴァイヴァルが国中の至るところに残した膨大な失敗作の山は、かつては激しい信仰に燃えていたのであり、我々は今もなお、その僅かな残り火の温かさを感じるだろう。教養のない人々が功利主義的で、洗練された精神を持った人々が幻滅するような時代において、ゴシック・リヴァイヴァリストたちは、〔……〕ひとつの圧倒的な理想を抱いていた。そして彼らは、たいへんな熱狂者のみが可能であるように、実利主義者たちをこの理想へと改心させたのだ。（Clark 224）

クラークはまた、同運動の記念建造物が「その美しさとは関係なく、大半のイングランドの人々の想像の要求を充たしていたとするならば、研究する価

値がある」（9）と述べ、この運動の意義は、様式そのものの完全な復活にあるではなく、人々の理想・希求を充たすという、その動機にこそ存在すると主張したのだった。そして「国中の至るところに残した膨大な失敗作の山」は、英国に散在した中世ゴシックの丘墟と同じように、その熱狂をもって人々の視線を「今」「現実」の調和の向こう側に誘うのである。では、ゴシックによって表現された人々の希求とは、その復興者たちによって理想化された世界とは具体的に何であったのか。クラークの研究を皮切りとして、ゴシック・リヴァイヴァルとその背後に存在する中世趣味一般をも含めた研究は今日までいくつか発表されてきたが、このもっとも根源的な問いについての詳細な分析は、未だ不充分なままである。

　これは、より大きな文脈で、中世の諸制度・文化の復興運動・現象である「中世主義」（medievalism）を論じる思想史的研究でも同様である。本来 "medievalism" とは中世の文化・慣習そのものを指す語であったが、中世に存在したであろう社会システムへの回帰や倫理観の復活を目指すものとなり、ロマン主義的な過去の探究と密接に結びついていった。ゴシック・リヴァイヴァルと関連する部分をもつ、文学における中世主義の研究については、アリス・チャンドラー（Alice Chandler）の『秩序の夢――19世紀英文学における中世の理想』（*A Dream of Order: The Medieval Ideal in Nineteenth-Century English Literature*）が1971年に出版されたほか（邦訳『中世を夢みた人々――イギリス中世主義の系譜』、高宮利行監訳、研究社、1994年）、2007年には古・中英語文学の研究者であるマイケル・アレクサンダー（Michael Alexander）が、社会・政治・宗教・建築・芸術のすべての領域に通奏する思想としての中世主義を取りあつかった『中世主義――近代イングランドにおける中世』（*Medievalism: The Middle Ages in Modern England*）を著している（邦訳『イギリス近代の中世主義』、野谷啓二訳、白水社、2020年）。

　しかしながら、こうした研究においては、「キリスト教中世」ひいては「カトリック中世」を基盤として構築された中世主義が議論の中心となっており、この思想的伝統に連なる人物たちが、実際にそれぞれいかなる「中世」を理

想としてきたのか、という点は、まだ近年ようやく緻密な検証がはじまりつつある段階にすぎない。もちろん中世主義の出発点には「中世」そのものの誕生、すなわち「近代化」——ある種の世俗化の動き——への反発があったために、熱心なカトリック信徒や福音主義者たちが、キリスト教信仰を中心に据えた理論展開を行なったのは当然のことであるが、他にも多様な「問題」を抱えたヴィクトリア時代の社会がどのようなものであったかに関する研究がより複層的なものとして進展している現在、その理想が投影された中世主義についても、より多様な視角からの検討が必要となってきている。たとえば19世紀に文学の主題としてヴァイキングが盛んに登場することについて、アイスランド文学研究者のアンドルー・ウォーン（Andrew Wawn）は『ヴァイキングとヴィクトリアン——19世紀イギリスにおける古代北欧の創作』（*The Vikings and the Victorians: Inventing the Old North in Nineteenth-Century Britain*）で分析しているが、この流行は中世復興と同じロマンティック・ナショナリズムを源泉とするものでありながら、異教的な憧れでもある。こうした思潮が、いわゆる「正統的」な中世主義と同時並行的に隆盛したという問題は、あらためて再考されるべきである。[10]

　とくに、「中世」を「カトリシズム」と即座に結びつけず、芸術と労働観を通して、より世俗的な理想像として呈示した人物のひとりが、ジョン・ラスキン（John Ruskin, 1819-1900）であった。そしてラスキンの理想は、クラークの言うところの「ひとつの圧倒的な理想」としてウィリアム・モリスへと直接的に継承され、装飾芸術分野を中心にそれが花開いた結果、現代においても多くの人々がその作品に魅せられている。だがこれにより、かえってこれまでのモリスについての研究は、「モダン・デザインの父」としての彼の先駆的性格を強調するものか、逆に尚古主義的傾向を持つ社会主義者としての評価を行なうものが大勢をなした。[11]彼の諸活動において顕著な中世への憧憬が見られるにもかかわらず、その「中世主義者」（medievalist）としての性質を本格的に論じるものはほとんど見られない。例外はマーガレット・R・グレナン（Margaret R. Grennan）による『ウィリアム・モリス——中世主義者、

革命家』（*William Morris: Medievalist and Revolutionary,* 1945）であり、このなかで
グレナンはモリスの社会主義と中世主義の関係について「絡みあうふたつの
枝のように、あるときは一方、あるときは他方が優勢ではあるが、つねに離
れがたくひとつに結びついていて、彼の生涯という織物に通底しているので
ある」（24）と述べ、その中世主義思想を社会主義とひとしく肝要なもので
あると説いている。近年、芸術論・工芸論からの研究において、モリスにとっ
ての「中世」の重要性への注目は高まりつつあることもあり、[12]いま、その思
想については再び検討が必要と言えるだろう。

　実際、モリスの中世主義は、モリス以前の中世主義者たちのものとは大き
く異なる、きわめて特徴的なものである。モリスはジョン・ラスキンの労働
観に多大な影響を受けつつも、ラスキンのキリスト教社会主義とも異なった
立場を採っており、Ｃ・Ｓ・ルイス（C. S. Lewis, 1898-1963）は「彼〔モリス〕
の中世主義は、一種の偶発的なものであった。中世への本物の関心（The real
interests of the Middle Ages）――つまり、キリスト教神秘主義、スコラ哲学、
宮廷愛――は、彼にとってはまったく重要ではなかった」（42）と指摘して
いる。モリスの後期ロマンス作品の中で頻々に描かれたのは、カトリック世
界ではなく北欧サガや伝承文学から霊感を受けた世界であった。その意味で
は、グレナンの時代からさらにその定義が深められてきた近年の中世主義研
究において、モリスはむしろまったく中心的な「中世主義者」と位置づけら
れる。とはいえ、モリスの思想は、もっぱら「非キリスト教的世界」を理想
化するものではない。青年期に抱いていた霊的刷新運動たるオックスフォー
ド運動（the Oxford Movement）への関心が、彼をのちに「真実の（理想の）キ
リスト教はかつていちども存在したことがなかった」（"real (I should call it
ideal) Christianity has never existed at all", *PW* 467）という結論へと導いたことは、
モリスがキリスト教の核となる「信仰」とそれに基づいた「霊的紐帯」その
ものを、完全に否定していたわけではない、ということを裏づけるものだか
らである。モリスが異教的世界へと目を向けたのは、そこに文明が堕落して
いく以前の、過去の姿が残存していたからにほかならない。[13]

モリスの過去への関心が社会主義の理想へと拡張していく過程で、彼の中世に対する興味がどのように変化していったのか、あるいはしなかったのかという問題は、一部を除いて今日まで看過されてきた。しかし人物研究のみならず、今日においてはヴィクトリア時代の中世主義の系譜とその展望を考える上でもいっそう、これは詳細に検討されるべき点であるはずである。2006年のマーカス・ウェイス（Marcus Waithe）による論考『ウィリアム・モリスの余所者たちのユートピア』（*William Morris's Utopia of Strangers*）では、彼の中世主義がアイスランド訪問以降、従来ヴィクトリアンによって重視されてきた「雅量」（largesse）[14]ではなく、「歓待」（hospitality）を中心に据え、階級格差のない社会を目指すものへと変化したということが指摘された。1880年代に社会主義へと転向したモリスが、後年は集中的に架空世界を舞台にしたロマンス作品を発表したこと、またそれがつづく20世紀の中世主義者たちに大きな影響を与えたということからも、世紀転換期における中世主義の展開をより正確にとらえるために、とりわけモリスの文学作品が、19世紀の中世趣味、社会主義や異教趣味をどのように取り込み、ひとつの中世世界を構築したのかを、あらためて詳らかにする必要があるだろう。

本書の目的

　本書ではこの点について、ことに近年では他の側面と比べて光を当てられることが少ない、詩人モリスの「理想」を究明することで明らかにしたい。モリスはラファエル前派（Pre-Raphaelites）の影響下で自身の代表作『地上楽園』（*The Earthly Paradise: A Poem*, 1868-70）を出版したが、その後の文学活動──とくに社会主義転向後の作品──と、『地上楽園』までの著作との連続性の研究は、充実しているとは言えない状況にある。グレナンは「デザイナーであり、詩や物を『形づくる人』（shaper）であるウィリアム・モリスは、社会主義者であり、新たな社会を『形づくる人』であるウィリアム・モリスと同じだ」と宣言し、「非常にしばしば忘れられているこのアイデンティティは、彼の社会主義者としての日々を、より『創造的な』（creative）過去と関連付

けて位置づけ、それらの日々に統一性を与え、彼の思想の発展的な（evolutionary）性格を立証する」（48-49）ものだと述べた。このグレナンの分析は、モリスの中世主義思想と社会主義思想をまったく乖離したものとして扱わない点で、のちのモリス研究に新しい視点を提供した。しかしながら、モリスの思想を「発展的な」性格を持つものと断言するのは適切だろうか。つまり、社会主義者への転向が、モリスの思想そのものが「発展」した結果であると言えるのかどうか、疑問の余地が残されているのである。

　20世紀の作家たちによるモリスへの言及は、彼についての後世のさまざまな評価を紹介する。ヴァージニア・ウルフ（Virginia Woolf, 1882-1941）の『ダロウェイ夫人』（*Mrs Dalloway*, 1925）には、保守的な叔母の目を盗んで友人サリー（Sally）から貰ったモリスの著書を読むクラリッサ（Clarissa）の姿が描かれている。[15] またイヴリン・ウォー（Evelyn Arthur St John Waugh, 1903-66）は『ブライズヘッド再訪』（*Brideshead Revisited*, 1945）の中で、モリスの芸術を、早熟な主人公がかつて憧れていたものとして描いた。[16]『ダロウェイ夫人』のモリスは社会主義者として登場しており、クラリッサたちはヴィクトリア時代の規範意識への反抗として彼の著作を読んでいる。『ブライズヘッド』ではデザイナー・工芸家としてのモリスの作品が描かれている。ほかにもアメリカ人作家ジョン・スタインベック（John Steinbeck, 1902-68）の『エデンの東』（*East of Eden*, 1952）のように、「モリス・チェア」を情景を伝える小道具として描写している例なども含めれば（土屋訳、第4巻、81頁）、枚挙にいとまがない。一方でトッド・ギトリン（Todd Gitlin）の『60年代アメリカ──希望と怒りの日々』（*The Sixties: Years of Hope, Days of Rage*, 1987）や、マイケル・ハート（Michael Hardt）とアントニオ・ネグリ（Antonio Negri）の『帝国』（*Empire*, 2000）のような書物の冒頭にエピグラフとして『ジョン・ボールの夢』（*A Dream of John Ball*, 1886-87）の一節が引かれているという事実は、モリスの活動が、その美的な側面において画期的であっただけではなく、時代を超えて思想的にひろく共鳴を得るものでありつづけていることを示している。

　モリスのこれらさまざまな側面は、彼のどのような思想に裏打ちされたも

のであるのか。博覧の英文学者たる西脇順三郎（1894-1982）は、モリスの「中世紀趣味」は裕福な中産階級であるからこそ貫けたものとして認識しており、彼の詩作は厳密にはcraft（工芸品）として制作されていて、モリス自身は「決して深い思想家ではなかった。〔……〕あれ程当時の一流の詩人や文人はこぞって宗教的で哲学的傾向があったのに彼の頭はそうでなかった」と断じている（120-21頁；『英語青年』1953〔昭和28〕年11月初出）。他方、東京帝国大学に提出する卒業論文で青年期のモリスを論じたとされる芥川龍之介（1892-1927）は、「詩人モリスの心事を忖度し、同情する所少なからず、モリスは便宜上の国家社会主義者たるのみならず、便宜上の共産主義者たりしを思うこと屢〻に御座候」（『芥川竜之介書簡集』365頁；1927〔昭和2〕年2月17日大熊信行宛書簡）としており、日本におけるモリスの直後の世代の人々にかぎっても、その多様な貌を各自の思うままに見つめていることが分かる。だが、モリスは1850年代から晩年まで一貫して「中世」を作品のなかに描いてきた。詩人・工芸家として知名度を獲得する初期・中期の頃と、それ以降の社会主義者モリス思想の、双方において核となっているひとつの「ヴィジョン」をとらまえ、その連続性を考慮した上で再度その文学世界を旅することで、今日完全に分離して扱われている——もしくは最終的に社会主義に到達するものとして扱われている——モリスの思想を、ひとつの理想の実現に向けた足跡として再評価することが可能になるだろう。[17]

　モリスは、彼自身の生涯を通して、一貫して「詩人」としてのアイデンティティを保持しており、その作品のなかにはつねに「中世」への憧憬が存在していた。それは初期には信仰復興運動の影響を受けていたが、当時モリス自身の意識が社会活動には結びついていなかったこともあり、ラファエル前派のような、世紀末美術の唯美主義的な幻想的傾向を強く帯びたものであった。しかし、モリスの描く中世には同時代の社会に対する批判がたしかに潜んでおり、ラスキンやカール・マルクス（Karl Marx, 1818-83）を知り、実践活動の経験を通して、後年それは明示的かつ具体的な「夢」として作品に現れるようになってゆく。したがってモリスの描く「中世」世界は、モリスの人物研

究のみならず、ヴィクトリア時代における中世主義の系譜とその展開を考える上でも、共有的な思想潮流として解明されるべきものであり、モリスが20世紀の中世主義者たち――たとえばC・S・ルイスやJ・R・R・トールキン（J. R. R. Tolkien, 1892-1973）――に大きな影響を与えたということからも、ひとりの中世主義者としてのモリスの思想を精査することは非常に重要である。またこれにより、前述したような、中世主義者たちの理想の投影としての「中世の夢」を、より微視的に見つめることができるだろう。[18]

　21世紀も4分の1ちかくが過ぎ、中世そのものの表象についても、「暗黒の中世」史観への対抗言説としてウィンストン・ブラック（Winston Black）による『中世ヨーロッパ――ファクトとフィクション』（平凡社、2021年；原著 *The Middle Ages: Facts and Fictions*, 2019）が上梓されるなど、見直しがすすんでいる。あわせて中世主義についても、2021年にはデイヴィッド・マシューズ（David Matthews）とマイケル・サンダーズ（Michael Sanders）の編纂による『サバルタンの中世主義諸思想――19世紀英国における「下からの」中世主義』（*Subaltern Medievalisms: Medievalism 'from below' in Nineteenth-Century Britain*）が刊行され、ヴィクトリア時代における中世文化・社会の「復興」は、決して上意下達の「趣味」ではなく、民衆からわき上がる、複数の動きであったことが論じられている。モリスの夢を介して、ヴィクトリア時代、そして現代の廃墟に築かれつづける新たな夢――いままさに変化しつつある「中世」という理想世界の宇宙を覗いてみることとしたい。

本書の構成

　以上の目的にしたがい、本書では、モリスの作品における「中世」の描写を年代を追って辿ることで、その中世主義の実像を明らかにするとともに、モリス以降の中世主義の思想史的展開を検討するための一事例として論じることを試みる。第一章「『中世』の理想を旅する――中世主義の史的展開」では、まず第一節でモリス以前の「中世主義」の歴史的背景を究明し、第二節では、ゴシック・リヴァイヴァルやオックスフォード運動などの各種復興

運動の経緯をふまえ、「近代化」によって貶められてきた「中世」の価値観が復権し、モリスに影響をおよぼすまでの情勢を整理する。第三節では、具体的にモリスがこれらをどのように受容し、自らの創作につなげていくのかを、そのロマンス観を手がかりとして俯瞰する形で論述する。

　第二章「『中世』の美しさを讃える──初期作品における憧憬」では、モリスとラファエル前派との関係を中心に、最初期のモリスの作品における中世への態度を検討する。1856年に発表された「人知れぬ教会の物語」（"The Story of the Unknown Church"）、「夢」（"A Dream"）といった初期作品には、いずれもゴシック小説の特徴がちりばめられている。加えて、アルフレッド・テニスン（Alfred, Lord Tennyson, 1809-92）やロバート・ブラウニング（Robert Browning, 1812-89）ら先達の手法の模倣の色彩も濃い。またとりわけ、当時のモリスが創作に臨む姿勢には、画家・詩人であるダンテ・ゲイブリエル・ロセッティ（Dante Gabriel Rossetti, 1828-82）の影響が強く見られる。しかし後の作品についてヘンリ・ジェイムズ（Henry James, 1843-1916）が指摘しているとおり、モリスとラファエル前派兄弟団の作品には明白な志向の違いが存在する。キャロル・シルヴァー（Carole Silver）が指摘する「夢」のモティーフについても、ラファエル前派のそれとモリスのそれは、少なくとも後年においてはまったく違うものとしてとらえられる。モリスのジェフリ・チョーサー（Geoffrey Chaucer, c.1340-1400）への潜在的な憧れがラファエル前派との差異化につながっていると推察される。

　第三章「「中世」の儚さを描く──『地上楽園』における弁明と幻視」では、中期の作品『地上楽園』を取りあげ、顕著に見られるチョーサーの影響と、詩人モリスの評価および自己意識の確立について述べる。先行研究ではおもに作品中の神話モティーフについての考察がなされることが多かったが、本章では24の挿話を連結している叙情詩のいくつかに着目することで、のちの「希望の巡礼者」（"The Pilgrims of Hope", 1885-86）や『ユートピアだより』（News from Nowhere, 1890）の作品構造との連関を意識しつつ、本作品の位置づけを再考する。同時に、『地上楽園』を高く評価した唯美主義者ウォルター・ペ

イター（Walter Pater, 1839–94）の論考を手がかりに、オックスフォード主義者たち、ラファエル前派主義者からペイターに至るまでの、ヴィクトリア時代の「反体制」の系譜のなかでのモリスの意義をとらえ直す。

　第四章「「中世」という希望を紡ぐ──社会主義転向と詩人の「夢」」では、社会主義転向後初の創作から、モリスの思想の中核をなす「フェローシップ」(fellowship) 概念の形成について検討する。たとえば「希望の巡礼者」にかんしては、今日まで伝記的事実との関連において言及されることが多く、不完全な社会主義作品として切り捨てられがちであり、その意義を評価するものがほとんど見られない。しかし本作品の文学的な「失敗」の原因とされる、語り手の頻繁な交代が生んだ作品全体の統一感の欠如は、のちに完成する「フェローシップ」を表現する試みの結果であり、重要な意味を有している。

　第五章「「中世」からめざめる──『ジョン・ボールの夢』における「フェローシップ」」では、『ジョン・ボールの夢』におけるウィリアム・ラングランド（William Langland, c.1325–c.1390）との関係性と中世の夢物語（dream-vision）の形式の採用について、および「フェローシップ」概念の完成について論述する。とくに、管見の限り生地竹郎以来ほとんど言及されていないラングランドの頭韻詩『ウィリアムが見た農夫ピアズのヴィジョン』（*William's Vision of Piers Plowman*）との関連性に注目し、社会主義作品ではなく中世主義作品としての同作品の意義に焦点を当てる。たんに形式を踏襲するのではなく、社会改革のヴィジョンを訴えるためにラングランドを模倣したという点は、ラファエル前派の詩人たちには認められない特徴と言える。また、作者自身の分身としてのウィル・グリーン（Will Green）の役割から、霊的紐帯としてのフェローシップの位置づけについて掘り下げる。従来行なわれてきた、モリスの分身として「わたし」あるいはジョン・ボールのみを措定する読解では充分に見えてこない、「実践者」モリスのメッセージが明らかになる。

　第六章「「中世」という未来へ──『ユートピアだより』における「ヴィジョン」」では『ユートピアだより』に描かれた、未来における「中世」という新しいヴィジョンの内容を再考する。『地上楽園』の「幻」と比べて、モリ

スの「夢」がどのように理想世界の表現として成立するのかを中心に議論を進める。同時代のアメリカ人作家エドワード・ベラミ（Edward Bellamy, 1850-98）のユートピア小説『顧みれば』（*Looking Backward*）への反論として書かれたとされ、未来のユートピア世界からの「拒絶」を描いているこの作品の中世世界の描写は、『ジョン・ボール』と類似しているものの、読者に対して「わたし」の「困惑」を示すことによって、「未来世界」における「中世」を実現するための「実践」の重要性を主張している。モリスの夢が人々に明確な「ヴィジョン」として訴えられたという意味で肝要な作品である。

　第七章「「中世」をかたどる──大聖堂、書物製作、ロマンス」では、モリスが晩年に設立し、没するまでの五年余のあいだ心血を注いだ印刷工房であるケルムスコット・プレス（Kelmscott Press）での活動と、同時並行的に執筆された後期散文ロマンスと呼ばれる作品群を見てゆく。これにより、書物制作と後期ロマンスの執筆という二種類の創作活動を、いかにモリスが融合したひとつの理想として考え、「中世」の具現化を達成しようとしていたのかを検証する。第一節ではケルムスコット・プレスの設立の趣意について、モリスにとって建築と相似をなす書物が、「芸術」の集大成として意味を持った点について明らかにする。第二節では最晩年のロマンス作品である『サンダリング・フラッド』（*The Sundering Flood*, 1897）を取りあげ、モリスの「理想の書物」の内容面について論じる。モリスの後期ロマンスについては、神話的分析を中心にいくつかの研究が存在しているが、本作品の舞台となる、「隔てるもの」（sunderer）かつ「結ぶもの」（uniter）としての「大河」が流れる街は、『地上楽園』、『ジョン・ボール』、『ユートピアだより』などの作品でモリスが描いてきた、テムズ川のほとりに拡がるロンドンの姿を彷彿とさせるものであり、モリスのフェローシップ概念を比喩的に描いた情景としてきわめて重要である。

　以上のような形で、本書ではモリスが見た「中世の夢」とその実現過程を主眼に据えて彼の思想的特徴を論じる。そのため、モリスのマルクス主義者としての性質に関する議論、アイスランド・サガの翻訳についての評価、モ[19]

リスをとりまく女性たちからの影響など[20]、いくつかの注目度の高い論点について、補足的な紹介に留まってしまっていることをあらかじめ断っておきたい。モリスの文学作品については初期作品を含めジェンダー論からの研究も盛んになってきており[21]、今後もさらなる議論の進展が期待されているが、本書は中世主義者モリスの実像を照らすことを通じて、「中世」が近現代を生きる我々にとってどのような手がかりをもたらすことになるのか、回顧／懐古的でありつつも未来を描く思想としての意義を明らかにし、発展的なモリス研究にも新たな視座を提供することとしたい。

注

1）『ル・モンド』紙「ノートルダム・ド・パリ火災——惨事のヘッドライン」ではフランス国内各紙と国外数紙の一面を掲載し、衝撃の大きさを伝えている（Vazquez, Coline, Philippe Gélie and Nicolas Barotte "Incendie de Notre-Dame de Paris: les unes du désastre", *Le Monde*, 16 April 2019, https://www.lefigaro.fr/actualite-france/incendie-de-notre-dame-de-paris-les-unes-du-desastre-20190416；2024年6月30日閲覧）。

2）『ル・モンド』紙による動画「ノートルダム・ド・パリ火災——拍手を送られる消防士たち」でその模様が報じられている（"Incendie de Notre-Dame de Paris: les pompiers applaudis." *YouTube*, uploaded by Le Monde, 16 April 2019, https://youtu.be/_VZAqK9_j9Q?si=RlbTN8U6Fq8S2tlg；2024年6月30日閲覧）。Notre-DameとはOur Ladyの意で、聖母マリアに献じられた聖堂のためにマリアを讃えて加護を祈ることは、きわめて中世的な聖人崇敬の行ないの延長線上にある。今日のフランス社会の多様性にもかかわらず、こうした場面がメディアで象徴的に扱われることの政治性についてはつねに念頭に置いておかなければならない。

3）エマニュエル・マクロン（Emmanuel Macron）大統領が採用したフィリップ・ヴィルヌーヴ（Philippe Villeneuve）の案は「一九世紀のヴィオレ＝ル＝デュクの計画に忠実な復元」を行なうものだったとのことである（坂野正則「歴史遺産と信仰空間としてのパリ・ノートル＝ダム大聖堂の再建」、坂野正則編『パリ・ノートル＝ダム大聖堂の伝統と再生』序章、20頁・注15）。この決定に関する詳細、ならびに社会の多様性をどのように反映すべきかについての議論についても同書で記述がなされている。

4）そもそもヴィオレ＝ル＝デュクの「修復」は、厳密な意味では中世ゴシック（この

概念自体もかなりの幅があるものである）の復原にあたらないという意見も19世紀
当時から存在していた。しかしヴィオレ＝ル＝デュクは「過去のいかなる瞬間にも
存在しなかったかもしれない完全な状態に、建物を戻すこと」を目指したとされて
おり（加藤耕一「ノートル＝ダム大聖堂とヴィオレ＝ル＝デュクの木造尖塔」、坂
野編『パリ・ノートル＝ダム大聖堂の伝統と再生』第5章、198頁）、本書で扱うウィ
リアム・モリスらの英国のリヴァイヴァリストたちと細かい態度の不一致はあれど、
19世紀から「中世」への眼差しの一事例として興味深い。なぜこうした理想として
の「中世」が求められ（つづけてい）るのかは、今日に至るまで大きなテーマなの
である。ゴシック様式自体が初期・中期・後期でそれぞれ異なる特徴を持つもので
ある上、そもそも大がかりな建築は完成までに数世紀にわたる時間を要する場合も
あり、様式の詳細をここで論じることは控えたいが、木俣元一『ゴシックの視覚宇
宙』では、ゴシックが表現しようとしたものが何であったのかについて、複数の事
例研究を通してその一端が明らかにされている。

5）英国や他のヨーロッパ諸国では、このように比較的富裕な家の子弟がヨーロッパ各
地の名勝・史跡などを訪れて教養を深める旅が18世紀から行なわれており、グラン
ド・ツアーと総称されている。これによってたとえば、遥か昔に滅びたポンペイの
悲劇の痕跡を目の当たりにすることなどは、人々のロマン主義的関心をかき立てた
（岡田温司『グランドツアー──18世紀イタリアへの旅』、第3章）。

6）廃墟とはならないまでも往時の姿を変えた教会でさえ、中世文化への窓口となった。
たとえば、12世紀ごろから建築の記録が伝わっている、ブリストル（Bristol）にあ
る聖メアリ・レドクリフ教会（St Mary Redcliffe Church）は、宗教改革での破壊
を経てその尖塔が失われている間にも、中世の詩を偽作したトマス・チャタトン
（Thomas Chatterton, 1752–70）に霊感を与えたことで知られている。

7）クリス・ブルックスが指摘しているように、トマス・リックマン（Thomas
Rickman, 1776–1841）のようなリヴァイヴァリストは、他国にもゴシック様式が存
在することを知りながら、「イングランド式」の建築様式としてこれを擁立しよう
とした（ブルックス、136頁）。

8）以下、断りのない限り、訳文は拙訳である。

9）R. R. Agrawal 235–53.

10）「中世主義」とは中世に存在したであろう社会システムへの回帰や倫理観の復活を
目指すものであり、ロマン主義的な過去の探究と密接に結びついていた。そのため
イングランドにおいては、中世のイングランドがモデルとなるのが一般的である
（Agrawal 235–53）。だが、近年の研究の進展により、『ケンブリッジ版・中世主義
必携』（*Cambridge Companion to Medievalism*, 2016）や『オックスフォード版・ヴィ
クトリア時代の中世主義入門』（*Oxford Handbook of Victorian Medievalism*, 2020）

といった論集においては、国境・分野横断的な中世趣味の事例が包括的に位置づけられるようになってきている。

11）レイモンド・ワトキンスン（Raymond Watkinson）による『デザイナーとしてのウィリアム・モリス』（*William Morris as Designer,* 1967）、E・P・トムスン（E. P. Thompson）の『ウィリアム・モリス――ロマン主義者から革命家へ』（*William Morris: Romantic to Revolutionary,* 1955）といった研究はそれぞれ、モリスのこれらの側面を決定づけた書物であり、古典的研究と言えるだろう。

12）本書でこれらの芸術論・工芸論に深く立ち入ることはできないが、たとえば杉山真魚「ウィリアム・モリスの両義性とアーツ・アンド・クラフツ運動」（白田由樹・辻昌子編『装飾の夢と転生――世紀転換期ヨーロッパのアール・ヌーヴォー』第一巻　イギリス・ベルギー・フランス編、第一章、国書刊行会、2022年）や島貫悟『柳宗悦とウィリアム・モリス――工藝論にみる宗教観と自然観』（東北大学出版会、2024年）などが例として挙げられる。

13）モリスは社会主義の成立の歴史を解説した共著において、中世と、古典主義の時代以前の「ホメロス風の詩の時代」の類似を指摘した上で（Morris and Bax 48）、「ほかのあらゆる時代と同じように、中世に粗野な側面があったことは疑うべくもない。しかし、そこには本物の人生と進歩（genuine life and progress）もあったのだ」（77）と述べている。

14）「雅量」はジョン・ラスキンが著書『フォルス・クラヴィゲラ』（*Fors Clavigera*）で提唱したことが知られている。次のとおり、一種のノブレス・オブリージュにもとづく概念である。「聖ジョージ・ギルドを設立した際に、ラスキンは真剣にこの中世的社会の実現をはかろうとした。〔……〕『雅量』を含んだ『騎士道』精神により、強き者が弱き者を守り、コミュニティ構成員のそれぞれが社会的役割を担い、その範囲内で自由と秩序を融和させた安定した社会を夢見ていた」（大石和欣『家のイングランド――変貌する社会と建築物の詩学』105頁）。

15）主人公クラリッサ・ダロウェイは、サリーと一緒にプラトンやシェリーと併せてモリスを読み、啓発されたことを語っている。「何時間も、〔……〕おしゃべりをした。人生のことや、どうすれば世界を改革できるか。私有財産を廃絶するための団体をつくろうとして実際に発会趣意書まで書いたっけ（発送はしなかったけれど）」（ウルフ『ダロウェイ夫人』丹治愛訳、64頁）。

16）「回想のなかで、若かった頃の自分を実際以上に早熟だった、無垢だったと考え、ドアの縁に背丈を刻んだ日付に手をくわえるのはやさしい。わたしは自分の部屋の装飾にウィリアム・モリスの作品や、アランデルの版画を掛け、本棚には十七世紀の二折判や、ロシア産のなめし革とか波紋の地模様の絹で装丁した第二帝政時代のフランス小説をずらりと並べていたと思いたいし、時にはほんとうにそう思うこと

もある。だが、実際はそうではなかった」（ウォー『回想のブライズヘッド』小野寺健訳、51-52頁）。

17）2021年に刊行された『ラウトリッジ版ウィリアム・モリス必携』（*The Routledge Companion to William Morris,* 2021）では、PART IIIが「文学（詩、芸術、翻訳、ファンタシー）」に、PART IVが「文学と社会主義」に充てられ、それぞれの専門家による論考は必読に値するものだが、やはり詩作と社会主義作品が、モリス研究への導入にあって、どうしても分節的に取り扱われがちであることは否めない。2024年の『ケンブリッジ版・ウィリアム・モリス必携』（*Cambridge Companion to William Morris*）ではパート毎に「場所の意味」「著述業」「実践的芸術」「運動と目的」「影響と遺産」という切り口となっており、多岐にわたる活動と、思想・言説とを体系的に紹介しようという苦心が見てとれる。

18）アレクサンダーは、20世紀には中世の様式は、「中世風の本の印刷、時代物の挿画、教会芸術、ステンドグラス、看護婦のユニフォーム、戦争記念碑などに限定して使われるようになった」（野谷訳、347頁）と指摘した上で、イヴリン・ウォー、W・H・オーデン（Wystan Hugh Auden, 1907-73）、インクリングス（Inklings）、ジェフリ・ヒル（Sir Geoffrey Hill, 1932-2016）を当時の主だった中世主義者たちとして挙げている（347-72頁）。中世主義が退潮していくなかでも、文学作品に「中世」を描いたインクリングスのメンバーであったC・S・ルイスとトールキンに、とくにモリスの後期ロマンスは大きな影響を与えている。実際ルイスはモリスの再評価をうながす試論を発表した。トールキンは1960年12月31日にL・W・フォースター（L. W. Forster, 1913-97）に手紙を送り、『指輪物語』（*The Lord of the Rings,* 1954-55）の死者の沼地とモランノンへの道の描写は、ウィリアム・モリスの『ウォルフィング家の人々』（*The House of the Wolfings,* 1889）や『山々の麓』（*The Roots of the Mountains,* 1889）を参考にしたと述べている（Letter 226 in *Letters of J. R. R. Tolkien* 303）。またトールキンは、モリスが「北方の偉大な物語」を自分たちにとっての「ギリシア人にとってのトロイアの物語」のようにすべきだと考えていたことについて、「今やモリスの言葉ははるか彼方、なんと遠くに聞こえることか！　トロイアの物語はその時以来、驚くべき速さで忘れ去られてしまったが、ヴォルスング家のサガはその位置をしめていない」と嘆いている（*The Legend of Sigurd and Gudrún* 13）。アングロサクソン的伝統に関してモリスが与えた影響については、ニック・グルーム（Nick Groom）による指摘がある（110）。またノースロップ・フライ（Northrop Frye）が公刊された論考以外にもかなりの関心をモリスに寄せ、断片を残していることにも注目したい（*Northrop Frye's Notebooks on Romance* 317-27）。

19）モリスとアイスランドの関係については従来伝記作家たちには注目されてきたのだ

が、近年より大きな枠組みとして、ヴィクトリア時代における北欧文化の影響が取りあげられ、その一環としてモリスの作品にも注目が集まっている（Ashurst, "William Morris and the Volsungs" 43–61; Felce などを参照）。

20）ジャン・マーシュ（Jan Marsh）やスーザン・ファージャンス・クーパー（Suzanne Fagence Cooper）はモリスの妻ジェインに脚光を当てることで、新たなアプローチからモリスの活動を検討している。

21）一例として、モリスとジェンダーの問題は、『ウィリアム・モリス——百年記念論集』（*William Morris: Centenary Essays*）や上掲『ケンブリッジ版ウィリアム・モリス必携』などで取りあげられている。

第一章

「中世」の理想を旅する
—中世主義の史的展開

　本章では、イングランドで起こった「近代化」の動きにともなう中世主義
の発展を明らかにし、ウィリアム・モリスがそれをどのように受容したのか
検討する。中世主義は18世紀半ばから19世紀にかけてイギリスで見られたロ
マンティック・ナショナリズムの機運と並行し、拡大した。狭義には中世の
芸術・文学・建築などに対する趣味・嗜好を指し、広義にはそれらに基づく
中世社会の理想化あるいは再呈示を指す概念である。本書が対象とする後者
の定義について、高宮利行が「一八世紀後半のイギリスで、折からの産業革
命の進展の結果、人口の都市集中化を招き、資本主義、物質主義の拡大のた
めに、生活環境が劣悪になるにつれて現れた態度、つまり諸悪が満ち溢れる
現代社会へのアンチテーゼとして中世時代に人間生活の理想を求めようとす
る態度[1]」であると述べているように、これは近代社会に対する一種の対抗文
化として現れてきたものである。

　人々が中世に対して興味を抱くきっかけとなったのは、当初は単なる「好
古趣味」（Antiquarianism）[2]、つまりは珍奇な過去の風物への興味であり、徐々
に考古学的見地からの中世の再検討が始まった。こうした動きの広がりは絵
画や詩における廃墟趣味、美的概念としてのピクチュアレスク（Picturesque）
の成立につながり、たとえばホレス・ウォルポール（Horace Walpole, 1717-97）
は自身の邸宅ストローベリ・ヒル（Strawberry Hill）をゴシック風に改築し[3]、
またゴシック小説『オトラント城』（*The Castle of Otranto*, 1765）を著して話題
を集め、後のゴシック建築およびゴシック小説の発展に寄与した。

　この文学における成果は、ウォルター・スコット（Sir Walter Scott, 1771-

1832）から始まる19世紀の中世風ロマンス文学の復興とゴシック小説の流行を惹起することになる。さらに建築上のゴシック様式の再発見は、教会建築におけるゴシック復興につながり、ケンブリッジ・カムデン・ソサイエティ（Cambridge Camden Society）[4]といった、教会建築の修復を行なう団体が設立された。これによって活発化したゴシック様式の流行の影響で、教会建築のみならず、世俗の建築においてもゴシックはこぞって採用されるようになった。その象徴が、再建されたウェストミンスター宮殿（国会議事堂）に施された、ゴシック様式による絢爛華美な装飾である[5]（図１）。

　この流行の背景には、オックスフォード運動の影響があった。すなわち、ジョン・キーブル（John Keble, 1792-1866）が1833年７月14日に行なった説教「国民の背教」("National Apostasy")を発端とし、イングランド教会（the Church of England）における秘跡・典礼重視を主張する運動である[6]。アングリカニズムとは一地方の教義ではなく、普遍的(カトリック)なものであるという、アイデンティティの再確認運動として始まり、結果的に教会内刷新運動となった。方法論は主導者であるキーブル、ジョン・ヘンリ・ニューマン（John Henry Newman, 1801

（図１）A・W・N・ピュージンが装飾を手がけたウェストミンスター宮殿のシンボルでもある時計塔、通称ビッグ・ベン（Big Ben）は、2017年から５年におよぶ大規模な改修が施され、往時の色彩がよみがえった。2023年８月筆者撮影。

–90)、エドワード・ピュージ（Edward Pusey, 1800–82）ら三者の間でもさまざまに分かれてはいたが[7]、基本的には知的な宗教復興運動として、教会に本来備わっているはずの、「国家や国教制度から独立した、神から与えられた権威」[8]すなわち「霊的権威」を回復することを目的としていた。しかし結果として国教会に告解を復活させるなど、秘跡を重視するカトリック的な風潮があらわれてくることで、国教会がローマ・カトリック教会に接近することになるという危惧を抱いた人からの批判を招いた。事実、この運動は、ニューマンが1845年にカトリック信徒となったことで退潮するに至る。

第一節　近代の悪夢への反応

　序章でもすでに見たように、イングランドにおける「近代」は、国教会（the Established Church）の設立という体制上の大変化によって幕を開けた。大木英夫は「近代化」を「『キリスト教的社会有機体』の分解の過程であり、それと対蹠的方向にむかっての新しい文化的発展・社会的変化の動き」[9]と定義している。中世は、ヨーロッパ全体がローマ教皇を頂点とするカトリック教会の影響下に置かれていた時代であったが、イングランド国王ヘンリ 8 世が、妻であるキャサリン・オブ・アラゴン（Catherine of Aragon, 1485–1536）との婚姻を無効化する申し立てをめぐってローマと対立し、訣別した事件が契機となり、イングランドは政治・社会的「独立」を遂げるのである。

　ヘンリ 8 世は、1529年に宗教革新議会を召集し、カトリック教会が世俗的権威に超越した権限を持つというローマ体制からの離脱を宣言した[10]。それにともない起こったのは、国内各地に遍在する修道院の破壊・掠奪であった[11]。つづくエドワード 6 世の治世の間に、さらに教会建築の破壊は進み、カトリシズムはメアリ 1 世（Mary I, 1516–58；在位1553–58）の時代に若干の復権を見るものの、エリザベス 1 世のころ、プロテスタンティズムとカトリシズムの「中道」（"Via Media"）を標榜する国教会体制を確立することになった。これによって、カトリック信徒たちは国教会であるイングランド教会の「外」に

ある人々として、19世紀のカトリック解放まで抑圧・差別されるのである。

　このようにして進んだ「近代化」、すなわち今日「宗教改革」として理解されている社会の変動は、イングランドが大英帝国として拡大していく過程で、重要な役割を果たしていた。18世紀におけるスコットランドとの合併やフランス革命の影響を受けて「国家」に対する意識が強まり、周辺国も同様に国民国家としての土台を固めつつあった国際情勢のなかで、帝国主義的膨張によって各地域を取り込み、また他国との差別化を図ろうとする大英帝国では、アイデンティティを求める動きが高まっていたためである。

　ローマ・カトリック教会からの離脱、および国教会としてのイングランド教会の設立は、カトリック国であるフランスやスペインとの関係において、「イギリス」が帝国として一つに結束するために不可欠なものであった。リンダ・コリー（Linda Colley）は、『イギリス国民の誕生』（*Britons: Forging the Nation, 1707–1837,* 1992）において「プロテスタンティズムはイギリスの創造を可能にした土台」であるとして、周囲のカトリック国との競合を可能にする重要な要素としての役割を指摘している（58頁）。コリーはまた同時に、大英帝国としてイングランドがアイルランド、スコットランドを包摂してゆくにあたっても、プロテスタンティズムは特筆すべき意味を持っていたことを主張している。今日の歴史学的分析ではより複層的に「イギリス国民」をとらえる必要はあるものの、プロテスタンティズムはイングランド人やウェールズ人、スコットランド人が初めて持ちえた「共通の枠組み」（383頁）だったのである。

　「イングランド人」としてのアイデンティティ（Englishness）もしくは「イギリス人」としてのアイデンティティ（Britishness）が打ちだされたために、国家の歴史はおのずとプロテスタント的な立場から論述されるようになった。イングランドは、他の国々に比べてロマン主義的な中世復興への歴史家の参与が少なく、むしろ詩人で小説家のウォルター・スコットがその時代の真の歴史家として評価されたという指摘もなされている（Merriman 122）。ただし、18世紀にはシャロン・ターナー（Sharon Turner, 1768–1847）の『アング

ロサクソンの歴史』（*History of the Anglo-Saxons*, 1799-1805）、『ノルマン・コンクエストから1509年までのイングランドの歴史』（*History of England from the Norman Conquest to 1509*, 1814-23）やジョン・リンガード（John Lingard, 1771-1851）の『イングランドの歴史』（*History of England*, 1819-30）が発表され、中世の復権に多大な影響をおよぼしている。19世紀には、フランス革命の亡命者やアイルランドの移民の流入によって起こった変化を受けて、カトリック信徒解放の諸法律が制定され、その権利が徐々に回復された。本邦では野谷啓二が文学を通してこの流れを精査しているとおり、のちにG・K・チェスタトン（Gilbert Keith Chesterton, 1874-1936）やヒレア・ベロック（Joseph Hilaire Pierre René Belloc, 1870-1953）に代表される「カトリック知識人」によってこの「反動」は発展していく。[13]

　また18世紀から19世紀にかけては、いわゆる「産業革命」による急激な労働状況の変化によって、都市部に人口が集中した結果、都市に住む労働者の生活は惨状をきたす。工場労働者は単なる労働力と見なされ、低い賃金で機械的に働かされるとともに、貧しく過酷な生活を強いられることになった。こうした状況を、中世の社会との対比という手法で痛烈に批判した人物がオーガスタス・ウェルビー・ノースモア・ピュージン（Augustus Welby Northmore Pugin, 1812-52）と、トマス・カーライル（Thomas Carlyle, 1795-1881）である。ピュージンは、カトリシズムへ改宗した建築家であった。彼が改宗した1835年はカトリック解放が進むと同時に、世俗の権力である国家が教会の権威を冒した点を問題視して勃発したオックスフォード運動が始まったのとほぼ同じ時期である。

　ピュージンは『対比――中世の優れた建築物と今日の建造物の比較によって現在の趣味の衰退を示す』（*Contrasts; or, a Parallel between the Noble Edifices of the Middle Ages, and Corresponding Buildings of the Present Day; Shewing the Present Decay of Taste*, 1836）において、同じくカーライルは著書『過去と現在』（*Past and Present*, 1843）において比較を行なったが、ピュージンが熱烈な改宗者であり、著書の内容も過激なカトリシズム讃美であったのに比べ、カーライル

は中世を用いることで、近代の労働状況を問題にし、激しい拝金主義批判を行なった。ピュージンの『対比』は1841年に多数の図版が追加され、視覚的に二つの時代を対比したという点で画期的であった（図2）。一方でカーライルは1840年代に同時代人に対して絶大な影響力を誇る、一種の預言者となり、多数の追随者を生んだ[14]。プロテスタンティズムや産業化への反動が礎となり、中世と現在を「比較」するという視点が成立したことで、議論の基盤が固められたと言える。彼らにとって中世は、封建制の厳しい締めつけのもとで自由もなく飼い殺される時代ではなく、整然とした秩序のもとで各々が自分の階級に見合った義務を果たす共生社会が存在した時代として、想起されたのである。

　中世主義者たちが指摘した新しい問題に対する解決策は、しかしながら決して統一されたものではなかった[15]。たとえば、ともにゴシック・リヴァイヴァル運動に関わったピュージンとラスキンは、その信仰の違いによって、中世の理想をそれぞれ別のものに求めた。この点について、鈴木博之は次のように指摘している。

　　ゴシック様式の評価の出発点において、彼らはともにゴシックを中世という社会全体の問題としてとらえ、様式は社会の産物であるととらえたのであったが、様式と社会の最終的接点を、ピュージンはカソリック信仰という宗教に求めたのに対して、ラスキンはそれをある意味では普遍化し、『建築の七燈』に現れる七つの徳目という、一般化された倫理的諸要素に求めたのであった。（『ヴィクトリアン・ゴシックの崩壊』33頁）

ピュージンの、精緻な図版による二つの年代の視覚的な対比という試みは特筆すべきものであるが、その理論は一部の人々以外にとっては納得しがたい内容であった。たとえばジョン・ヘンリ・ニューマンは、のちにカトリックに改宗するという点ではピュージンと共通点があるが、儀式の可視化の是非を問う、教会の内陣仕切りをめぐる議論においては意見が対立しており、ピュージンの活動を単なる古物趣味として切りすてている[16]。ラスキンは「中

第一章　「中世」の理想を旅する　25

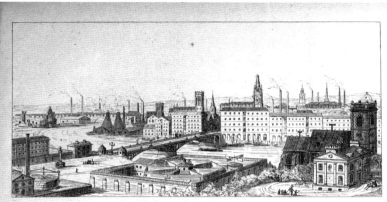

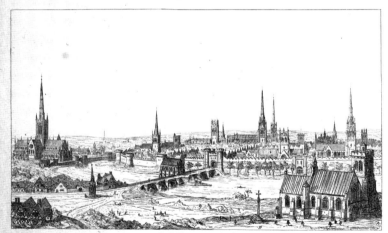

（図2）ピュージンの『対比』より。煙突が立ちならぶ19世紀の風景と、尖塔が並ぶ中世の風景を対比している。HathiTrust Digital Library〈https://hdl.handle.net/2027/gri.ark:/13960/t0ms5tr7c〉

世」の価値観を「美的感覚」というある意味で普遍的な価値観へと変換した
ことで、こうした衝突を超えた中世復興の試みを可能にしたと言える。そも
そも本来 "medievalist" とは中世を生きた人々を指す言葉であったが、それ
を本格的に「中世主義者」を意味するものへと敷衍したのはラスキンであっ
た[17]。ラスキンの功績によって、ピュージンやカーライルの思想を、同じ「中
世」を志向するひとつの思想的枠組みのなかに包摂することが可能になった
のである。

第二節　モリスへの影響

ウィリアム・モリスは、ジョン・ラスキンによるこうした「中世主義の一
般化」の恩恵を受けた一人である。モリスはオックスフォード運動に憧れて
オックスフォード大学へ進学したのだが、1850年代後半当時、前述のジョン・
ヘンリ・ニューマンの転向を経て、運動は下火となっていた。しかし芸術活
動によって中世の倫理を復活することができるというラスキンの主張に触れ
ることで、中世の芸術のなかに理想を見いだす機会を得ることになる。

モリスは手形仲買人である同名の父ウィリアム・モリス（William Morris）
とその妻エマ・シェルトン・モリス（Emma Shelton Morris）の第三子・長男と
して、1834年3月24日にグレーター・ロンドン北東部のウォルサムストウ
（Walthamstow）に生まれた。彼の生涯は、1837年から始まったヴィクトリア
女王（Victoria, 1819–1901）の治世とほぼ重なるものであり、金融業によって一
財産を築いたモリス家の暮らしむきは、この時代に台頭した中産階級の典型
的な水準にあった。一方でモリスは、トマス・カーライルやラスキンといっ
たヴィクトリア時代の他の思想家たちと同様に、急速に拡大する格差社会（い
わゆる「二つの国民」"two nations"[18] が存在する「イングランドの状態」"condition of
England"[19]）に対する批判意識を育んでおり、その解消策として社会主義の理
念を唱えたことは、今日よく知られている。

モリスの思想において注目されるのは、こうした社会批判が、芸術におけ

る美学的理想の実現と密接に結びついて主張されたという点である。のちの
アーツ・アンド・クラフツ運動（Arts and Crafts Movement）や印刷工房ケルム
スコット・プレス での出版業として結実した芸術における理想の実践によ
り、モリスの評価は「芸術による社会改革を目指した社会主義者」もしくは、
「社会変革の夢を抱いた芸術家」という、「芸術家」（artist）と「社会主義者」
（socialist）の二つの側面を総合したものが大半を占めることになった。

　この「芸術家」と「社会主義者」という二つの肩書きはモリス自身がはっ
きりと言明したものである。モリスは、社会主義転向後の1883年9月、オー
ストリア人の社会主義者アンドレアス・ショイ（Andreas Scheu, 1844-1927）に、
自らの大学時代について次のように書き送っている。

> 私は1853年にエクセター・コレッジの一員としてオックスフォードへ赴
> いた。そこでの勉学ははなはだ不快なものであったが、歴史、とくに中
> 世の歴史については、いたく没頭していた。ハイ・チャーチ主義やピュー
> ジ主義の一派の影響をこうむっていたからなおさらだろう。しかし後者
> は私を長くは満たさなかった。私にとって一種の啓示（revelation）とも言
> えるジョン・ラスキンの書物によって正されたからである。私はチャー
> ルズ・キングズリの作品にずいぶん影響を受け、社会・政治思想をそこ
> から知った。芸術と詩に惹きつけられることがなければ、私はおそらく
> それをさらに発展させていただろう。（Letters 185）

モリス自身の理解としては、聖職者としてオックスフォード運動に関わる夢
が、ラスキンによって芸術を通して社会改善を行なうことに「正された」の
であるが、ルース・キナ（Ruth Kinna）は、モリスがオックスフォードで触れ
たラスキン、チャールズ・キングズリ（Charles Kingsley, 1819-75）の思想とジョ
ン・ヘンリ・ニューマンの思想の共通点を指摘し、のちにこれらの活動にお
いて発露する、モリスの近代批判の源泉を明らかにするのに重要な視座を提
供している。つまり、「キングズリ、ラスキン、ニューマンは、自然界にお
ける美と驚異を褒め称えた。また、彼らが過去のうちに認めた道徳的な情緒

を、現在に付与しようという関心を持っており、詩への愛と、とくにワーズ
ワースへの愛も共有していた」のであり、モリスは「彼らの共有の遺産であ
る反ピューリタニズムもしくは反プロテスタンティズムを繰り返した」とい
う[21]。他方、マーク・ベヴィア（Mark Bevir）はまったく逆に、モリスの「生活
の芸術化」という理想は、逆にピューリタニズムに接近しているという分析
を行なっている[22]。モリスが社会主義者へと後年「転向」したという事実から
遡れば、ベヴィアの言うように、モリスがアングロ・カトリシズムを棄てて
ピューリタニズム的アプローチを採ったという主張は妥当性があるのかもし
れない。しかしながら、モリスにおいては、オックスフォード運動が露わに
した「失敗」を受けて、自らが抱いていた理想を実現するための理論を新た
にラスキンのなかに見いだしたと考えるほうがより無理のない位置づけのよ
うに思われる。

　いずれにしても、モリスが目指したのは、「生活の芸術化」というよりも、
生活が芸術と乖離していなかった時代、もしくはそうした時代の兆候が存在
したという確信に基づいた、両者の一体化という理想の実現である。生活は
芸術によって具現されるべきなのであり、もともと存在する「生活」が「芸
術」によって彩られる、という図式では決してない[23]。明らかであるのは、モ
リスが、1880年代の社会主義転向後においても、あくまでも幼少期から青年
期に触れた中世芸術を足がかりとして、そこから近代社会に対する闘争を仕
掛けようとしていたことである。

　モリスの中世趣味の起源はオックスフォード時代以前にすでに存在したと
いう指摘は、フィオナ・マッカーシー（Fiona MacCarthy）が評伝にてすでに
繰り返し行なっているが[24]、オックスフォードでの日々は、彼のうちにあった
憧憬を着実に育んでいった。ボドリ図書館（Bodleian Library）での写本閲覧や、
オックスフォードの中世から残る街並みといった具体的な「中世」との接触
は、後に芸術家や社会主義者としてモリスが自らの理想を「具体化」
（embodiment）する作業に[25]、大きな霊感を与えたと言えるだろう。この「具体
化」への熱情は、大学卒業後の進路についてのモリスの決意に最初に見るこ

とができる。友人とともに1855年に北フランスへ旅行したモリスは、そこで
アミアン（Amiens）やシャルトル（Chartres）などの司教座聖堂の傑作を見て
感銘を受ける。そしてル・アーヴル（Le Havre）の波止場で親友エドワード・
バーン＝ジョーンズ（Sir Edward Burne-Jones, 1833–98）とともに、「芸術生活」（"a
life of art"）を始めることを誓い、建築家ジョージ・エドマンド・ストリート
（George Edmund Street, 1824–81）の事務所への弟子入りをもって、その第一歩
を踏み出そうとしたのである。[26]

　ほどなくしてモリスは、ダンテ・ゲイブリエル・ロセッティ（Dante Gabriel
Rossetti, 1828–82）という知己を得て本格的に詩作を含む芸術活動に身を投じ、
最終的に建築家になることは断念した。代わりに1861年４月にモリス・マー
シャル・フォークナー商会（Morris, Marshall, Faulkner & Co.）を設立し[27]、ラファ
エル前派（The Pre-Raphaelite Brotherhood, PRB）の仲間であるバーン＝ジョーン
ズとD・G・ロセッティ、G・E・ストリート事務所の兄弟子であった建築
家フィリップ・ウェッブ（Philip Webb, 1831–1915）、さらにチャールズ・フォー
クナー（Charles Faulkner, 1833–92）、ピーター・ポール・マーシャル（Peter Paul
Marshall, 1830–1900）といった友人とともに、工芸家、そして会社経営者の道
に歩みをすすめる。モリスの主要な活動のひとつとなる社会主義運動への参
画に関しては、1883年の民主連盟（Democratic Federation）加入が契機とされて[28]
いるが、こうした「芸術生活」の発展形として現れた、商会での活動も基礎
になっていることは疑いがない。その意味では、この二つの活動は断絶した
ものではない。

　モリスの会社は経営的に大成功したとは言いがたかったが、少なくとも彼
らが当時のゴシック様式の流行で発生した需要に応え、ステンドグラス等の
工芸製品を供給したことは確かであった。モリス・マーシャル・フォークナー
商会の設立の契機は、モリスが彼自身の自宅であるレッド・ハウス（Red
House）のための家具を自作しようしたという、きわめて私的なことにあっ[29]
たが、教会修復運動の影響でステンドグラス制作の需要が急増し、商会の成
長につながった。[30]

そしてこの商会の運営を通してモリスは、労働および芸術の対価について、身をもって知ることになる。後にラスキンの『ヴェネツィアの石』（*The Stones of Venice, 1851–53*）の第二巻のうちの一章「ゴシックの本質」（"The Nature of Gothic"）を、独立した書物として自身の印刷所から出版した際に付した序文（1892）において、彼は「文明の愚行と堕落から抜け出す道は依然としてラスキンの示してくれた道以外には考えられない」とし、つづけて次のように述べている。

　　というのも、ラスキンはここでわれわれに次のような教訓を与えてくれているからだ。芸術とは人が労働のなかで得る喜びの表現であるということ。人が自分の仕事に喜びを見いだすことは可能であること――というのも、今日のわれわれには奇妙にみえるかもしれないが、人が仕事に喜びを覚えていた時代があったのだから。そして最後に、人の仕事がもう一度その人にとっての喜びとならぬかぎりは――その変化が生じたしるしは美がもう一度生産的労働の自然かつ不可欠の付随物になることだろう――無益なるものたちをのぞくあらゆる人々が苦痛に満ちた労役につかねばらならず、したがって苦痛をもって生きねばならぬということ、これである。（ラスキン『ゴシックの本質』川端康雄訳、7頁）

ラスキンは、『ヴェネツィアの石』の本文において、「最近われわれは分業という文明の偉大なる発明について大いに研究し、大いにそれを究めてきた。ただし、この命名はまちがっている。じつは分割されているのは労働ではない。人間である」（川端訳、39頁）と述べており、青年期のモリスがいかにこのラスキンの理論に心酔していたかは、40年後にこれほどの熱量でその意義を紹介していることからも明白である。

　モリスは1867年の『イアソンの生と死』（*The Life and Death of Jason*）および1868年から数年にわたって刊行された『地上楽園』（*The Earthly Paradise*）により、ラファエル前派の強い影響を受けた詩人として一定の評価を獲得しつつ、同時にアイスランドへの興味を深め、聖書翻訳のため来英していたエイリク

ル・マグヌスン（Eiríkr Magnússon, 1833-1913）の協力もあって、1870年代より
アイスランド文化に関する知見を獲得するに至った。その一方で、1877年に
は当時流行していた教会建築の「修復」（restoration）を批判する古建築物保
護協会（Society for Protection of Ancient Buildings, SPAB）[32] を設立、また東方問題
連合（Eastern Question Association, EQA）[33] に参画するなど政治活動にも積極的に
身を投じ、イギリス各地での講演活動にいそしんだ。

　こうしたモリスの社会運動は、彼のケルムスコット・ハウス（Kelmscott
House）[34] への転居にともない本格化したが、これはラスキンとは異なる道で
あった。ただし、いくつかの点で意見が分かれるようになってからも、思想
的柱としてラスキンの存在はしばしば強調しつづけた。[35] モリスは1883年1月
17日に民主連盟に加盟し、この社会主義への転向以降、機関紙『コモンウィー
ル』（Commonweal）が彼の思想を発表する場として大きな役割を担うように
なる。モリスがこの時期各地で行なった精力的な講演活動の成果──講演集
『芸術に対する希望と不安』（Hopes and Fears for Art, 1882）や『変革の兆』（Signs
of Change, 1888）として生前刊行された──からは、モリスの社会思想家とし
ての理想の核に、やはり『ゴシックの本質』の序文に見られたような、芸術
と労働が人間の喜びによって生みだされるべきものである、という点があっ
たことがうかがえる。[36]

　アリス・チャンドラーは、モリスの中世主義について、ウォルター・スコッ
トや詩人ロバート・サウジー（Robert Southey, 1813-43）らの懐古的中世主義、カー
ライルやラスキンらの社会思想的中世主義、ロセッティやラファエル前派兄
弟団に見られるような審美的な中世主義の、三つの影響を指摘する。[37] これは、
現在もっとも一般的なモリスの中世主義評価であると考えられる。[38] しかしす
でにC・S・ルイスが指摘しているように、モリスにとって「キリスト教神
秘主義、スコラ哲学、宮廷愛」は、「まったく重要ではなかった」(42) ので
あり、モリスにとって中世の諸概念は、それが中世のものであるから重要で
あったのではなく、それが偶然にも中世において存在した──と、少なくと
も、想像される──美徳であったから、重要だったのであった。

同様の指摘は、ノースロップ・フライ（Northrop Frye）の1982年の論文「ウィリアム・モリスにおける過去と未来の出会い」（"The Meeting of Past and Future in William Morris"）にも見られる。フライは、「モリスの『中世主義』は、本当の未来がよりはっきりと見える地点へと、現在からさかのぼってゆく性質を持っている」とし、モリスは未来のヴィジョン、つまり、かつて一度も獲得されたことのない「無垢」（innocence）の状態を獲得するために、過去にさかのぼるのであるということを主張している（317）。またルース・キナは、モリスの政治的理想は連合政治（federalism）にあったとし、少なくとも政治的には中世よりも以前の時代に対して理想を見いだしており、モリスの中世主義は美学および倫理上の理想に過ぎなかったのではないかという視点を呈示している。[39)]

　以上のように、モリスの「中世主義」は、スコットやカーライル、ラスキンらの強い影響力のもとで、ある種の流行の中で育まれたものでありつつも、そのさらに先をも見通そうとしていた特徴を持っている。チャンドラーによる英文学の思想潮流における位置づけ、C・S・ルイスとフライによる独自性の評価、キナが観察した政治観と美的・芸術的理想の複合性をふまえた上で、その内実についてはあらためて精査してゆく必要がある。

第三節　ロマンスの力

　モリスを中世主義者として評価したマーガレット・R・グレナンは、序論でもすでに一部引用したように、モリスの中世主義を次のように評価する。

　　モリスの人生には、彼自身の図案のひとつのような統一性がある——つまり、彼の言行のすべてにおけるヴィジョンの一貫性である。彼の新世界の夢は一見すると晩年の創造だが、実際には、蔓で伸びて咲く花のように、必然的に、初期の思想から発展したものであるし、中世主義と社会主義は、絡みあうふたつの枝のように、あるときは一方、あるときは

他方が優勢ではあるが、つねに離れがたくひとつに結びついていて、彼の生涯という織物に通底しているのである。(24)

　この主張を検証するためには、「社会主義者」と「芸術家」以上に、モリスが自らのアイデンティティとして強く保持していた「詩人」としての活動を検討することが不可欠である。

　モリスの文学作品は、ノースロップ・フライによれば、五つに分類できる。すなわち、第一に「人知れぬ教会の物語」や『グウィネヴィアの抗弁』(The Defence of Guenevere, 1858) に代表される初期の詩と初期の物語、第二に、代表作『地上楽園』の属する韻文ロマンス (verse romances)、第三に、『ヴォルスンガ・サガ』(The Volsunga Saga, 1870)、『オデュッセイア』(Odyssey, 1877) などの叙事詩・ロマンス翻訳、第四に、社会主義に関するエッセイと講演、最後に、『山々の麓』(The Roots of the Mountains, 1889)、『世界の果ての泉』(The Well at the World's End, 1896) などの散文ロマンス (prose romances) とファンタジーである。社会主義文学として著されたいくつかのユートピア作品も含め、いずれの時期の作品も、ヴィクトリア時代の文学に特徴的であったリアリズム小説の形態をとっていない。[40]

　今日まで、とくに後期の空想的な作品は、モリスの思想の表現としては軽視される傾向にあった。しかし、『異教の預言者ウィリアム・モリス』(A Pagan Prophet, William Morris, 1978) を著したシャーロット・H・オーバーグ (Charlotte H. Oberg) は、「ロマンス群は人生の諸相を強調し神話化しているために、彼が政治活動と同様に建築・工芸の領域で行なった個人的な闘争を補完しながら、モリスの作品のなかで重要な部分を構成するものとなっている[41]」と述べ、モリスの活動のなかでのロマンス執筆の重要性を指摘している。また、ノースロップ・フライは、19世紀に受け継がれたロマンスの伝統においてモリスが果たした役割を高く評価している。[42]ロマンス擁護はほかにも、アマンダ・ホジスン (Amanda Hodgson) の論考にも見いだされる。ホジスンは、モリスがロマンスを選択した意義を問う研究『ウィリアム・モリスのロマン

ス』（*The Romances of William Morris,* 1987）において、「小説は、社会学的・心理学的リアリズムを用いて、不幸な人々をのみ描写できるものである」とし、モリスが主著『ユートピアだより』でロマンスという形態を採用したのは、彼が幸福な人々を描写しようとしたためであったと指摘している。さらに、ホジスンは次のようにモリスのロマンスの意義を弁護している。

> モリスは目指すべき目標を持っていた。彼は自分の持つ文学の技術を、ほかに彼が所有していたすべてのものと同様に、彼の理想に役立てた。モリスが1880年代に抱いていた文学に関するさまざまなアイデアを熟考すれば、私たちはロマンスという形態のみが充分にそれらを具体化することができたと分かるだろう。(132)

これは、モリスが小説という形態を拒否したという意味ではない。モリス自身は1889年7月に、古建築物保護協会での講演で、「ロマンス」という語を次のように定義しているからである。

> 人々がそれ〔ロマンス〕を、ロマンティックであること（being romantic）と誤って呼んでいるのを耳にするが、ロマンスが本当に意味するのは、真に歴史を把握する能力のことであり、過去を現在の一部とする力のことである（the capacity for a true conception of history, a power of making the past part of the present）。（*AWS* 1 : 148）

モリスは自身の文筆活動に影響を与えた文学作品について、『ペル・メル・ガゼット』紙（*Pall Mall Gazette*）のインタヴューで、叙事詩やサガ、ジェフリ・チョーサーの作品、またトマス・マロリー（Sir Thomas Malory, c.1405–71）の『アーサー王の死』（*Le Morte d'Arthur*）といった中世ロマンスに加え、いくつかの「近代の物語」を挙げ、なかでもウォルター・スコットについては、「私はスコットを愛し称賛することにかけては、ラスキンにも引けを取らないと思う」と注釈をつけている（*Letters* 247）。同じ趣旨のインタヴューでラスキンが「ウォルター・スコットの全作品」と答えていることや、モリス自身が幼少期に自

宅にあったスコットの全集を耽読したという事実から、モリスがスコットにいかに熱中していたかが理解できるだろう。スコットの小説には、騎士道精神やバラッドといった中世の道徳や風俗が多く取り入れられているが、モリスのロマンスの定義に鑑みれば、これらの「小説」に含まれるスコットの歴史観も、モリスは「ロマンス」として享受していたと思われる[46]。

　つまり、モリスの「ロマンス」は、中世の文学形式の模倣としてではなく、モリスが歴史を語る上でもっとも適切な形式として採用されたと言える。過去を現在の一部にするということは、それをただ過ぎ去った時間として客体化するのではなく、自らの生という経験と連続したものとして、具体的にとらえ直すということである。晩年にロマンス制作が集中するのは、社会主義への転向を経て、実際に実践的活動に身を投じたモリスが、彼自身の経験のすべてを、ひとつの「詩」として人々によって共有される記憶に承接し、結晶化することができたからではないだろうか。

　そして、このような信念に裏打ちされたモリスの文学が、「中世」当時の人々による生活の具現として存在する「美」を理想的なものとした自身の芸術観と、それほど乖離したものであったとは考えがたい。むしろモリスの作品に描かれた中世的世界からは、モリスの芸術活動と不可分なひとつの理想像が浮かびあがる。次章以降では、モリスの描いた「中世」がどのようなものであり、またモリスの中世主義が同時代人たちにとってどのような意義を持っていたのかを、実際の描写から検証していきたい。

注

1 ）高宮利行「リヴァイヴァリズム」（鈴木博之・伊藤毅・石山修武・山岸常人編『近代とは何か』、21–66頁）37頁。

2 ）クリストファー・ジェラードは、1191年のグラストンベリ（Glastonbury）におけるアーサー王とグウィネヴィア王妃の遺体の「発見」を例に挙げて、中世の終焉より前に、中世の記念物と物質文化に対する興味が存在したと指摘している（Gerrard 5）。18世紀に入ると、ナショナリズムの高まりとともに好古趣味が流行し、19世紀のアーサー王伝説の流行（"Arthurian Revival"）へとつながった（Merriman

133）。

3）現在でも史跡として一般に公開されている。2008年から2010年にかけての改修工事によって往時の姿の復原が試みられるなど、ゴシック・リヴァイヴァル建築の代表例として著名な建物のひとつである。ウォルポールの存命中からすでに、使用人が案内する少人数の「観光ツアー」も行なわれたとされている（https://www.strawberryhillhouse.org.uk/the-house/history/、2024年 6 月30日閲覧）。

4）1839年に、ケンブリッジ大学トリニティ・コレッジ（Trinity College）の学部生であったジョン・メイスン・ニール（John Mason Neale, 1818–66）らによって設立された。イクリジアロジカル・ソサイエティ（Ecclesiological Society）としても知られ、「教会建築および古物の研究と、毀損された建築の残骸の修復」を目的とする（Clark 155）。ニールは聖歌の作者でもあり、今日でもアングリカン・コミュニオンの礼拝においては彼の作品が歌われる。

5）建物自体は、チャールズ・バリー（Sir Charles Barry, 1795–1860）によって古典主義様式で設計されているが、内外装を担当したのはゴシック・リヴァイヴァルの代表的な建築家のひとりであるA・W・N・ピュージンである。

6）彼らは『時局冊子』（*Tracts for the Times*）を発行し、イングランド教会こそが真のカトリック教会であり、国家に対して独立した権力を持つことなどを主張した。雑誌の名に因んで「トラクタリアン」（Tractarian）と呼ばれることもある。

7）「彼ら三人の指導者たちは、オックスフォード運動に三様の影響を与えた。すなわち、ニューマンは、教会の聖性を強調しつつ、知的探求の姿勢によって影響を与えた。キーブルは、道徳性を強調し、それによって牧会的側面で影響を与えた。ピュージは、道徳的・審美的側面を強調し、敬虔な霊性や礼拝の側面で影響を与えた。」（塚田理『イングランドの宗教──アングリカニズムの歴史とその特質』275頁）

8）野谷啓二『イギリスのカトリック文芸復興──体制文化批判者としてのカトリック知識人』30頁。

9）大木英夫『ピューリタン──近代化の精神構造』33頁。「キリスト教的社会有機体」（Corpus Christianum）は、すなわちカトリック教会によって普遍的に統率された社会を意味する「キリスト教世界」（Christendom）と同義であり、中世において教会が世俗の権威を超越する存在として大きな影響力を持ち、ヨーロッパ全体を結びあわせていたことを示すものである。ただし、ここで大木が展開しているような、近代化をすなわち「ピューリタン革命」とする見方については、1970年代より異論が呈示されている（岩井淳編著『複合国家イギリスの宗教と社会──ブリテン国家の創出』、 3 頁）。

10）「皇帝支配の教会」、いわゆるエラストゥス主義の採用。ただし実際にどこまでエラストゥス（Thomas Erastus, 1524–83）の影響があったかは定かではないとの指摘が

第一章　「中世」の理想を旅する　　**37**

ある（塚田、241頁）。

11）ヘンリ8世は、ローマへの税金の納入等を止める諸法の制定、教皇ではなく国王に最高司法権があることを定めた「上告禁止法」の制定（1533年2月）、国王をイングランドの教会の最高首長（supremum caput またはsupreme head）とする「国王至上法」の制定（1534年）を行なった。さらに1536年には年収200ポンド以下の修道院を対象とする「小修道院解散法」、その範囲を全修道院に拡大した39年「大修道院法」を制定し、修道院の財産を没収した。今日「修道院の解散」と呼ばれるこれらの諸法により、その建築および所有物が損なわれ、散逸した。これらの推進にはトマス・クランマー（Thomas Cranmer, 1489–1556）が大きな役割を果たしている。とはいえ、こうした「ローマ離れ」は、即「プロテスタント化」を指すわけではなく、同時にカトリックの教義に沿って実体変化を認める「六か条」（1539年）が制定されるなど、国内の教会において「カトリック体制の凝固」がおこっている（小嶋、66–67頁）。のちの中道体制への移行を考える際に看過できない点であるといえよう。

12）1828年に審査法が廃止され、1829年にカトリック解放令、1832年に第一次選挙法改正法が成立した。

13）野谷は、リンガードらの台頭を、イングランドにおいて起こった「カトリック文芸復興」の動きと位置づけ、イングランド教会の設立以降マイノリティという立場に押し込められた結果「教養」から切り離されてきたカトリックが、いかにして「知識人」となり、力を持った近代批判を打ち出すのかという過程を次のように分析している。カトリック知識たちは「プロテスタンティズムと結合させて喧伝される近代イングランドが創生した諸価値を『島国性』（"insularity"）という表現を使って矮小化し、それをカトリシズムと同一化され、ヨーロッパ全体のキリスト教的価値を表す『普遍性』（"catholicity"）と対峙させることによって、イングランドが普遍性から切り離された危うい存在であることを示」し、「自分たちの置かれているマイノリティの立場を逆手にとり、イングランドをヨーロッパの文脈でとらえ直すことによって、プロテスタンティズムの価値を負の価値に転倒しようと試みた」（52頁）。

14）A. L. Le Quesne "Carlyle" in A. L. Le Quesne et al., 62.

15）「〔……〕ナポレオンが敗北した後、中世復興を推し進めることになったのは、産業革命とその社会的影響だった。〔ベンジャミン・〕ディズレリが言った二つの国民、つまり豊かな人々と貧しい人々をどうすべきか、何ができるのか。〔ウィリアム・〕コベット、ピュージン、ディズレリ、カーライル、ラスキンは、中世から学ぶべきものがあるはずだと考えた。しかし、ディズレリが提起した問題にどのように対処するかについては、他の人々と同様、中世主義者たちも意見が分かれた。」（アレク

サンダー、野谷訳、260頁）

16) 近藤存志『時代精神と建築——近・現代イギリスにおける様式思想の展開』212-13頁。

17) 『オックスフォード英語辞典』（*OED*）には、1855年と1856年の用例が挙がっているが、著者が明示されている文献としてはラスキンの『ヴァル・ダルノ』（*Val D'arno*, 1874）が早期の例として認められている。"Medievalist, N." Oxford English Dictionary, Oxford UP, July 2023, https://doi.org/10.1093/OED/1175236826. Date of access 30 June 2024.

18) ベンジャミン・ディズレリ（Benjamin Disraeli, 1804-81）が著書『シビル、または二つの国民』（*Sybil, or, The Two Nations*, 1845）で「豊かな者と貧しい者」（"the rich and the poor"）を表すために用いた。「二つの国民。その者たちの間には、いかなる交流も共感もない。まるで違った区域に住んでいるかのように、もしくはまるで違う惑星の居住者であるかのように、互いの習慣・思想・感情に無知なのです。彼らはまったく違ったふうに躾けられ、違う食べ物で育ち、違った作法を身につけていて、同じ法によって支配されはしない。」（Disraeli 65-66）

19) カーライルは、主著『過去と現在』（*Past and Present*）のなかで、持てる者と持たざる者が乖離している現状を、次のように指摘した。「イングランドの状態は〔……〕この世のなかでもっとも不気味で、その上もっとも奇妙な状態のひとつであると、正確にとらえられている。イングランドは非常に富んでいて、多種多様のものを作り出し、人々が望むあらゆるものを供している。それにもかかわらず、イングランドは、飢えによって瀕死の状態にあるのだ。」（3）

20) アーツ・アンド・クラフツ運動とは、W・R・レザビー（W. R. Lethaby, 1857-1931）、C・R・アシュビー（C. R. Ashby, 1863-1942）らが中心となって行なった手工芸復興運動であり、モリスの理想を継承した運動であった。ウィーンにおける分離派（Wiener Sezession）、フランスにおけるアール・ヌーヴォー（Art Nouveau）、ドイツにおけるユーゲントシュティール（Jugendstil）およびドイツ工作連盟（Deutscher Werkbund）とその後継であるバウハウス（Bauhaus）の活動にもつながった。

21) Ruth Kinna, *William Morris: The Art of Socialism* 36.

22) 日常生活の中で芸術が生まれるべきという信念はピューリタン的である、という指摘。モリスがピューリタニズムを批判していたという事実については、「モリスはピューリタニズムと古典主義を『私が世界でもっとも憎んでいるもの』であると述べたが、彼は、より一般的なプロテスタントの関心事である日々の活動の主要な倫理的重要性よりも、ピューリタンの倫理の冷たい厳格さを念頭においていたのだ」（Bevir 88-89）とし、本質的ではないと判断している。

23）講演「民衆の芸術」（"The Art of the People", 1879; *CW* 22: 28-50）でモリスは、芸術と生活の一体化について次のように述べている。「現代の生活がいつか心地よいものになりうるとしたら、そこにおいて大変必要とされる二つの美徳があると、私は信じている。そして私は『作り手と使い手の幸せとして、民衆によって作られるべき民衆のための芸術』（ART WHICH IS TO BE MADE BY THE PEOPLE AND FOR THE PEOPLE, AS A HAPPINESS TO THE MAKER AND THE USER）の種を蒔くのに、それらが絶対に必要であるということをまったく確信している。これらの美徳とは、誠実さ（honesty）と生活の質素さ（simplicity of life）である。私の意味するところをより明らかにするために、二番目の美徳の対極にある悪徳を示しておこう。つまり奢侈（luxury）である。誠実さというのは、すべての人に対して注意ぶかく熱心に、与えるべきものを与える義務、そして他者の損失によって利益を得ることをしないという決意のことを言っているのだ。こうした利益は、私の経験では、公共の美徳ではないのである。」（*CW* 22: 47-48）

24）MacCarthy, *Morris* 36.

25）1856年7月の、コーメル・プライス（Cornell Price, 1835-1902）宛の手紙（*CL* 1: 28）に見られる表現。詳しくは本書第二章にて後述する。

26）MacCarthy, *Morris* 85-87, 96.

27）1870年代後半には、モリスは商会の仲間たちと配当をめぐって決裂する。それにともない、商会は「モリス商会」（Morris & Co.）に改称された。

28）民主連盟は翌年に「社会民主連盟」（Social Democratic Federation, SDF）に改称する。モリスは同志ハインドマン（Henry Mayers Hyndman, 1842-1921）との不和から同年末にSDFを去り、社会主義同盟（Socialist League）を結成した。

29）モリスが結婚後の新居として建てた住宅で、1860年から65年まで使用された。設計はフィリップ・ウェッブによる。イングランド南東部のケント州（Kent）ベクスリーヒース（Bexleyheath）に建造されたのは、モリスがカンタベリとロンドンの間、つまりチョーサーが描いたカンタベリへの巡礼路の途中に住むことを望んだからである（MacCarthy, Fiona. "Morris, William（1834-1896）, designer, author, and visionary socialist." *Oxford Dictionary of National Biography*. October 08, 2009. Oxford University Press. Date of access 30 June 2024, ⟨https://www.oxforddnb.com/view/10.1093/ref:odnb/9780198614128.001.0001/odnb-9780198614128-e-19322⟩）。2002年よりナショナル・トラスト（National Trust）の所有となっている。

30）この商会が行なった中世風の家具の製作は、彼らの独創ではない。ピュージンはすでに1851年の万国博覧会（Great Exhibition）で、「中世の中庭」（Medieval Court）と題した設えを出品しており、モリスらはそれを引き継いだという指摘がある（MacCarthy, *EB-J* 153）。またクライヴ・ウェインライト（Clive Wainwright）はピュー

ジンが平面デザインにおけるパターン・色彩の基礎を築き、モリスを含む次世代の
デザイナーたちの先駆者としての役割を務めたと評価している（Aldrich, et al.
172）。

31）アシャースト（Ashurst）は、モリスの北欧文学受容として、ジョージ・ダセント（Sir
George Webbe Dasent, 1817-96）の『ニャールのサガ』（*Njáls saga*, 1861）と『ギ
スラのサガ』（*Gísla saga*, 1866）、ベンジャミン・ソープ（Benjamin Thorpe,
1781/ 2 -1870）の『詩のエッダ』（*The Poetic Edda*）の翻訳（1866）、エイモス・コッ
トル（Amos Cottle, 1768?-1800）の『アイスランド詩』（*Icelandic Poetry*, 1797）、
トマス・パーシー（Thomas Percy, 1729-1811）の『北方の古代文化』（*Northern
Antiquities*, 1770, 1847）、ウォルター・スコットの『エイルビッギャ・サガ』の要
約（*Eyrbyggja saga*, 1814）を挙げている。谷口幸男によれば、17世紀にヴァイキン
グへの興味が高まったが、当時はデンマークのオーレ・ヴォルム（Ole Worm,
1588-1654）の著書の影響で、野蛮さや豪胆さが誇張された理解に留まっていた（ト
マス・グレイThomas Gray, 1716-71の訳詩など）。その後、19世紀に入って本格的
研究がはじまり、リチャード・クリスビー（Richard Cleasby, 1797-1847）、ダセント、
サミュエル・レイン（Samuel Laing, 1780-1868）、ロバート・ロウ（Robert Lowe）
らによって北欧文学研究が進み、以降、カーライル、マシュー・アーノルド（Matthew
Arnold, 1822-88）、モリスとつづく（谷口幸男『エッダとサガ──古代北欧への案内』
新潮社、1976年、243-44頁）。

32）通称 "Anti-Scrape"（「反・剥ぎ取り」）。当時流行していた古い建築物の「修復」に
ついて、「破壊」、「改悪」と同じことであるとして弾劾した。なお、こうした「修復」
反対運動の先駆けとしては、建築家A・W・N・ピュージンが挙げられる。

33）1875年から顕在化した東方問題について、親トルコ的態度をとるディズレリの政策
に反対するために、1876年に設立された団体。モリスは1876年11月にこの団体の財
務担当となった。

34）グレーター・ロンドン西部のハマスミス（Hammersmith）にある。かつてはジョー
ジ・マクドナルド（George MacDonald, 1824-1905）の住居（The Retreat）であった。
モリスが晩年を過ごし、『ユートピアだより』の舞台にもなった家である。社会民
主連盟のハマスミス支部（後には社会主義同盟のための拠点）として、ここで社会
主義者たちの会合が開かれた。

35）これについてグレナンは「〔……〕ラスキン風の中世主義の奇想に対する共感に欠
けていたにもかかわらず、彼は率直に、繰り返し、この先人の根本的な考えに負う
ところが大きいことを認めた」（Grennan 21）と指摘している。

36）はじめての半公的な伝記であるジョン・W・マッケイル（John W. Mackail）の『ウィ
リアム・モリスの生涯』（*The Life of William Morris*, 1899）でも、モリスの社会主

義者としての側面は薄められている。マッケイルはモリスの盟友エドワード・バーン＝ジョーンズの娘婿であり、この伝記はバーン＝ジョーンズ夫妻の依頼によって書かれたものであったため、ヴィクトリア時代当時に不適切と考えられた内容（モリスの妻の出自や不倫関係、長女ジェニーの病名［癲癇］、二女メイの失敗した結婚）は伏せられ、バーン＝ジョーンズが共感しなかった社会主義活動についての記述は抑えられているためである（川端康雄による訳者解説［ヘンダースン『ウィリアム・モリス伝』、581-82頁］を参照）。しかし現在では逆に、社会主義活動に集約されるものとして、モリスの全活動が論じられることも少なくない。マッケイルが過小評価した社会主義者としての側面は、1934年にはR・ページ・アーノット（R. Page Arnot）やG・D・H・コール（G. D. H. Cole）が指摘したが、革命家モリスの評価を決定的にしたのはE・P・トムスン（E. P. Thompson）の『ウィリアム・モリス——ロマン主義者から革命家へ』である。トムスンはこの伝記において、モリスがキーツらロマン派から受けた影響がいかに社会主義運動へと展開されたかという点を緻密に論証している。

37）チャンドラー『中世を夢みた人々』（研究社、1994年）279-350頁。

38）これ以前には、齋藤勇のように、「［モリスは］中世趣味について D. G. Rossetti の影響を受けたけれども、かなりちがった方面での開拓者でもあった。彼は Pre-Raphaelite というよりも、むしろ更に進んで全く medieval であるべきことを主張し、そして中世修道院風の共同生活を営みつつ完全な芸術品を製作することを理想とするなど、当時の生活を改めることに力を注いだ」（438-39頁）として、主にラスキンの後継者として社会思想家の系譜からモリスの中世主義を評価するものが見られた。

39）Ruth Kinna "William Morris and the Problems of Englishness" 85-99.

40）Frye "Meeting of Past and Future in William Morris" 303-18. 齋藤勇が行なった分類もほぼ同様だが、第1期に「抒情詩とromanceとの時代」、第2期「Romanticな物語詩の時代」、第3期「叙事詩時代」、第4期「prose romanceおよび社会主義の著作」となり、社会主義の著作とロマンスをひとつにまとめている（『イギリス文学史』、439-40頁）。

41）Oberg 129.

42）フライは、ゴシック小説のなかに残存した中世ロマンスの伝統を受け継いだモリスの、「百科全書的なアプローチ、文学の主要な物語をすべて蒐集して再話もしくは翻訳しようとする野心」を称賛している（Frye, *The Secular Scripture and Other Writings on Critical Theory 1976-1991* 6 ）。

43）Hodgson 129.

44）「ロマンス」の原義について、ギリアン・ビア（Gillian Beer）は「文字通りの意味

は『通俗書』（popular book）である。当時の〔学者語ラテン語に対する〕卑俗語文学と結びつけられる特徴は、恋愛と冒険と空想力の独特な奔放さである。〔……〕ロマンスは、主題は宮廷的であっても、物語ることばはすべての人に理解できるものであった」としている（6頁）。また発展的定義としては、ノースロップ・フライが「（1）主として理想化された世界を扱う文学ミュトス。（2）散文フィクションに属するが小説とは区別される形式で、スコット、ホーソン、ウィリアム・モリスなどが書くような物語。（3）叙事文学の一様式で、主な作中人物たちは不思議の世界に住んでいる（素朴ロマンス）か、さもなければ雰囲気が哀歌的、田園詩的で、したがって模倣様式よりも社会的批判にさらされることが少ないもの」（フライ『批評の解剖』海老根宏他訳、「特殊用語一覧」514頁）としている。

45）『ペル・メル・ガゼット』1886年2月2日号に掲載。編集者から送られてきた良書100冊のリストを添削して返送するという形で行なわれた。モリスの返信に記されたリストは、ヘブライ語聖書、ホメロス（Homer）、『エッダ』（*Edda*）、アイスランド・サガ、『農夫ピアズ』、『ニーベルンゲンの歌』（*Das Nibelungenlied*）、アラビアやペルシアの詩、『千一夜物語』（*Arabian Nights*）、キーツ（John Keats, 1795–1821）などから成っており、具体的な作品名・作家名に混じって、ジャンルの名前を回答している部分もある。小説としては、ジョン・バニヤン（John Bunyan, 1628–88）、ダニエル・デフォー（Daniel Defoe, 1660–1731）、ウォルター・スコット、デュマ・ペール（Alexandre Dumas, père, 1802–70）、ヴィクトル・ユゴー（Victor Hugo, 1802–85）、チャールズ・ディケンズ（Charles Dickens, 1812–70）、ジョージ・ボロー（George Borrow, 1803–81）らの作品を好んで読んでいたということを明らかにしている（*Letters* 247）。

46）米本弘一は、スコットの小説とゴシック・ロマンスの違いについて次のように述べている。「ゴシック・ロマンスも過去を舞台とするものが多いが、過去の時代は主に物語の雰囲気作りのために使われており、それは特定の時代である必要はなく、漠然とした昔の物語となっている。それに対して、スコットの歴史小説では特定の時代を描くことに意味があった。そして、特に初期のスコットランド小説では〔……〕現在とつながりを持ち、さらに未来へと続いていくものとしての過去の時代、つまり『連続体』としての歴史が描かれている」（17頁）。

第二章

「中世」の美しさを讃える
──初期作品における憧憬

　ウィリアム・モリスは、G・E・ストリートの事務所のロンドン移転にと
もない、1856年にエドワード・バーン＝ジョーンズとともにブルームズベリ
(Bloomsbury) のアッパー・ゴードン・ストリート (Upper Gordon Street) に居
を移した。モリスはこの時期に、バーン＝ジョーンズの仲立ちによって画家
ダンテ・ゲイブリエル・ロセッティと出逢うこととなるが、彼が仲間ととも
に創りあげたラファエル前派兄弟団の活動は、文学および芸術における「実
践」という面においては、ジョン・ラスキン以上にモリスに強い影響をおよ
ぼした。

　ラファエル前派兄弟団は1848年9月に結成された、ウィリアム・ホルマン・
ハント (William Holman Hunt, 1827-1910)、D・G・ロセッティ、ジョン・エヴァ
レット・ミレイ (Sir John Everett Millais, 1829-96) を中心とし、さらにジェイム
ズ・コリンスン (James Collinson, 1825-81)、トマス・ウルナー (Thomas Woolner,
1825-92)、フレデリック・ジョージ・スティーヴンズ (Frederic George Stephens,
1828-1907)、D・G・ロセッティの弟ウィリアム・マイケル・ロセッティ (William
Michael Rossetti, 1829-1919) を加えた、画家・彫刻家・美術批評家・詩人で構
成される一派である。彼らはそれまでのアカデミーの絵画において主流だっ
た手法 (ラファエロ・サンティRaffaello Santiを模範とする "Grand Manner") を、感情
のともなわない技巧のひけらかしであるとして否定した。その根底に流れる[1]
理念は、ラスキンが美術評論『近代画家論』(*Modern Painters*, 1843-60) で飛檄
したロマン主義の精神でもある自然への回帰であった。

　この一派の特筆すべき点は、彼らの活動が、絵画と文学を姉妹芸術とみな

す複合的なものであったということである[2]。1850年1月から4月までの短い期間ではあったが、彼らは機関誌『萌芽』(*The Germ*)を合計4号発行し、ひろく詩や散文を発表した。D・G・ロセッティはこの雑誌の第1号で、代表作となる短篇「手と魂」("Hand and Soul", 1850)を発表している。さらに同誌にはロセッティ兄弟の妹クリスティナ・ロセッティ(Christina Rossetti, 1830–94)やコヴェントリ・パトモア(Coventry Patmore, 1823–96)といった兄弟団外の人物も寄稿者に名を連ねた。

　編集を担当したW・M・ロセッティはこの機関誌について、1901年に次のように述べている。

　　　兄〔D・G・ロセッティ〕が考案した表題は、「自然への思い」("Thought towards Nature")であり、このフレーズは非常に奇妙なものに思われるけれども、精確にラファエル前派兄弟団の基本理念を示すのに足るものであった。つまり、芸術家たちは画家であれ作家であれ、自分の個人的な思考を明確化して表現することに専心するべきであり、またそれらは自然の直接的な観察に基づいた、自然の顕現と調和するべきものである、という理念である[3]。

最終的に誌名は、当初予定されていたこの抽象的な表題を副題とする形に変更され、『萌芽』となったのであった。ラファエル前派は数年で解散したが、本章ではこのような原則にしたがうものとして実践されたラファエル前派主義が、モリスの活動の指針をどのように形成していったのかを、以下に精査してみる。

第一節　D・G・ロセッティの「内なる詩」

　モリスとエドワード・バーン＝ジョーンズが、この一派の理念について初めて知るのは、ほかならぬジョン・ラスキンが1854年にエディンバラで行なった講演の記録を読んだときであり[4]、ラスキンによるこの紹介は次のようなも

のであった。

> ラファエル前派主義はただひとつの原則しか持たない。それは絶対的で徹底した真実を求めるもので、もっとも細やかな部分まで自然を掘り下げることによって、自然からのみ得られるものである。すべてのラファエル前派の風景画の背景は、最後の一筆に至るまで、戸外で、そのもの自体を観察して描かれている。すべての人物画は、どれほど表現を練習したものであっても、ある生きた人間の真実の肖像となっている。(*Works* 12: 157–58)

ラファエル前派が目指ざしたのは、既存の流儀にしたがうのではなく、物事を「萌芽」の瞬間の姿にまで掘り下げて観察し、自然、つまり本質（nature）に迫ることであった。同派の象徴的な作品として知られるD・G・ロセッティの《見よ、我は主の婢なり（受胎告知）》(*Ecce Ancilla Domini (Annunciation), 1864–70*)、ミレイの《両親の家のキリスト》(*Christ in the House of His Parents, 1849–50*) のように、聖書を画題としながらまるで風俗画のような作品を制作したのは、徹底的に、見えるがままの「自然」を掘り下げた結果であった。ただ画中の人物の外観や背景を同時代のもののように描くのではなく、たとえば《受胎告知》の処女マリアの怯えた表情のように、いままで技巧的表現の背後に覆い隠されてきた内なる「本質」を表現しようとしたのである。[5]

　D・G・ロセッティは、ラファエル前派兄弟団の解散後、バーン＝ジョーンズら若い世代との交流を深めており、当時の主流の絵画について、こうした「本質」と通う「内なる詩」を表現したものではないと批判していた (MacCarthy, *Morris* 115)。彼にとって画家とは、この「内なる詩」を持っているものならば誰にでもなれる職業であった。[6] D・G・ロセッティに画家になるよう勧められたモリスは、1856年に友人に宛てた手紙のなかで、次のように語っている。

> 〔……〕ロセッティは私に画を描くべきだと言った。君は必ずできるから、

と。彼はとても偉大な人物で、「律法学者のようにではなく、権威ある者として」話すので、私はやってみなくてはならない。多くのことは望まないと言わざるをえないが、最善を尽くしてみるつもりだ。彼は絵画の主題についての実際的な助言をくれた。〔……〕建築はあきらめずに、事務所の仕事以外に一日六時間デッサンをできるかどうかやってみている。〔……〕政治・社会的な主題を扱うことには興味がない。なんだか物事が全体的にごちゃごちゃしているし、私にはそれを正常化する力も適性もないからだ。私の仕事は、何らかの形で理想を具体化することだ（My work is the embodiment of dreams in one form or another）。（*CL* 1 : 28）

この時点で、D・G・ロセッティはモリスにとって師のような存在であった。「律法学者のようにではなく、権威ある者として」という表現は、「マルコによる福音書」の第1章22節の表現であり、イエスが安息日にシナゴーグで教えを説いた場面で用いられているものである。少々おかしみを誘う誇張としてもとれるが、当時のモリスにとってのロセッティの存在の大きさをうかがわせる。そしてそのロセッティによってうながされた実践の試みは、決然とした「私の仕事は、何らかの形で理想を具体化することだ」という宣言につながるのである。

　この言葉は、まさにモリスが生涯にわたっていろいろな表現形式で彼の理想を具現化しようとする試みのすべてを、端的に表しているように思われる。このときにはただ言われるがままに「内なる詩」を表現するための方法を模索していたとしても、ここで芸術活動によって自分の理想を表現することができるのだと悟ったことは、モリスの将来の活動を方向づけてゆく。ロセッティはモリスの「内なる詩」を感じとり、自らのようにできるはずと考えて絵画を勧めたが、この後まもなくモリスは絵画を描くことをやめ、詩集の準備にかかっている。しかし、そのようにさまざまな表現方法で同じひとつの理想を具体化できるという発見は、『萌芽』において宣言されていた、芸術活動の根本としての "nature"（自然／本質）の追求の延長線上にある。モリスの画

第二章 「中世」の美しさを讃える　47

家としての作品はわずかしか確認されていないが、それらの評価は決して高いとは言えないものであり、D・G・ロセッティによってモリスは逆に絵画制作に固執することなく、詩作やデザイン業に移行していく道を拓かれたともいえよう[8]。

　D・G・ロセッティの影響はこのように、おもにモリスの画家・詩人としての経歴にだけでなく、「内なる詩」の表現者としての自己認識にまでも顕著におよんだのであった。無論、従来指摘されてきた彼とモリスの妻ジェイン（Jane Morris, née Burden, 1839–1914）との不倫関係は、伝記的には重要な事実と言えるのだが、彼はモリスにとってただ活動上の障害であったというわけではなく、むしろ模倣すべき芸術家像として、ある種の「権威」であったという点は重視すべきである[9]。D・G・ロセッティは、その退廃性やラスキンとの齟齬などから、思想上の軋轢を強調されることが多い一方、詩・文学と美術の一致といった思想の先駆者であり、モリスにとっての模範であり、その意味では理想を共有する同志でもあった。その理念は後々のモリスに引きつがれ、文学表現や、文学の視覚的な呈示である出版業へとつながっていく。

　ところで、モリスの「政治・社会的な主題を扱うことには興味がない」という発言について、ホクシー・ニール・フェアチャイルド（Hoxie Neale Fairchild）は、モリスがオックスフォードでの日々において、ヴィクトリア時代の中世主義思想の政治社会的側面に決して鈍感であったわけではないと指摘している（369）。たしかにモリス自身の回顧によれば、モリスの社会活動の源泉をこの時点の中世主義に見いだすことは間違ってはいない。彼はキングズリやラスキンから多くを吸収したことを認めている。ただし、いかにラスキンの思想がモリスに衝撃を与えたとしても、この時点ではまだやはり「芸術家」の範疇、つまりある種唯美的な、自らの手で美を創出する人間になることを超えるほどはっきりとした目的意識を抱いているようには思われない。つづいて見ていくように、モリスはほぼ同時代のアルフレッド・テニスン（Alfred, Lord Tennyson,1809–92）やケネルム・ディグビ（Kenelm Henry Digby,

1800–80）らによる、中世をモティーフにした作品から大いに霊感を受け、この時期はそうした表現の習熟に徹しているからである。次節では、実際に作品中に見いだされる歴史観の片鱗について検討する。

第二節　荒墟と幻影

モリスは1855年に初めて、「柳と赤い崖」（"The Willow and the Red Cliff"）[10] という詩を友人たちに披露している。このタイトルはシャーロット・ヤング（Charlotte Yonge, 1823–1901）の『レッドクリフの相続人』（The Heir of Redclyffe, 1853）から採られたとされ、内容にも連関が見られる[11]。エドワード・バーン＝ジョーンズは、当時のことを「ある朝、ちょうど朝食の後だった。彼は初めて作った詩を持ってきた。その後、何らかの詩のない週末はなかった」と回顧しており、モリスらがこの時期いかに詩作に熱中していたかがうかがえる（CW 1 : xj）。

この年はモリスが友人たちと北フランスにゴシック建築をめぐる旅に出た頃であり、その成果は、作品の廃墟描写などに反映された。翌1856年、モリスは自らも出資した同人誌『オックスフォード・アンド・ケンブリッジ・マガジン』（Oxford and Cambridge Magazine）に、アーサー王伝説や北欧趣味などをモティーフとした詩や物語をいくつか発表し、文筆活動を本格化させている。モリスはつねに自身を詩人として認識していた。のちの『ジョン・ボールの夢』でも、自らを投影した語り手が「韻を踏むことのできる言葉」（"A tongue that can tell rhymes", CW 16: 219）――「詩」の言語――を話す者である、と宣言しており[12]、一貫した明確な自己意識を見ることができる。

モリスが1856年１月に、21歳で発表した散文作品「人知れぬ教会の物語」（"The Story of the Unknown Church"）は、主人公である石工の親方（the master-mason）ウォルターが、600年以上前の聖堂建築時を「回想」するという、ゴシック小説によく見られる不可思議な語りを行なう作品である。姉あるいは妹のマーガレットとともに聖堂の外面装飾を彫っていた彼は、預言者アブラハム

の表現に苦悩しているうちに、奇妙な夢を見た。夢に出てきたのは、十字軍に出征している最愛の友人アミヨであった。夢から醒め、アミヨとマーガレットがこの世を去り、遺されたウォルターは数十年後、彼らの墓に最後の百合を彫り終え、鑿を握ったまま死ぬ。

　モリスはこの作品を執筆する前の1855年7月に、すでに述べたように北フランスの大聖堂をめぐる旅に出ており、この作品はそのときの体験を交えて書かれたものである。実際の描写をいくつか引いてみると、モリスは、「廃墟」(ruins) や「畏怖と喜び」(awe and joy) という、ゴシック小説風の要素を交えつつ、次のように教会を描写する。

> Now the great Church, and the buildings of the Abbey where the monks lived, were about three miles from the town, and the town stood on a hill overlooking the rich autumn country: it was girt about with great walls that had overhanging battlements, and towers at certain places all along the walls, and often we could see from the churchyard or the Abbey garden, the flash of helmets and spears, and the dim shadowy waving of banners, as the knights and lords and men-at-arms passed to and fro along the battlements; and we could see too in the town the three spires of the three churches; and the spire of the Cathedral, which was the tallest of the three, was gilt all over with gold, and always at night-time a great lamp shone from it that hung in the spire midway between the roof of the church and the cross at the top of the spire. (*CW* 1 : 149-50)

その教会と、修道士たちが住む修道院の建物は、町から約三マイル離れていた。町は豊かな秋の田舎の風景を見渡す丘にあった。胸壁が突き出している大きな壁に囲まれ、ところどころに塔があり、教会墓地や修道院の庭から、兜や槍の閃きや、おぼろげにはためく旗影を、騎士や領主や武装した男たちが胸壁を歩き回るときに、しばしば見ることができた。町の中には三つの教会の三本の尖塔も見えた。司教座聖堂の尖塔は、この三本のうちでもっとも高いのだが、全体が金色に輝き、夜にはいつも、

教会の屋根と尖塔の先端の十字架のちょうどあいだのところに吊り下げられている大きな聖体ランプが輝いていた。

堂々とした存在感をもった教会とそれを取りまく風景の描写においてまず特徴的なのは、ピュージンが著書『対比』で呈示したような、尖塔の建ちならぶ風景である。またここでは、騎士や彼らの武具という、ウォルター・スコット風の、懐古主義的な中世の諸要素が見られる。騎士道と、司教座聖堂の十字架と聖体ランプという「信仰」の表現、そしてこの作品で強調される「秋」という季節は、たそがれの時代としての中世を暗示しており、厳粛さ、畏怖といったゴシック小説の要素を具えている。こうした傾向は、同時代のモリスの他の作品にも顕著であり、物寂しい、陰鬱な空気感が特徴的となっている。

　この作品のなかでモリスは、しかしただゴシック聖堂を描写するだけではなく、のちにデザイナーとして積極的に取り入れていく自然の美とゴシックの美を、廃墟のイメージの中に溶かしあわせ、よみがえらせている。

[. . .] in the garden were trellises covered over with roses, and convolvolus, and the great-leaved fiery nasturium; and specially all along by the poplar trees were there trellises, but on these grew nothing but deep crimson roses; the hollyhocks too were all out in blossom at that time, great spires of pink, and orange, and red, and white, with their soft, downy leaves. [. . .] And in the midst of the great garden was a conduit, with its sides carved with histories from the Bible, and there was on it too, as on the fountain in the cloister, much carving of flowers and strange beasts. (*CW* 1 : 151、以下下線引用者)

〔……〕庭には棚があって、薔薇や昼顔で覆われていた。また葉が大きく、燃えるように赤い花を咲かせる金蓮花もあった。とくにポプラの木々に沿ってずっと格子組の棚が並んでいたが、そこには深紅の薔薇だけが生えていた。それからこのときにはタチアオイも、やわらかい綿毛におおわれた葉をもつ丈の高い茎にピンクやオレンジや赤や白の花を一斉に咲

かせていた。〔……〕そして大庭園の中央には水道があり、聖書の史劇が側面に彫刻されていて、上部には、柱廊にある噴水と同じように、花々と奇妙な獣が多く彫られていた。

ここでのspiresという語は細く上に伸びている植物の様子を表しているが、前述の引用に見られる高い尖塔を指す用法はここから発展したものだ。この類比によって、人々の生きる街が有機的な景観の一部であることを再度思いおこさせているように見える。本作で描かれる聖堂は、所在と建築時期はシャルトル、装飾はアミアンのノートルダム司教座聖堂のそれに基づくと指摘されているのだが（MacCarthy, Morris 87-89）、後者について『アミアンの聖書』（The Bible of Amiens, 1884）で論じたラスキンは、尖塔を "Flèche"（矢）と表現し、上に向かってに消えていく視線の流れから、天上とのつながりを思わせるイメージを見てとっており（Works 32: 28）、大地から伸びる花々の姿と重ね合わせるモリスの解釈とは対照的と言えるかもしれない。『オックスフォード・アンド・ケンブリッジ・マガジン』に掲載されたエッセイ「北フランスの教会群——アミアンの影」（"The Churches of North France: The Shadow of Amiens," 1856）において、モリスは本から学んだこととして、この聖堂は1771年に白塗りにされてしまう以前には、端から端まで花と星の模様と、歴史に彩られていたのだと述べており（CW 1: 353）、とくにこの自然と彫刻が調和した感覚と、その鮮やかさが詩人にとって印象深かったことが分かる。また、この庭園の中に配された水道（conduit）にも聖書の物語が彫られ、主人公のウォルターがマーガレットとともに仕事をする「西正面のポーチ」にも同様に聖書のモティーフがちりばめられており、アミアンの見事な彫刻を思わせる（図3）。「格子組」（trellises）は後年デザイナーとしてモリスが発表した壁紙のテーマとして扱われることにもなる、中世風の意匠としてよく使用されるものである。[13]

　順調に石工としての労働をこなしていたウォルターは、しかしこの後、アブラハムの図像で手が止まってしまい、マーガレットが花のモティーフを順

（図3）ラスキン、モリスが讃えたフランス北部・アミアンのノートルダム司教座聖堂。夜間は中世当時の極彩色の姿をプロジェクション・マッピングで再現する試みが行なわれている。2014年9月筆者撮影。

調に彫りすすめているあいだも、足場で考え込む。神から諸民族の父（father of a many nations）とされたアブラハムの図像は、厳粛でなければならない。ウォルターはアブラハムについて空想を始めるが、そこに現れるのは神に選ばれ、天の采配を待つ姿ではなく、勇猛に風を切って馬を駆る騎士、躍動する人間アブラハムの姿であり、まるで聖書ではなく、むしろ中世の騎士物語の登場人物のようである。

> All the figures in the porch were finished except one, [...]. The figure I had to carve was Abraham [...]. I took mine [my chisel] in my hand, and stood so, listening to the noise of the masons inside, and two monks of the Abby came and stood below me, and a knight, holding his little daughter by the hand, who every now and then looked up at him, and asked him strange questions. I did not think of these long, but began to think Abraham, yet I could not think of him sitting there, quiet and solemn, while the Judgment-Trumpet was being blown [.]
>
> ポーチに彫る像は一人を除いてみな完成した。〔……〕私が彫らなければならないのはアブラハムであった。〔……〕私は自分の鑿を手に、立って、内部の石工たちが立てる音を聞いていた。修道院の二人の修道士が私の下にやってきた。騎士が一人、自分のちいさな娘の手をひいていて、この娘はときどき父親を見上げては、妙な質問をした。まもなく私は思考をこれらのことからアブラハムにうつした。だが私は、アブラハムが、審判のラッパが吹き鳴らされるそのときに、そこに静かに厳粛に座っているのを想像することができなかった。

いかめしい聖書の人物のインスピレーションをつかめぬまま、ウォルターはただ教会の周囲で生きる人々の姿をぼんやりと観察している。アブラハムを求める空想は、やがてウォルターがひとり見知らぬ土地にいるという奇妙な白昼夢に転換する。その夢の中では、いかなる生き物も見られず、孤独であった。そしてそこにアミョが現れる。

[. . .] till at last I felt some one touch me on the shoulder, and looking round, I saw standing by me my friend Amyot, whom I love better than anyone else in the world, but I thought in my dream that I was frightened when I saw him, for his face had changed so, it was so bright and almost transparent, and his eyes gleamed and shone as I had never seen them do before. Oh! he was so wondrously beautiful, so fearfully beautiful! (*CW* 1 : 152–53)

〔……〕ついにわたしは誰かが肩に触れるのを感じた。そして見回し、自分のそばに友人アミヨが立っているのを見た。彼はわたしが世界の中でだれより愛する者である。だが私は夢の中で彼を見てぎょっとした。というのも彼の顔はすっかり変わっており、輝いてほとんど透き通るようで、その目はかつてわたしが見たことがないように生き生きときらめいていたのだ。ああ、彼は不思議なほどに美しい、おそろしいほどに美しい！

　夢の中で友人の顔はほとんど透き通っていて、ただ美しい。このような「奇妙な夢」の幻想的な描写は、一貫して18世紀より流行したゴシック小説の伝統を思わせる。また、いかにアミヨがウォルターの最愛の友人であるのかということが、やや無粋なほど平易な言葉で直接表現される。夢から醒めたウォルターは、気づけば彫刻を始めており、そのとき声がかかって、ウォルターは現実にアミヨと再会することになる。このアミヨという名前はラテン語の動詞amō（愛する）や名詞amīcus（友人）との関連が推察され、作中において[14]友との再会と創造の喜びというものが同種のものとして獲得されているのが見てとれる。芸術家である石工のウォルターが芸術を生みだす喜びと、友と再会する喜びが、美的体験として重ね合わされているのである。

　ただし、この物語では唐突に、このアミヨと、その婚約者であったマーガレットは、同時にウォルターのもとから去ってしまう。

The bitter dreams left me for the bitterer reality at last; for I had found him lying dead, with his hands crossed downwards, with his eyes closed, as though the angels

第二章 「中世」の美しさを讃える 55

had done that for him; and now when I looked at him he still lay there, and Margaret knelt by him with her face touching his; she was not quivering now, her lips moved not at all as they had done just before; and so, suddenly those words came to my mind which she had spoken when she kissed me, and which at time I had only heard with my outward hearing, for she said; "Walter, farewell, and Christ keep you; but for me, I must be with him, for so I promised him last night that I would never leave him any more, and God will let me go." And verily Margaret and Amyot did go, and left me very lonely and sad. (*CW* 1 : 157-58)

ついに、つらい夢の日々が、つらい現実となった。というのも、わたしは彼が死んで横たわっているのを発見したのだった。手は下に向けて組まれ、目は閉じられていた。まるで天使たちが彼のためにそうしたように。そしてまた彼に視線を向けると、彼はまだそこに横たわっており、マーガレットが彼のそばにひざまずき、顔を触れあわせていた。彼女はもはや震えてはおらず、彼女の唇は以前のようには動かなかった。彼女がわたしに口づけたときに語った言葉がわたしの脳裏を突然よぎった。それはそのとき、わたしがただ上の空で聞いていた言葉だった。「ウォルター、さようなら、キリストがあなたをお守りくださいますよう。でも私は、彼と行かなければなりません。彼と昨夜約束したのです――彼をもう決して一人にしないと。そして神はそうさせてくださるでしょう。」そしてまことにマーガレットとアミヨは去って、わたしはまったく孤独に、悲嘆のなかに取り残されたのだった。

この幻想的な別離の断片的回想は、ウォルターがふたりの旅立ちのまさにその瞬間を、現実味を帯びたものとしては経験していないことを示している。マーガレットが生前、アミヨとともに死ぬことを神がよしとしてくださったとウォルターに伝えていたのを、上の空の状態で聞いていたのをぼんやりと思い出すものの、そのときにマーガレットが祈りを込めて伝えたChrist keep youという言葉はウォルターにはなんの意味もなく、ウォルターはただ孤独

で、悲哀窮まる状態に陥る。つまり、ウォルターにとっては信仰は重要な意味を持ち得なかった。

　物語の結末、ウォルターは二人の墓を彫り、思ったよりも長い時間をかけて完成させる。

I was a long time carving it; I did not think I should be so long at first, and I said, "I shall die when I have finished carving it," thinking that would be a very short time. But so it happened after I had carved those two whom I loved, lying with clasped hands like husband and wife above their tomb, that I could not yet leave carving it; and so that I might be near them I became a monk, and used to sit in the choir and sing, thinking of the time when we should all be together again. And as I had time I used to go to the westernmost arch of the nave and work at the tomb that was there under the great, sweeping arch; and in process of time I raised a marble canopy that reached quite up to the top of the arch, and I painted it too as fair as I could, and carved it all about with many flowers and histories, and in them I carved the faces of those I had known on earth (for I was not as one on earth now, but seemed quite away out of the world). And as I carved, sometimes the monks and other people too would come and gaze, and watch how the flowers grew; and sometimes too as they gazed, they would weep for pity, knowing how all had been.

So my life passed, and I lived in that Abbey for twenty years after he died, till one morning, quite early, when they came into the church for matins, they found me lying dead, with my chisel in my hand, underneath the last lily of the tomb. (*CW* 1: 158)

彫るのには長い時間がかかった。当初、そんなにかかるとは思わず、すぐに終わると思い、「彫り終えたら死ぬだろう」と言ったのだ。だが、夫と妻のように墓の上で手を握りしめあって横たわる、わたしが愛する二人を彫り終えた後、まだ彫るのをやめることができなかった。わたしは彼らの近くにいようとして、修道士になり、聖歌隊席に座り、歌った。

第二章 「中世」の美しさを讃える　57

我々が再会できる時を想いながら。時間があるときは身廊西端のアーチ
に行って、大きな、弧を描くアーチの下の墓で作業をした。時が過ぎる
に従って、わたしはアーチの頂上に届く大理石の天蓋を建てた。それを
できる限り美しく彩色し、たくさんの花と歴史で彩った。その中にはこ
の世で見知った顔を彫った（というのも、わたしはいまはこの世の者でなく、
世界から離れているように思われるからだ）。彫っているとき、修道士やその
ほかの人々もやってきてじっとみつめ、花が成長していくのを見守って
いた。ときには彼らは、皆のかつての姿を思い出し、哀れみのために泣
いたものだった。
　このようにわたしの生は過ぎた。その修道院に、彼〔アミョ〕が死ん
でから20年間住んでいた。ある朝、ごく早朝に、彼ら〔修道士たち〕が
朝祷のためにやってきたとき、彼らはわたしが死んで横たわっているの
を発見したのだった。手に鑿を握ったまま、墓をかざる最後の百合の下
で。

「彼らの近くにいようとして、修道士になった」とはいえ、それは敬神の念
（piety）によってではなく、三人を結ぶ愛のためにウォルターは祈っている。
祈りは神に向けられず、むしろ彫刻を通してウォルターの追悼が表現される
のである。ウォルターはできるかぎり墓以外の場所にも花々と歴史（flowers
and histories）を装飾し、最後に墓に百合を彫り終え、鑿をもったまま事切れる。
このhistoryという語は、聖書の物語と解釈することも可能だが、前段までで
確認したように、アミョとマーガレットのことを思いながら作品を仕上げ、
また祈ってきた石工であるウォルターが、この友人との再会の舞台となった
聖堂で刻んだhistoryは、より広い意味での、彼ら自身の生の記録、つまりそ
の友愛そのものの履歴であると解釈することが可能だろう。アマンダ・ホジ
スンは、最終的に教会は完全に失われたことが冒頭で示されていることから、
芸術の永続性への疑義を本作の中に感じとっているのだが（Hodgson 34）、モ
リスは先に引いたエッセイ「北フランスの教会群」のなかでむしろこう述べ

ている。

> 　〔……〕私はこれらの同じ北フランスの教会群が、この地球が生み出したあらゆる建造物のうちでもっとも荘厳で、もっとも美しく、もっともやさしく愛に充ちたものだと思う。そしてこれらの教会を建てた、この世を去った大工たちのことを思うと、そのむこうに非常にかすかに、おぼろげに、中世の時代をわずかに見通すことができる。そうでなければ、それは私から永遠に去り、声なきものとなってしまう。そして彼ら同じ大工たちはいまだ生きていて、現実の人間で、愛を受けとることができるのだが、私はいまこの世に生きている偉人や詩人、画家のような人々に劣らず、いま呼吸をしている、私にやさしい目を向けてくれるのを見ることができる私の友人たちに劣らず、彼らを愛している。(*CW* 1 : 349)

このエッセイからはむしろ、聖堂が地上から消え去っても、かつてそれを建てた人々に目を向けようとするモリスの特異な愛が宣言されている。アミヨとマーガレットへの慕情のために最後まで鑿を握りつづけるウォルターの姿は、モリス自身の中世の職人たちへの敬意の表現なのであり、彼らを同時代人と同様に身近な存在としてとらえようとするモリスの感覚の鋭敏さが、最初期の文学作品においてもほぼ完全な形で認められるのである。

　この作品は、中世の教会をモティーフとして扱いながらも、いつのまにかアブラハムが姿を消しているように、主題はキリスト教の教義とはいえない。友情の記憶を聖堂に彫りこむことで、この聖堂を真の意味で人間の営為を記録する「芸術」として、ウォルターは完成させる。この物語が語る「歴史」は、そうした精神的紐帯が存在した時代を現代に伝え、またふたたび希求するためのものへとつながっていく。なお、亡霊のような立場の主人公が、「かつてあった聖堂」の「記憶」を語る構造には、形骸化した教会の在り方への批判意識が少なからず影響していると考えられる。このように、ゴシック建築を、キリスト教建築として信仰復興に用いるのみならず、ひろく「民衆の建

築（芸術）」と見なすことで、無名の人びとの手でつくられる社会を擁護・讃美しようとする見方はまさに、後述するように、モリスの生涯を貫くテーマともなるのである。

第三節 「夢」の伝統

この時期モリスはほかにもいくつかの作品を世に出しているが、同じく『オックスフォード・アンド・ケンブリッジ・マガジン』に掲載された「夢」（"A Dream"）もまた、類似したゴシック小説の雰囲気を持っている。「夢」というモティーフ自体がラファエル前派に共通するものであったであったことは、キャロル・G・シルヴァーが『黄金の鎖──ウィリアム・モリスとラファエル前派に関する試論』（*The Golden Chain: Essays on William Morris and Pre-Raphaelitism,* 1982）でも指摘しており、本作においてとくに視覚的な表現や象徴主義的な描写はD・G・ロセッティを参考にしたものであるという[15]。この短い散文作品である「夢」で中心に描かれているのは、騎士ロレンス（Lawrence）と令嬢エラ（Ella）のロマンスであり、ほかにも、恋人たちの「再会」の場所として設定される尖鋒にある洞窟、随所に出現する「神」（the God）、「聖母マリア」（Virgin Mother）、「テ・デウム」（Te Deum）、また時を超えて互いを探しつづけている騎士と乙女など、「人知れぬ教会の物語」にも見られるような、典型的かつ幻想的な中世風の特徴が散見される。

作品の構造としては、まず語り手である「わたし」（"I"）が見たという夢のなかで、四人の男たちが、風が吹きこむ家の火の側で語りあっていた、というところから始まる。最初は最年長のヒュー（Hugh）が親から聞いていた話だが、やがて彼が見た夢の話にかわる。そしてそれを引き継ぐようにジャイルズ（Giles）の夢の話にうつる。次に、ヒューとジャイルズが共通して夢に見たこの男女が、四人が語りあう家を訪ねてきて、残りの二人もともに彼らを目撃する。つまり、この作品は、大枠として語り手が見た夢があり、そのなかで「ヒューの夢」、「ジャイルズの夢」が語られ、その後ヒューとジャ

イルズと、彼らの話を聞いていたオズリック（Osric）とハーマン（Herman）が「実際に」、少なくとも百年以上前の世界に生きていたはずの人物を目撃するという不可思議な体験が、多重構造の夢の形を取って描かれる。「わたし」は、「夢の中で、わたしは月が墓を照らすのを見た。絵入り硝子を通して美しい光を投げかけて。音楽の音色がはじまり、深まり、そして消えるまで。そして私は目ざめたのだ」（"And in my dream I saw the moon shining on the tomb, throwing fair colours on it from the painted glass; till a sound of music rose, deepened, and fainted; then I woke"）と夢を結び、そして最後に、アルフレッド・テニスンの「麗しき女性たちの夢」（"A Dream of Fair Women", 1833）からの一節が引用される（*CW* 1 : 175）。テニスンはこの詩で、チョーサーの夢物語『善女列伝』（*The Legend of Good Women*, c.1372–86）を下敷きにしている。[16] 同じく『オックスフォード・アンド・ケンブリッジ・マガジン』に掲載されたモリスの短編小説「フランクの封書」（"Frank's Sealed Letter"）ではテニスンの『ロックスリー・ホール』（"Locksley Hall", 1842）から一節が引用されており、[17] つづく最初の詩集まで、テニスンの影響が指摘される部分は多い。

　1858年にベル・アンド・ダドリ（Bell and Dudley）から出版されたモリスの初めての詩集は、『グウィネヴィアの抗弁とその他の詩』（*The Defence of Guenevere and Other Poems*）と題し、D・G・ロセッティに捧げられた。『グウィネヴィア』はアーサー王伝説を題材とした詩集で、『オックスフォード・アンド・ケンブリッジ・マガジン』掲載の作品も一部収録されている。モリスや彼とともに創作活動に勤しんだ友人たちがこの伝説をテーマとしたのは、18世紀までに起こった好古趣味の影響でウォルター・スコットが再発見したトマス・マロリーの『アーサー王の死』が、1816年に復刊されたことが契機となっている。[18] 1850年に桂冠詩人となったテニスンもまた、『アーサー王の死』に着想を得て『王の歌』（*Idylls of the King*, 1859）を発表しており、モリスが初期に制作したアーサー王伝説をテーマにした詩のうち未発表のものを後に破棄したのは、このテニスンの作品が発表されたからであるという指摘もある（Gardner 35）。

第二章 「中世」の美しさを讃える　61

　ピーター・フォークナー（Peter Faulkner）は、こうした時代背景を踏まえ、モリスが19世紀のアーサー王伝説の流行の影響を受けつつ独自の中世主義を築いていく様子を、次のように分析している。

　　ほかにも多くの作家や画家がアーサー王の主題を用いた。これはヴィクトリアンには特別魅力的だったようだ。彼らは先例のない社会的・文化的変化の時代に生きていることに気づいていた。おそらく、中世という過去には、当惑的な現代世界に案内を、もしくは少なくとも気晴らしを供する、ある種の安定性があったのだ。モリスにとって、中世はたしかに、興味を持たずにいられぬ時代であった。しかし、〔……〕モリスは、後期のテニスンがしたような形で、同時代の人々に説教をするために中世という過去を理想化したり、利用したりすることはなかった。モリスは、その劇的な性質のほうを好んだのである。（Faulkner, *Selected Poems* 9）

フォークナーが分析しているとおり、表題作「グウィネヴィアの抗弁」には教訓的な要素があるわけではない。宮川英子は、「王妃グェニヴィアの扱いにおいて、愛と道徳の方向を理想的に示すテニスンの教訓的な詩と対照的であった」とし、「モリスはマロリーになかった〈弁明〉という場面の導入によって、倫理的判断を否定する新しい解釈を見せようとしたのである。この点で、モリスの作品は到底ヴィクトリア時代に受け入れられるものではなかったと思われる」（24）と述べて、フォークナーが見てとったよりも更に明確に、モリスがテニスン的な説教めいた性質に反対する意図を持っていたと論じている。つまり、作品中に描かれるのは、詳細な中世の社会制度や秩序による教化ではなく、つねに、そこに生きるひとりの人間としての「わたし」の心情にすぎない。

　横山千晶もまた、同作品の性質を「ロバート・ブラウニング流の劇的独白の技法を活かしており、モノローグの中で事のいきさつを説明しながらも、この詩は物語詩ではない」とし、「〔この作品を〕彩っているのは、王妃個人の官能的なまでの激情である」と解説している。モリスはかねてからロバー

ト・ブラウニングの詩を愛好しており、その「劇的独白」(dramatic monologue)の手法を幾度も模倣していた。モリスにとってこの時期は、ラファエル前派の友人たちとともにテニスンやブラウニングといった先達の作家たちを強く意識しつつ、規範よりも個人の内面を重視しながら自らの様式を模索することにあてられていたと概括することができるだろう。

『グウィネヴィア』の発表後、モリスはしばらくオックスフォード大学時代の仲間たちとの商会活動に心血を注いでいたが、この間も執筆はつづけており、1867年に『イアソンの生と死』というギリシア神話の勇士を題材とした韻文作品を発表し、文壇での活動を再開する。この『イアソン』について、ヘンリ・ジェイムズは、『ノース・アメリカン・リヴュー』(North American Review)に発表した同作品の書評において、「モリスの詩が誰か他の作家の作風を思いおこさせるものであるというのならば、それはシンプルにチョーサーの作風だろう」と指摘し、そのことが「スウィンバーン風」にならない安全装置になっているとしている。ジェイムズによる、モリスと同時代の詩人であるアルジャノン・チャールズ・スウィンバーン(Algernon Charles Swinburne, 1837–1909)との明確な区別は、のちのモリスとラファエル前派との分岐を正確に読み取っているように思われる。というのも、『イアソン』は、モリスが後に発表する、チョーサーへのオマージュである『地上楽園』の一部として構想されたものであったからである。スウィンバーンのような唯美主義的な官能美の華やかさはモリスの作品には見られず、その特質は後年の作品ではますますはっきりとしてくる。

モリスのチョーサーへの言及は、彼の講演「封建時代のイングランド」("Feudal England")を記録したものに見られる。モリスは中世が成熟するエドワード３世(Edward III, 1312–77)の時代を、すなわち「芸術」の完成の時代とし、芸術には劣るものの、類似した文化として文学の重要性を主張した。中世文学は、モリスによれば三つに分けられる。すなわち、チョーサーに代表される「宮廷詩人・ジェントルマン」("the court poet, the gentleman")の文学、「民衆のバラッド詩」("ballad poetry of the people")、「ロラード派の詩」("Lollard poetry"）である（*CW* 23: 51–53）。モリスはここで、一つ目の区分に当たるチョーサーについて次のように述べている。

〔……〕宮廷詩人でジェントルマンのチョーサーは、イタリア風の詩形と古典についての正式な認識を持っている。彼はまさにその上に、もっとも典雅かつ純粋な中世の上部構造を築く。それは、彼がその目で見て、私たちのためにペンで描いてみせた建物のように、快活で晴朗で、非常に明瞭でくっきりとした、優美なものである。暴力と（幸せな子どものそれのように）一時的な困難の中にあっても陽気な世界は、最悪のものであっても、傍目には悲しみの種であるというよりも娯楽だ。日の当たる花咲く牧草地と、緑の木々、立ち並んだ白く輝くマナーハウスに囲まれ、冒険と愛に充ち、熱意に溢れた生活において、ほとんど希望を抱くことを必要としない世界なのだ。チョーサーの思いやりに充ちた、人間らしい詩的霊感は、あらゆる人生に興味を抱き、またそれを楽しんではいるとはいえ、本質として未来への強烈な切望を欠いている。より粗野な中世への強い愛着と激しい敬神はこのときまでには弱まっており、教会を畏敬や愛情の対象というよりたやすく侮る対象とすることがしばしばあったのだが、それでも現世をもう一つの生の一部と見る慣習はいまだに残っていたからなおさらである。それがゆえにいっそう、人の世は公正で冒険に充ちたものとなった。親切で誠実、高貴な人々がいて、誰かを幸せにする。愚か者は笑い、ならず者は逆らうが、あながち批難されるものではない。そしてこの世が終わっても、私たちはこの一部である別の世を生きつづける。全ての情景を見て、心に留め、生きよ、そしてなれるだけ陽気になるのがよろしい。諸君は生きているということ、また生きるのは良いことなのだ、ということを決して忘れずにいるのだ。（*CW* 23: 51–52）

ここで重要視されているのは、チョーサーが描く時代、つまり中世の人々の「生」がいかに「快活」で「寛容」なものであったかということである。中

世は19世紀においてはローマ・カトリック教会の支配下にあった時代として認識され、その絶対的な位階制が特徴として理解されていた。しかしモリスはこの引用の前の部分で、王権と教会の対立についての言及ではあるが、「少なくとも〔中世の〕初期においては教会は民衆の側に立っていた。たしかに形式に沿い、規定に則った宣告によってトマス・ベケットは列聖された」[23]とし、「しかし民衆は彼の想い出に非常に親しみを持っていた。もしローマが拒否していたとしたら、彼はおそらく民衆によって非公式に列聖されたであろう」（CW 23: 41）と断言し、仮定上ではあるが、教会の意向を超える民衆の力を確信している。モリスにとっては、当時存在した教会と国家という二重権力の構造は問題ではなく[24]、ローマという中央集権的な支配者の権威を借りず、むしろ自発的にでもこの殉教者を祝福しようとする、自立した力強い民衆が存在していた時代であったのである。

　モリスの夢の描写は、シルヴァーが指摘したような、個人的かつ内面的であるロマン主義的なものには留まらなかった。ラファエル前派の影響下にあった初期の作品では、幻想的な雰囲気を醸すだけであったモリスの夢のヴィジョンは、しかしながら、シルヴァーが例示しているルイス（Matthew Gregory Lewis, 1775–1818）の『修道士』（The Monk, 1796）のようなゴシック小説やド・クィンシー（Thomas De Quincey, 1785–1859）、テニスンらよりさらにさかのぼった、チョーサーやラングランドといった中世のヴィジョン文学、夢物語（dream-vision）に直接的な起源を求めるべきものである[25]。このことは、のちにモリスの文学において「夢」を見る主体として描かれる「巡礼者」のモティーフ、そして夢の中心に聳える「大聖堂」として結実していく。

　さらに、モリスのラファエル前派的な態度からの乖離に加え、いまひとつ重要であるのは、第一章第二節で引用したモリス自身の述懐のとおり、チャールズ・キングズリの影響である。エリザベス・ブルーア（Elizabeth Brewer）は、論文「モリスと『キングズリ運動』」（"Morris and the 'Kingsley Movement'"）において、富裕層・知識人層に訴えかけるメディアとしての小説の利用、彩飾写本制作への興味、オックスフォード運動への失望を代表したアングロ・カト

リックとしての評価、北欧趣味、芸術への態度、「夢」の使い方、時代を超えて保持される人間性（human nature）の評価など、多岐にわたる影響を指摘している。ブルーアによれば、とりわけキングズリの影響が見てとれるモリスの作品は、「リンデンボルグ池」（"Lindenborg Pool", 1856）である。

「リンデンボルグ池」は、『オックスフォード・アンド・ケンブリッジ・マガジン』に掲載された物語で、次のような独白の後に、物語が始まる。

> I read once in lazy humour Thorpe's Northern Mythology on a cold May night when the north wind was blowing; in lazy humour, but when I came to the tale that is here amplified there was something in it that fixed my attention and made me think of it; and whether I would or no, my thoughts ran in this way, as here follows.
>
> So I felt obliged to write, and wrote accordingly, and by the time I had done, the grey light filled all my room; so I put out my candles, and went to bed, not without fear and trembling, for the morning twilight is so strange and lonely. This is what I wrote. (*CW* 1 : 245)

> わたしはかつて五月の寒い北風が吹く夜に、物憂げな気分で、ベンジャミン・ソープの『神話学』を読んだ。物憂げな気分ではあったが、わたしがこれから詳述する話に出会った時、そこにはなにかわたしの注意をひき、考えさせるものがあったのだ。そしてわたし自身がそうしようとしたのであろうとそうでなかろうと、以下に記すように考えが去来した。
>
> わたしは、書かなければ、と思った。そして、その考えに従って書いた。書き終えるころには、灰色の光が部屋全体を充たしていた。蝋燭を消し、床に就いた。わたしは怖れ、震えずにはいられなかった。というのも、朝の薄明かりは非常に奇妙で孤独であったからである。これが、わたしが書いたものである。

ブルーアによれば、こうした同時代批判のために中世を舞台にした話を語るという手法は、まさにキングズリの影響であり、モリスは13世紀の物語にこうした前置きを付すことで、信仰に対する「同時代の腐敗と無関心さ」

(“contemporary depravity and indifference”）をそれとなく表明しているのだという（9）。たしかに、この冒頭だけを見ても、北風に北方の空気を感じながら、憂鬱な日常のなかにそれを打破する漠然とした手がかりを得ているのが分かる。ソープの『神話学』の異教性に眼を奪われがちなのだが、作中でも、中世とモリスの時代の聖職者の姿がまったく対蹠的なものとして呈示されているなど、「人知れぬ教会の物語」よりは一歩進んだ社会批判が芽吹いているように見える。作者自身を「語り手」として作品のうちに描く手法は、モリスの後年の手法とまったく共通しており、それが本当にキングズリの影響だと言えるのならば、モリスの文学者としての系譜をたどるにあたって、きわめて重要な指摘であるといえよう。

　ブルーアは、前述したとおり、「夢」のモティーフについても、次のようにモリスとの類似性を指摘している。

　　　キングズリとモリスの、夢の趣向の特筆すべき用い方には類似点がある。双方にとって、それは他の方法では表現不可能な何らかの経験を表現するものだ。それは明示的もしくは暗示的に現在を批判し、しかし同時になにかより良いもののヴィジョンを示しうるのである。（13）

ブルーアがこの後、例として一節を挙げている『オールトン・ロック——仕立屋詩人』（*Alton Locke: Taylor and Poet,* 1850）は、チャーティスト運動（the Chartist Movement）をテーマとして扱っており、労働者である主人公がキリスト教社会主義に目ざめるというプロットは、モリスの後年の問題意識と重なる部分も多い。しかしながら、モリスはキリスト教社会主義自体は後に退けており、カーライルからキングズリに受け継がれた問題意識はモリスに流れ込んでいるとしても、Ｆ・Ｄ・モーリス（F. D. Maurice, 1805-72）の神学は排されているようである。ブルーアの研究は、着眼点は評価されるべきであるが、キングズリとモリスの関係については、本人による直接の言及等の資料がほとんどなく、実証が難しい。先に挙げたキナの考察のように、ある程度は踏み込むことが可能ではあるが、本書ではキングズリの影響を示唆するに

とどめたい。

　以上のように、ラファエル前派の刺激を受けて芸術家・作家としての一歩を踏み出したモリスではあったが、思想的にはオックスフォード運動の流れを汲んだ作家たちの強い影響下にいまだ置かれており、またキングズリのように実践的なメッセージを掲げる必要性についても、この時期すでに意識はしていたと言えるだろう。次章以降では、モリスが実際にこうした問題意識をどのように具体化し、社会に訴えつづけていくのかについて、モリスの文学作品を辿りながら分析することとする。

注

1 ）Sambrook 1.

2 ）ラファエル前派が採用したのは、〔ホラティウスによって形成された〕「『詩は絵のごとく』、すなわち〔……〕詩と絵が姉妹芸術であり、ほぼ同一の機能を果たし、したがって絵が詩を図示すると同じように詩文が絵を例示しえるという理論」であった（ヒルトン『ラファエル前派の夢』岡田隆彦・篠田達美訳、53頁）。

3 ）William M. Rossetti, *Præraphaelite Diaries* 9–10.

4 ）ただし蛭川久康は、モリスがこれ以前に世評や展覧会を通してラファエル前派についての知見を得ている可能性について指摘している（『評伝ウィリアム・モリス』68–69頁）。

5 ）ラファエル前派兄弟団という名称に関しては、この一派の実態を精確に体現していないという見方は以前から存在する。モデルとなった女性たちのなかにはエリザベス・シダル（Elizabeth Siddal）のように自ら絵筆を握ったものもいる（Marsh, *Pre-Raphaelite Sisterhood*）。

6 ）ロセッティは日頃次のように主張していたという。「もし自らの内に何らかの詩を抱いているならば（If any man has any poetry in him）、それを描くべきだ。というのも、人はそれらを語り、文字に綴ってきたけれども、ほとんど描こうとはしなかったからだ。その才を持つ者は皆、描くべきである」（Horner 15）。

7 ）モリスによる現存する油彩画は《麗しのイズー》（*La Belle Iseult,* 1858）のみである。この前年（1857年）にD・G・ロセッティら仲間と共作したオックスフォード・ユニオン（Oxford Union）の談話室の壁画は、完成後褪色したため、現在天井の植物のパターン装飾が唯一明瞭に残存している状態である。ジャン・マーシュはモリスの手になる絵画・素描作品についての研究を発表し、彼の画業の再評価を試みてい

るが、一般的な評価の向上にはつながっていない。（Marsh, "William Morris's Painting and Drawing" 571–77）

8）しかしこの時期の画業への挑戦は、結果的に晩年のケルムスコット・プレスでの書物製作に向けての効果的な予習となった。モリスとバーン＝ジョーンズの二人はこの時期に、アルブレヒト・デューラー（Albrecht Dürer, 1471–1528）を見いだし、彼の作品に心酔した。ラスキンもデューラーの模写をしていた。ウィリアム・S・ピーターソンによれば、「デューラーは中世の芸術家と見なすには、一世紀遅く活躍した」ため、モリスは後年このことを「きまり悪く」思っていたが（『ケルムスコット・プレス』75頁）、1895年に発表した「十五世紀のウルムとアウグスブルクの木版画入り本の芸術的特性について」（"On the Artistic Qualities of the Woodcut Books of Ulm and Augsburg in the Fifteenth Century"）では「デューラーの手法はルネサンスの影響をこうむりはしたが、その比類ない想像力と知性のおかげで、精神において完全にゴシック的な存在となっていた」（『理想の書物』川端康雄訳、136頁）と主張した。

9）モリスと妻ジェインとの出逢いは、もともとラファエル前派の絵画のモデルとしてD・G・ロセッティが彼女をスカウトしたことにあった。しかしながら、この妻がモリスの創作活動に与えた影響として重要なのは、彼女が馬丁の娘というモリスと本来相容れない出自（lower class）の人物であったということである。たとえばヒルトンは、モリスが彼女を通じて、生活に密着した芸術という理想を深めていったと指摘している（158–59頁）。

10）モリスは『グウィネヴィア』の発表後、初期詩の原稿を大量に破棄したが、「柳と赤い崖」については、姉エマ（Emma）に送った手紙に記されていたものが二女メイによって全集に採録されており、今日でも読むことができる。

11）「面白いことだが、この詩をはじめとして、彼〔バーン＝ジョーンズ〕らが読んでいた文学作品が、彼らの愛読書だったシャーロット・M・ヤングの『レッドクリフの相続人』のなかにしきりにと出てくることに気づく。〔……〕オックスフォード運動の支持者の多くがこの本に魅了された。サー・ガイは一八五〇年代に人々の英雄となっていた」（ウォーターズ、ハリスン『バーン＝ジョーンズの芸術』川端康雄訳、32頁）。また同書は「シャーロット・ヤングは、見晴らしのきく高い断崖の上から眺めた海というイメージを激情の象徴としてさかんに使っている」とし、モリスやバーン＝ジョーンズが類似のイメージを自らの作品に使用している点を指摘している（39頁）。

12）中世世界にめざめた語り手「わたし」とたまたま行き会った男が、その混乱を見てとり、どこからやって来たのかを確認しようとして「どんな言葉を話すんだい？」（"What tongue hast thou in thine head?", CW 16: 219）と尋ねる場面での台詞。異

世界での誰何への応答でもあり、読者への自己紹介でもある。

13）1864年の作品。この壁紙の直接の着想となったのは、中世の建築を模した自身の住居レッド・ハウスの庭にあった格子棚とされる。

14）モリスは13世紀の物語を集めた1856年出版のフランス語の書物を愛読しており、後年には自ら英訳し、自身の出版局であるケルムスコット・プレスから刊行するが、そこに中世ロマンスの「アミとアミールの友情」（"Of the Friendship of Amis and Amile"）が含まれている（Peter Faulkner, "Introduction to Of the Friendship of Amis and Amile," https://morrisarchive.lib.uiowa.edu/introduction-amis-and-amile, *William Morris Archive*, date of access 22 July 2024）。したがって、Amiensとの音声上の類推からこの登場人物を構想した可能性がある。

15）シルヴァーによれば、ラファエル前派は主要モティーフとして夢を用いたが、これはゴシック文学の流行と19世紀のスピリチュアリズムや心理学の流行によって、人間の内面を探求するための手法として考案されたものである（"Dreamers of Dreams: Toward a Definition of Literary Pre-Raphaelitism" in *The Golden Chain: Essays on William Morris and Pre-Raphaelitism* [Carole G. Silver, editor] 5-52）。

16）『善女列伝』はクレオパトラ（Cleopatra）、ティスベー（Thisbe）、ディードー（Dido）、ヒュプシピュレー（Hypsipyle）、メーディア（Medea）、ルクレーティア（Lucrece）、アリアドネー（Ariadne）、ピロメーラー（Philomela）、ピュリス（Phylis）、ヒュペルムネーストラー（Hypermnestra）らギリシア神話を中心とした傑出した女性たちの物語を編んだもの。バーン＝ジョーンズも絵画の題材として用いている。テニスンによる利用は「麗しき女性たちの夢」冒頭部を確認されたい（*Poems* I: 213）。

17）中世主義詩人としてのテニスンとモリスの文体の比較研究については関良子による『騎士道ロマンス再話にみる修辞法——アルフレッド・テニスン、ウィリアム・モリスの中世主義詩』（Seki, *The Rhetoric of Retelling Old Romances: Medievalist Poetry by Alfred Tennyson and William Morris*）を参照。

18）モリスはロバート・サウジーの編集による1817年版の『アーサー王の死』を買い求めている（MacCarthy, *Morris* 97）。

19）横山千晶による「グウィネヴィアの弁明」の解説、『ユリイカ——詩と批評』９月号、64-65頁。

20）たとえばモリスの1856年の詩「共に駆ける」（"Riding Together"）は、明らかに1855年のブラウニングの詩「最後の遠乗り」（"The Last Ride Together"）に霊感を得たものである。この二作品の共通性の詳細な議論は、Hodgson, "Riding Together: William Morris and Robert Browning" 3-7 を参照。

21）Unsigned review in *North American Review* cvi, rpt. in *William Morris: The Critical Heritage* 72-76. この書評はスウィンバーンが『イアソン』の出版時に寄せた書評

（review in *Fortnightly Review* viii rpt. in *William Morris: The Critical Heritage* 56–66）で、モリスがチョーサーの「弟子」として健闘はしているが、チョーサーにつづく詩人は未だ現れていない、と述べていることへの反論となっている。ジェイムズはスウィンバーンの書評を「あまりにも有名な『詩とバラッド』（"Poems and Ballad"）の著者の筆によるゴテゴテした誕生日のスピーチ（florid birthday speech）」と一蹴し、モリスの作品の中身がスウィンバーンの著作とはまったく共通点がないことを強調した上で、チョーサーに似た作風の作家として評価している。

22) ノルマン・コンクエスト後のイングランドについて述べたもの。この講演の記録は『変革の兆』（*Signs of Change*）に収められている（*CW* 23: 39–58）ほか、チョーサーへの言及部分はBrewer 226–27にも抄録されている。

23) トマス・ベケット（Thomas á Becket, 1117/8–70）は、1162年からカンタベリ大司教を務めていたが、当時の王ヘンリ2世（Henry II, 1133–89）と対立し、1170年にカンタベリ司教座聖堂において王の使者により惨殺された。1173年に列聖されたことにより、カンタベリは重要な巡礼地となった（ノウルズ他『中世キリスト教の成立』418頁）。

24) モリスは「王権（the Crown）と教会（the Church）のあいだにあるのは、たんなる二つの組織の間の論争にすぎず、二者間にはいかなる本質的な反目もない」（42）と述べている。

25) そもそもモリスをラファエル前派に含めるべきかどうかという議論もある。例えばシャーロット・H・オーバーグは、モリスが作品の舞台を過去に設定するのはラファエル前派の影響を受ける前からであると主張している（161）。夢や幻視の記述は、旧約・新約聖書でも扱われており、ひろく表象文化において表現されてきた。中世の人々と「夢」の関係については、ル・ゴフ（Jacques Le Goff）が『中世の夢』で「中世人の生活には、予知的な夢、秘密を知らせてくれる夢、なにかを唆す夢など、さまざまな夢幻が出没し、それらが彼らの精神生活の横糸を成し、刺激剤ともなっていた。当時の人々の夢や幻想のなかには、教会の彫刻や宗教画に描かれた聖書中の人物たちが頻繁に現れている」と解説している（538頁）。英文学における「夢」のモティーフに関しては、キケローの『国家について』（*De Republica*）の最終章を皮切りに、西欧中世において流行し、チョーサーも造詣が深かったという指摘がある。詳細については「夢のヴィジョン（Dream Vision）の伝統」、高宮利行・松田隆美編『中世イギリス文学入門──研究と文献案内』146頁を参照。

26) Brewer 4–17.

第三章

「中世」の儚さを描く
──『地上楽園』における弁明と幻視

　『オックスフォード・アンド・ケンブリッジ・マガジン』への掲載作品や『グ
ウィネヴィアの抗弁』について、デルバート・R・ガードナー（Delbert R.
Gardner）は作品刊行直後に発表された書評をいくつか取りあげ、「モリスの
中世主義について言えば、批評はまさしく二分されていた。攻撃者はそれを
虚飾とし、詩人が彼自身の時代を扱う責任を回避するものであるとし、擁護
者は中世の精神を再現するモリスのリアリズムを称賛した」(20) と整理し
ている。モリスはこの頃、同時代の作家たちの影響を受けつつ、自らの路線
を模索していた時期にあったが、前章で触れたように社会問題への興味の片
鱗は『グウィネヴィア』における時代の道徳観への反抗や、「リンデンボル
グ池」に見られる教会への失望に見られる。そしてモリスが初めてはっきり
と、同時代のロンドンへの嫌悪と、ユートピア世界の「夢想」を呈示するの
は、1868年から70年にかけて出版した物語詩『地上楽園』（The Earthly
Paradise）によってである。[1]

　『地上楽園』は、「空虚な時代の甲斐なき詩人」（"an idle singer of an empty
day"）である「わたし」が、理想郷を求める「放浪者たち」（"wanderers"）の
物語を語るという体裁で始まり、二つの放浪者たちの集団が交互に一つずつ
十二ヶ月の物語を披露する。[2] この作品の成功によって、モリスは「『地上楽園』
の著者」であると社会的に認知され、また社会活動家となってからもこの肩
書きを自称するようになった。[3]

　『地上楽園』では、ヴィクトリア時代のロンドンが初めて中世風世界と対
比されているが、「中世」が同時代に対する具体性のある解決策として示さ

れているわけではない。しかしこの作品における近代のロンドン批判は、のちの作品で明らかにされるモリスの問題意識の原型とも言えるものであり、モリス自身の詩人としての自己意識とも深く関わっている。そこで本章では、モリスが自らの「夢」、つまり理想世界としての「中世」を描くにあたって、詩人としての自己をどのように規定しているのかを検討する。

第一節　詩人の「弁明」

『地上楽園』は、妻ジェインに宛てた献辞の後、「弁明」（"An Apology"）と名付けられた小節から始まる。これは、モリスが『グウィネヴィア』で行なった、「抗弁」（defence）——すなわち、王妃グウィネヴィア自身による不倫行為への抗弁と、グウィネヴィアの毅然とした姿に対する作者モリスの弁護——に通じるものである。モリスは、詩人としての非力さを吐露しつつ、過去の日々の美しさ、喜ばしさを「弁護」する。第一連では、語り手は次のように語る。

　　　Of Heaven or Hell I have no power to sing,

　　　I cannot ease the burden of your fears,

　　　Or make quick-coming death a little thing,

　　　Or bring again the pleasure of past years,

　　　Nor for my words shall ye forget your tears,

　　　Or hope again for aught that I can say,

　　　The idle singer of an empty day. (*CW* 3 : 1)

　　　天国についても地獄についても、わたしは歌う力をもたない

　　　お前の恐怖という重荷をやわらげてやることができない

　　　　いずれ来る死を些細なものにすることもできない

　　　過ぎた年月の喜びを再びもたらすこともできない

　　　わたしの言葉によって、涙を忘れることはできなかろう

何を語れども、再び望みをもたせることはない

この空虚な時代の甲斐なき詩人では。

この「弁明」では、「詩人」の無力感が繰り返し表明されている[4]。この詩集は冷え切った妻との関係に悩むモリスの自己否定だという指摘もしばしばなされている[5]。たしかに "bring again", "hope again" という表現からは、「再び」過去をよみがえらせることを望む「詩人」が、己の無力を嘆いていることが分かるが、これをただ妻との幸福な日々の回復へ寄せた祈りだと断じるのは適切ではないだろう。つづく第三連でこの無力感が確固たる信念に基づいた懇願へと変化することを考えれば、詩人の無力感が家庭内の問題によってのみもたらされているわけではないのは明らかである。

> The heavy trouble, the bewildering care
> That weighs us down who live and earn our bread,
> These idle verses have no power to bear;
> So let me sing of names rememberèd,
> Because they, living not, can ne'er be dead,
> Or long time take their memory quite away
> From us poor singers of an empty day. (*CW* 3 : 1)
>
> 　重苦しい困難や、戸惑うほどの憂患は
> 我ら、日々の糧を得て生きる者に、のしかかるけれど
> この甲斐なき韻律は耐える力を持たない。
> だから、記憶の中の偉人たちのことを歌わせたまえ
> なぜなら彼らは、生きてはいないが、決して死なず
> 永く忘れ去られもしないから
> 我ら空虚な時代のつたなき詩人から。

「日々の糧を得て生きる者」が背負う重荷に対し、詩人は、自らの紡ぐ韻律は「力を持たない」ものとしながらも、過去の記憶を歌わせてほしいと願う。

過去の偉人たちは、「決して死なぬ」者であり、「つたなき詩人」はその力を借りて、いま生きている人々に対して語りかけようとするのである。過去の偉人たち、すなわち死者を、いまに生きる人々と断絶しないものとしてとらえ、死者と生者を連帯させるという「詩人」の役割が、この時点ですでにうかがえる。これは、モリスののちの作品にも通底する、「フェローシップ」概念の片鱗であると言えるだろう。

　しかし第六連では再び、詩人の「無力感」が語られる。

　　　So with the Earthly Paradise it is,

　　If ye will read aright, and pardon me,

　　Who strive to build a shadowy isle of bliss

　　Midmost the beating of the steely sea,

　　Where tossed about all hearts of men must be;

　　Whose ravening monsters mighty men shall slay,

　　Not the poor singer of an empty day.（*CW* 3：2）

　　　この地上楽園についても同じだ、

　　もし正しく読んでくださるならば、

　　わたしが幽かな至福の島を建てようと努めることを許してくださるならば——

　　この冷酷な海の波浪の只中に

　　そこではすべての人々の心はもてあそばれる。

　　その海の荒ぶる怪物を倒すのは勇猛なる男たち、

　　空虚な時代のつたない詩人ではない。

「正しく読んでくださるならば」、「この地上楽園についても同じだ」というのは、この直前の連で、魔術師（"a wizard"）が北方の王に見せた「不思議なもの」（"wondrous things", *CW* 3：2）の記述を受けた表現である。魔術師は、三つの窓から、麗らかな春、輝かしい夏、豊かな秋の幻を見せたのだが、そのとき現実の世界には、荒涼とした十二月の風が吹きあれていたという。詩

人は、自らは「勇猛な男たち」ではないとし、「幽かな」至福の島、つまり荒涼とした現実のなかに魔術によって浮かんだ「幻」と同じ「地上楽園」を建造すべく、韻律を紡ぐことを宣言し、読者に許しを乞うのである。第一連では慰撫する力、第三連では忍耐力、第六連では怪物を倒す脅力がないとしつつも、実は詩人の想像力がここでは決して怯弱なものではないことが逆説的に示される。

　この詩人の自己弁護の後に、序言（Prologue）として「放浪者たち」（The Wanderers）が配置される。その冒頭に付された「梗概」（arguments）では、この作品はある紳士たちとノルウェイの船乗りたちが「地上楽園」について聞きつけ、それを見つけるために漕ぎ出でて、ある西方の見知らぬ土地にたどり着き、そこで生を終えるまでの物語であると述べられる。そして次のような呼びかけによって、読者は物語の世界へと誘われる。

> FORGET six counties overhung with smoke,
> Forget the snorting steam and piston stroke,
> Forget the spreading of the hideous town;
> Think rather of the pack-horse on the down,
> And dream of London, small, and white, and clean,
> The clear Thames bordered by its gardens green[.]（*CW* 3 : 3）
> 煙に覆われた六州を忘れよ、
> 噴きあがる蒸気とピストンの動きを忘れよ、
> 見るも恐ろしき町の拡がりを忘れよ。
> むしろ丘陵の荷馬のことを思え、
> 小さく、白く、清らかなるロンドンを夢みよ、
> 庭園の緑に抱かれた、澄みわたるテムズ川を。

ここではモリスが夢想した前近代のロンドンの様子が、19世紀の光景と対をなす形ではっきりと示されている。つまり、煤煙に覆われ、蒸気機関や機械が絶え間なく稼働する、忌々しい都市の様子と、なだらかな丘を歩く荷馬の

様子や、まだ汚染されていなかった頃の澄んだテムズ川、それを取りまく緑地といった農村風景である。この呼びかけは、19世紀後半のロンドンの醜さに心を痛める人々にとって充分に力強い訴えとなりうるものであった。しかしながら、醜悪なロンドンを「忘れ」、美しかったころのロンドンを「夢みよ」、との呼びかけがなされてから、物語はロンドンからまったく離れて、神話世界のなかに展開してゆくことになる。モリスがここで行なった同時代批判は、たしかに理想世界の「夢想」を描写したものではあったが、この時点ではまだロンドンに実現されるべき「ヴィジョン」というほどには明確には呈示されていないと言える。

　したがってこの呼びかけは、人々と批判意識を共有するにはいささか逃避的であり、『グウィネヴィア』と同様に、教訓的な意味を含むものではなかった。しかしながら、三度の「忘れよ」のあとにつづく「想え」、そして「夢みよ」には、実践活動における己の無力さの自覚も見えるものの、詩人として「夢」を紡ぐ能力については、過去の力を借りつつ、確信を抱いていることがうかがえる。次節では、詩人が北方の魔術師に倣って読者に見せようとした「幻」とはどのようなものであったのかを辿りながら、詩人と「夢」の関係を再考してみたい。

第二節　魔術師の幻

　『地上楽園』は二十四の挿話とそれをつなぐ十二ヶ月の叙情詩から成っている。暦が、断片的な挿話から成る物語の全体を貫く主軸となっているのである。それぞれの月の詩は、「弁明」で語られた「魔術師の幻」と現実世界の対比、すなわち「春」、「夏」、「秋」の幻と、「冬」の現実、という全体構造を凝縮したものである。『地上楽園』の今日までの研究は挿話毎の神話分析が中心をなしてきたが、暦にもとづく季節詩を検討すれば、「甲斐なき詩人」の役割についていっそう明らかにすることができると思われる。

　まず容易に見てとれるのは、三月から始まり、春、夏、秋、冬とめぐって

第三章　「中世」の儚さを描く　77

二月に至るまでの一年間をつらぬく「生と死」の主題である。最初の詩「三月」 ("March") は「冬の殺害者」 ("Slayer of the winter") という極めて不穏な語ではじまる。「冬の誤りをただす最初の者」 (first redresser of the winter's wrong) である「三月」は、「わたし」の熱烈な歓迎を受ける。「春」は、「生命の希望」 (the hope of life) のために「三月」を讃えるが、「死」 (Death) を招く「至福の嵐」 (storm of bliss) は「喜べ、歓びなしに死なぬように。お前はわずかな時間で去らねばならぬ。両手を前に広げて、生きている間に死と生が与える贈り物をすべて受けとるがよい」 ("Rejoice, lest pleasureless ye die. / Within a little time must ye go by. / Stretch forth your open hands, and while ye live / Take all the gifts that Death and Life may give") と告げる。「冬の殺害者」として現れたはずの三月は、歓呼のみならず、切迫した死の恐怖にもまた迎えられるのである (*CW* 3 : 82)。

四月になると、「夏」 (Summer) は脅威としてすぐそこまで迫っている。夏は、百合と薔薇と同時に「恐怖」 (fear) をもたらす。「今一度来よ、戻れ、過ぎし年月よ！　なぜお前は虚しく去るのだ？」 ("Come again, / Come back, past years! why will ye pass in vain?", *CW* 3 :169) という焦燥に充ちた呼びかけは、つづく「五月」の孤独感につながってゆく。すなわち「老いと死」 ("Eld and Death") が身近に迫る恐怖の表明である。「世界は死すべきさだめをすっかり忘れてしまっているのだ」 ("The world had quite forgotten it must die") という結びからは、盛夏に向かって鮮やかに輝くはずの世界のなか、孤独に死の恐怖に苛まれる「わたし」の苦悩が垣間見える (*CW* 4 : 1)。

そして季節は夏となり、六月の詩では一転穏やかな風景が描かれる。

> O June, O June, that we desired so,
> Wilt thou not make us happy on this day?
> Across the river thy soft breezes blow
> Sweet with the scent of beanfields far away,
> Above our heads rustle the aspens grey,

Calm is the sky with harmless clouds beset,

No thought of storm the morning vexes yet. (*CW* 4 : 87)

　おお六月、おお六月、我らがそう望みしように

汝は今日この日、我らを幸せにしてはくれぬだろうか。

川を、汝のやわらかな息が吹き渡る

彼方の豆畑の香りは甘く、

頭上にポプラの灰色の葉が揺れる。

穏やかな雲が押し寄せる空は静かで

嵐の予兆は朝を騒がせはしない。

生いしげったポプラの涼しげな木陰の下、川を渡る風は身を切らず、甘い豆畑の香りは都市の悪臭とは違って好ましく、静かな空は煤煙に汚されてはいない。すべてがまるで「弁明」における、テムズに抱かれた中世の田園風景の反復のようである。しかし第二連では、これらがまるで十二月の厳しい寒風のなかの「幻」であったかのように、一転してその儚さが強調される。

　　See, we have left our hopes and fears behind

To give our very hearts up unto thee;

What better place than this then could we find

By this sweet stream that knows not of the sea,

That guesses not the city's misery,

This little stream whose hamlets scarce have names,

This far-off, lonely mother of the Thames? (*CW* 4 : 87)

　見よ、我らは希望と怖れを背後に残し

汝にまさしく心を捧げる。

ここよりも良き場所など、如何にすれば見いだせよう？

この海知らぬ愛しき小川のそばは

都市の惨めさを思わせぬ。

ほとんど名もなき村々のあいだを流れる

この、はるか彼方さびしき、テムズの母よ

「希望と怖れ」を背後に残し、「海知らぬ愛しき小川のそば」に心を捧げる。「弁明」において詩人は荒海のなかに至福の島を築くことを宣言し、海の獰猛な怪物と戦うことは自らの役目ではないと釈明した。しかし返して言えば、詩人はこの楽園の地を離れればそこには恐ろしい怪物が棲み、醜悪な都市が拡がっていることを知っているのである。第三連では、その戸惑いが前景化する。

> Here then, O June, thy kindness will we take;
> And if indeed but pensive men we seem,
> What should we do? thou wouldst not have us wake
> From out the arms of this rare happy dream
> And wish to leave the murmur of the stream,
> The rustling boughs, the twitter of the birds,
> And all thy thousand peaceful happy words. (*CW* 4 : 87)

> おお六月よ、汝の優しさを我らはここで受けとるであろう
> もし実際に思い悩む人に見えるなら
> 我らはなにをすべきか？　汝は我らを起こさぬであろう
> この、類い稀なる幸せな夢の腕から。
> そしてそのままにしておきたいと望むだろう、小川のせせらぎを
> 梢のざわめきを、鳥たちのさえずりを、
> そして、汝の幾千もの、穏やかで幸せな言葉を。

あくまで第一連で示された六月の美しさは「類い稀なる幸せな夢」（"rare happy dream"）であり、そこから目ざめるべきものではない。そして「我ら」（"we"）はその夢の腕のなかで、眠りを享受することを望む。そして盛夏を過ぎ、冬に向かって年月が重ねられてゆくなかで、この「幸せな夢」は「過去の記憶」として遠ざかってゆく。七月には、「汝の目は喜ばしき想い出に輝

いた。〔……〕そしてわたしは幸せだった」("thine eyes shone with joyous memories; [. . .] And I was happy", *CW* 4 :143）と回顧される。

モリスにとって「夏」と「冬」は、それぞれが単純に「生」と「死」と対応するものではない。待ちわびた秋の始まりである「九月」("September")に、「わたし」は挑戦的に「秋の朝よ、いかなるヴィジョンをわたしに見せてくれるのか」("What vision wilt thou give me, autumn morn", *CW* 5：1）と問う。「十月」("October")の詩では、年月は積もり("year grown old")、「生、忍耐、痛み、至福、そして愛からの休息」("rest from life, form patience, from pain, from bliss, from Love", *CW* 5：122）が掲げられ、「十一月」("November")には、「生」("life")と「死」("death")、「夢」("dream")と「現実」("real")、「永遠」("eternity")と「死」、絶望("despair")、孤独("loneliness")がめまぐるしく描写される。詩人はここで「汝はあまりにくたびれて世界などないかのように思うのか／痛みと夢が飾られたこの部屋の壁の外に」("Art thou so weary that no world there seems/Beyond these four walls, hung with pain and dreams?")と問いかけ、「現実の世界を見よ」("Look out upon the real world")とうながす。六月の夢のような甘やかな世界ではなく、そこには矛盾に充ちた現実の世界がたしかに存在している（*CW* 5：206）。

そして、いよいよ冬となり、「十二月」("December")に「死のごとく孤独な夜」("dead lonely night")が訪れる。ここで、取り残された孤独な「汝」(thou)は幸せな記憶にすがることしかできない（*CW* 6:1）。しかし、死の季節である冬の夜更けに、一年の終わりとともにすべての光が消え去ったというわけではない。それらの絶望の甘美さは、「たとえ夢の中だけであっても、かつて愛された」という「記憶」を思い起こさせ、鐘の音によって幸せな夢の記憶をたぐり寄せた「汝」に、めざめをうながす呼びかけがつづく。

O thou who clingest still to life and love,
Though nought good, no God thou mayst discern,
Though nought that is, thine utmost woe can move,

第三章　「中世」の儚さを描く　81

Though no soul knows wherewith thine heart doth yearn,

Yet, since thy weary lips no curse can learn,

Cast no least thing thou lovedst once away,

Since yet perchance thine eyes shall see the day. (*CW* 6 : 1)

　　おお、汝、なおも生と愛に執着する者

　　いかなる良きものも、神をも見いだせず

　　何ものも汝の果てなき悲嘆をゆるがすこと能わず

　　汝の心が希うものを誰も知らねども

　　汝の疲れた唇が呪いを知らぬなら

　　かつて愛したものを些かも捨て去ることなかれ

　　その目はいつか、その日を見るであろうから。

この連の最終行は、後年モリスが発表した『ユートピアだより』の一節を彷彿とさせる。すなわち自らの理想が実現した「その日」を見たい（"If I could but see a day of it.", *CW* 16 : 4）と心の底から嘆く、19世紀の詩人の姿である。詩人はこの後、「一月」（"January"）に「耐えよ、心よ、汝の日々はいずれ充たされる／まったき休息に」（"Be patient, heart, thy days they yet shall fill / With utter rest", *CW* 6 : 65）、「二月」（"February"）には「汝は再び生まれ来る歓びを望まぬだろうか」（"Shall thou not hope for joy new born again", *CW* 6 : 175）と、再び訪れる六月の幸せな夢への期待を高まらせている。

　上坪政徳は論文「幻想のエデン——ウィリアム・モリス『地上楽園』の冬の物語詩」において、十二月から二月の冬の物語に割り当てられている挿話に言及し、「死の意識の中に生の力の根源を見出し、現世に己の理想を実現していくリュキアのベレロポーンの物語は、モリスがこのテーマに与えた一つの結論」（302頁）であると総括した。たしかにこれら十二の叙情詩は、四季のめぐりにともなう、生あるものの死、そしてその再生といった円環的な死生観を描いていると読むことも可能である。しかしこれらは、いわゆる「無常観」の表明とは決して言えない。というのも、『地上楽園』のすべての挿

話が語られたあと、終章（Epilogue）の後に置かれた本作品の「結び」（L'Envoi）において、詩人は以下のように宣言するからである。

"Death have we hated, knowing not what it meant;
Life have we loved, through green leaf and through sere,
Though still the less we knew of its intent:
The Earth and Heaven through countless year on year,
Slow changing, were to us but curtains fair,
Hung round about a little room, where play
Weeping and laughter of man's empty day. [. . .]" (*CW* 6 : 333)
「我らは死を嫌悪した、それがなにを意味するのか知らぬまま。
我らは生を愛した、緑葉と枯葉のときを通して、
その含意をほとんど知らねども。
地上と天国は数え切れぬ年月を経て
おもむろに変化するが、我らにとってはほんの美しき緞帳なのだ
小さな部屋の周りに掛かった、人間の空虚な生涯の、涙と笑いが演じられる部屋の。〔……〕」

「結び」は、冒頭に置かれた「弁明」と対をなす構造になっており、「空虚な時代の詩人たち」（"singers of an empty day"）は、チョーサーを師（Master）として指名して、助力を求めているのだと理解できる。冒頭で「天についても地獄についても、わたしは一切の歌う力を持た」ず、また人々にのしかかる重荷と憂患に「この甲斐なき韻律（verse）は耐える力を持たない」と弁明した詩人は、「韻律は嘘をつく力をほとんど持たない」（"rhyme hath little skill to lie", *CW* 6 : 332）と、「彼」つまり師たるチョーサーの言葉を紹介し、真実をかたる言語としての詩の力を確認している。「十一月」で、痛みと夢に囲まれた部屋の外にある現実の世界に目を向けさせた詩人は、偉大な師の力を借り、人間の生涯を小さな部屋のなかに描きつつ、その周囲に広がる「地上と天国」をも読者のまえに紡いでみせた。幻は詩人の語りによって、諦念や絶望を超

えた現実を指し示す空間へと変わるのである。

第三節 「硬い宝石のような焔」

『地上楽園』の冒頭では「生」と「死」に対して受け身であった詩人は、過去の偉人の力を借り、「類い稀なる幸せな夢」、すなわち幽かな「至福の島」の「幻」を語ることで、自らの非力さを否定した。「生」と「死」は本来、緞帳の「外」の問題であって、人間は小さな部屋の中でただその日を生きている。しかし、人間の生のなかで感得された歓びは、死の季節においても夢のなかで保持されうるのものである。

ウォルター・ペイターは、「ウィリアム・モリスの詩について」（"Poems by William Morris"）と題した評論において、人々が物事を意識すれば、一瞬に結合された諸要素が解体されて個人の精神に縮小され、「独房の囚人のように、それぞれ自分の世界の夢をはぐくむ」（"each mind keeping as a solitary prisoner its own dream of a world", 187）ことになる、とし、ノヴァーリス（Novalis, 1772–1801）のいう「哲学的思索」すなわち「惰性をのがれ生に目覚めること」（"Philosophiren [. . .] ist dephlegmatisiren, vivificiren", 188）とは、瞬間のあいだにのみおこる「硬い、宝石のような焔」（"hard gem-like flame", 189）を感知することであり、経験・印象そのものを目的とすることが人生の成功であると記した。[10] これは今日、ペイターの唯美主義として理解される主張であるが、独房ではぐくまれる夢と、そこからのめざめへの連想は、『地上楽園』における小部屋で演じられる生と重なり、ひいてはモリスのフェローシップ概念と接続するように思われる。

この評論の一部が1873年にペイターの『ルネサンス史研究』（*Studies in the History of the Renaissance*）の結論としてあらためて発表されたとき、ジョン・モーリ（John Morley）の書評では、J・H・ニューマンからモリス、ペイターへつづく「同時代の機械的で品のない形式主義」（"the mechanical and graceless formalism"）への抗議の系譜であるとして紹介されたのだが、[11] ヴィクトリア時

代の道徳からの「逸脱」であるこのペイターの主張には、当時の論壇から烈しい批判が向けられた。とくにオックスフォード大学ブレイズノーズ・コレッジ（Brasenose College）のジョン・ワーズワース（John Wordsworth, 1843-1911）は、同職のペイターが異教的な内容の著書を記名で出版したことに激怒した。[12]その結果『ルネサンス』の結論は1877年の第二版では削除され、1888年の第三版では一部を修正した上で、脚注を付して再録されることになった。[13]

　この削除の経緯を受けて、萩原博子は「ペイターの『W. モリス論』のゆくえ」において、ペイターは「次第にモリスから遠のき、モリスの描く中世的世界を、ある歴史的な距離を置いた視野の彼方に認めようとし、モリスの詩そのものに対する初期の陶酔から次第に醒めて行く」ことになったのだとした。[14]たしかにペイターと、そもそもルネサンスを嫌悪し中世を志向したモリスとでは、思想的には乖離しているようにも見える。しかしモリスにとってもペイターにとっても、人生における一瞬の「喜び」が芸術に表されない近代という時代は、決して肯定されるべきではなかった。ペイターへのモリスの影響は、単なる美的趣味の問題ではなく、むしろこの思想的共振性の問題と見るべきである。内田義郎は、ペイターのモリス論はのちの唯美主義批評と区別して読まれるものであると主張し、ペイターは「芸術のための芸術」の「信仰告白」ではなく、「人生のための芸術」を告白したのだと論じた。[15]モリスがペイターにとって重要な詩人となったのは、まさにモリスが「人生のための芸術」、つまり、「人間の生における喜び」を自らの詩で表現しようとしたためであったと考えられる。

　ペイターが「硬い、宝石のような焔」と呼んだものは、モリスがまさに言語化を試みた、生への「めざめ」そのものである。[16]『地上楽園』でモリスが抱いていた問題意識は、たんに「生」と「死」を対比し、「死の中の生」を待つことそのものを訴えるのではなく、「生の喜び」を夢の中にでも知ることの重要性を訴えることにこそあった。夢を夢と認識することで、現実にめざめることが可能となる。その結果モリスは、以降の作品で「かつて在ったであろう喜ばしいロンドンの姿」をよりいっそう具体化し、「来たるべき日

のヴィジョン」として、文学を通して訴えるようになるのである。

　この契機として今日まで重要視されてきたのは、モリスの1880年代初頭における社会主義への転向であった。つまり、モリスの「中世の夢想」が、社会主義への「回心」によって、「海の荒ぶる怪物を倒すこと」として実践されたという見立てである。たしかに、産業化によって破壊されたロンドンの人々の生活を嘆くモリスにとって、「社会主義」は啓示のひとつであった。1894年の「いかにして私は社会主義者となったか」（"How I Became a Socialist"）での回顧によれば、「すべての人々が平等の条件のもとに生活し、物事を無駄なく取りあつかい、一人にとって害悪になることは全人にとっての害悪となることに十全に意識していること、つまり公共の福利という言葉の究極の実現」（*CW* 23: 277）という理想は、モリスを実践活動へと駆り立てた。

　しかし同じ文章のなかでモリスは、次のようにも述べている。

> 　この、私が現在抱いている社会主義の見方は、死ぬまで抱きつづけることを望むものでもあるが、私が初めから抱いていたものである。私には過渡期というものはなかったのだ――あなた方が、私が自分の理想を充分はっきりと描いていながら、その実現の望みを持ちえなかったごく短い政治的急進主義の時期を、そう呼ぶのでない限りは。（*CW* 23: 277；下線引用者）

このモリスの告白からは、社会主義への「回心」は、ただ他のすべての人々と富を共有するという理想を社会主義団体の活動というかたちで「実践」するためだけに行なわれ、モリスの理想そのものが「変節」したのではないということを裏づけている。またこの回顧のなかでモリスは同時に、こうした「コモンウェルス」の実現のために闘うような人がほとんど見いだせず、文明の汚濁の中に「変革の兆」が見える以前は、悲観的な気持ちを抱かざるをえなかったとも告白しており、「理想を充分はっきりと描いていながら、その実現の望みを持ちえなかった」という言葉からは、モリスが「実践」の手段を見いだすまで、ただ「甲斐なく」作中に「理想」を表現していた時期の

懊悩を察することができる。

　初期作品の批評では、たんに流行の「中世趣味」の表れとして受けとめられていた、モリスの中世への好意的な眼差しは、『地上楽園』の発表時期にはすでに確固たる「中世主義」として現れはじめていた。しかしながら、この時点ではモリスの中世への憧憬は、あくまでもチョーサーやギリシア古典、北欧伝説への関心によって、ロンドンを「忘れ」、逃避する詩人の姿として描かれるのみであった。モリスは醜悪な19世紀の時代に訪れる変革の兆を未だ見いだしていなかったために、この理想を「実践」する術を知らなかった。そのため「中世」の世界が、ロンドンに実現されるべき未来の姿──すなわち「ヴィジョン」──として立ち現われるには、もちろん社会主義の「実践活動」の経験が不可欠であったことは確かである。しかし、この時期の夢想はまったくの無為であったわけではなく、詩のうちにこそ現実を語ろうとする詩人の熱情そのものが謳われているのである。

　では、社会主義運動に参画することで、モリスはどのように、詩人として作品中に理想を「具体化」してゆくのであろうか。モリスが第一作目の詩集において描いた「抗弁」（defence）と、『地上楽園』の冒頭の「弁明」（apology）[17]は、1870年代のアイスランド旅行、82年のD・G・ロセッティの死、そして社会主義活動への参画を経て、やがて1886年から87年にわたって連載される『ジョン・ボールの夢』にて実践活動をうながす「知らせ」（tidings）となる。この転換点に至るための鍵となる作品が、その直前に発表された「希望の巡礼者」である。この作品における、敗北こそが希望の萌芽となるというモリスの主張は、現実からの逃避ではなく、敗北から再び「地上楽園」への第一歩を踏みだすことを訴えるものである。次章では、モリスが社会主義者へと回心した後の最初の成果としてではなく、モリスがかねてから抱いてきた「中世」を具現化する最初の試みとして、「希望の巡礼者」を読みとくこととする。

　注
　１）モリスが初めて制作した自分の同時代を舞台にした小説としては、『オックスフォー

ド・アンド・ケンブリッジ・マガジン』1856年4月号に掲載された「フランクの封書」があるが、この小説にはとくに同時代の社会への批判は見てとれない。

2）マッカーシーは、モリスがこうした構造を採用したことについて、「『地上楽園』は、チョーサーと、イングランドにおける儀礼的な物語の伝統への、彼〔モリス〕の敬意であった」（*Morris* 199）と指摘している。

3）社会主義活動中に逮捕された際、職業を問われて「『地上楽園』の著者だ」（"this is the author of *The Earthly Paradise*"）と答えたという（MacCarthy, *Morris* 536）。

4）エリザベス・K・ヘルシンガー（Elizabeth K. Helsinger）は、"idle"という語について、テニスンが用いた"Tears, Idle Tears"というフレーズの影響を指摘している（216）。

5）「いくつかの詩のなかには、生者が生きたままの姿勢で死んだ状態にさせられたイメージが表れる。この進退極まった状態がモリス自身の心のなかにあったことは明白である。〔……〕一八六〇年代の後半に、モリスの私生活は大変不幸な状態におちいっていたように思われる。〔……〕モリスが依然として妻に恋い焦がれているのに、相手からはほとんど、あるいは何の反応も得られなかったことがわかるだろう。これらの詩の主題はすべて、〔……〕失恋なのである」（ヘンダースン、148頁）。

6）この暦の形式について、ブルー・カルフーン（Blue Calhoun）はウェルギリウス（Virgil, 70–19 BC）の『田園詩』（*Eclogues*, 42–37 BC）、エドマンド・スペンサー（Edmund Spenser, 1552?–99）の『羊飼いの暦』（*The Shepheardes Calender*, 1579）といった、牧歌文学（pastoral）の影響があると指摘している（122）。

7）Silver, *The Romance of William Morris* 47–78.

8）中世史家ル・ゴフは中世の人々の季節観について、「『冬』と『夏』を対比して謡うのは、ドイツの《ミンネザング》の主要なテーマの一つである。そこでは『夏の喜び』（Sommerwonne）と『冬の苦しみ』（Wintersorge）が対置されている」（『中世西欧文明』桐村泰次訳、282頁）と述べている。モリスはこうした伝統的な季節観を意識していると考えられる。

9）「わたし」が何者かは明示されていないが、「六月が来る前に死ぬ」（"I die ere June", *CW* 3 : 82）という言葉から、「春」を人格化したものと考えられる。

10）以下、原文はWalter Pater and Donald L. Hill, *The Renaissance: Studies in Art and Poetry: The 1893 Text*、邦訳はペイター『ルネサンス──美術と詩の研究』（富士川義之訳）233頁より引用した。

11）Seiler 69.

12）Pater and Hill 448.

13）無記名で『ウエストミンスター・リヴュー』（*Westminster Review*）1868年10月号に発表されたもので、のちに 最初の4分の3が「審美詩」（"Æsthetic Poetry"）に

改題・改稿の上、『鑑賞』（*Appreciations,* 1889）に掲載され、残り 4 分の 1 が『ル
ネサンス史研究』（*Studies in the History of the Renaissance,* 1873）の「結論」となっ
た。ただし、双方から漏れた一段落が存在する。なお「結論」は、第二版（『ルネ
サンス——芸術と詩の研究』に改題、*The Renaissance: Studies in Art and Poetry,*
1877）で削除され、第三版（1888）で再び復活、第四版（1893）ではさらに修正が
行なわれた。ドナルド・L・ヒル（Donald L. Hill）による詳細な校合（1980）によ
り、現在では初稿と最終版の相違点および欠落部が解明されている。

14) 萩原、33-35頁。

15) 内田、77-91頁。

16) 玉井暲が「文学言語の復権をめざして——ペイターの『事実についての印象』の詩
学」でアーノルド＝ラスキンとペイター＝ワイルドの共通性として指摘している、
「文学の言葉のありかたをきわめて根本的な次元から問い直そうと求めた」（日本ペ
イター協会編『ペイター『ルネサンス』の美学』197頁）態度は、モリスにもある
程度見いだせると考えられる。

17) ラスキンやバーン＝ジョーンズが南ヨーロッパに目を向ける一方で、モリスは北方
に心を奪われていた。かねてから興味を抱いていたアイスランド・サガの翻訳に60
年代後半から取り組んでいたモリスは、1871年 7 月にいよいよ現地へ赴き、サガに
縁のある地を訪ねた。娘たちへは現地の岩山の様子を絵入りの手紙で書き送り
（Letter 147 in *CL* 1 : 145）、妻ジェインにはニャール（Njals）やグンナル（Gunnar）
の館跡を訪ねたことを報せている（Letter 148 in *CL* 1 : 145-46）。73年にはバーン
＝ジョーンズとともにイタリア旅行にも出かけるが、今ひとつ馴染むことができな
かったという（Letter 191 in *CL* 1 : 185）。同年の夏には二度目のアイスランド旅
行で同地に二ヶ月強滞在している。アンドルー・ウォーン（Andrew Wawn）は、
モリスはアイスランドに関していかなる面でも「最初の人物」ではなかったとし、
彼のアイスランド愛好は死後まで明らかにされなかったとしながらも、アイスラン
ドのメディアでモリスの死が当時大きく取りあげられたことから、モリスの活動が
一定の評価を得ていたと指摘している（247-48, 255, 257）。モリスのサガ翻訳の評
価等はPhelpstead 149も参照のこと。

第四章

「中世」という希望を紡ぐ
── 社会主義転向と詩人の「夢」

　「希望の巡礼者」（"The Pilgrims of Hope"）は、ウィリアム・モリスが社会主義同盟の機関紙『コモンウィール』に、1885年3月から約一年間にわたって連載した物語詩である。のちにI・IV・VIII部のみ詩集『折節の詩』（*Poems by the Way*, 1891）に採録されたが、存命中に全編がまとまった書物として刊行されることはなかった。モリスの二女メイ（Mary［May］Morris, 1862-1938）によれば、これはモリス自身が書き直しを望み、作品全体としての刊行を拒否したためであるという[1]。

　1870年代までに、モリスは『イアソンの生と死』および『地上楽園』によって、詩人としての評価を一定のものとしていた。また本作品の発表後、没後に代表作との評価を受ける『ジョン・ボールの夢』と『ユートピアだより』の二作品が相次いで発表された結果、今日まで「希望の巡礼者」はほとんど脚光を浴びることがなかった。詩人モリスに対する評価は、多くがラファエル前派の影響下にあった初期・中期の作品に集中しており、現在も本作品は完成した文学作品としては見なされない傾向にある。また社会主義転向後の著作はプロパガンダの側面が強調されすぎるあまり、本作はモリスが同時代の事象を中心的に扱っている珍しい作品であるにもかかわらず、踏み込んだ研究がなされてきたとは言えない[2]。

　しかし、「希望の巡礼者」は翻訳を除けば『地上楽園』以来となる作品であり、「わたし」の独白によって語られる理想は、のちに『ジョン・ボールの夢』や『ユートピアだより』に描かれる「夢」──すなわち理想世界の幻視としての「ヴィジョン」──と重なりあうものである。モリスの「夢」に

描かれる中世への愛着を、単なる趣味嗜好に留まるものではなく、一貫して保持されつづけた彼の理想であると評価するためには、モリスが生涯にわたって継続した詩人としての活動を通史的に取りあつかうことが不可欠である。そこで本章では、「希望の巡礼者」に描かれている「希望」の内容について検討し、モリスの「詩人」としての自己意識と彼の「ヴィジョン」を考察する。

第一節　社会主義ロマンスの萌芽

　「希望の巡礼者」を構成する各詩の内容の一部は、『地上楽園』でも予示されていたメッセージと重なっている。たとえば第Ⅰ部（"The Message of the March Wind"）では、語り手である「わたし」（"I"）が「恋人」（"my love"）とともにロンドン近郊の農村の風景を眺めている。二人はロンドンから吹いてくる風の中に都市労働者の抑圧を感じ、同時に三月の風に乗ってもたらされる「希望」（hope）の声をも聞く。第Ⅱ部（"Bridge and Street"）で、二人はロンドンへと赴き、その醜悪さを目撃する。第Ⅲ部（"Sending to the War"）では遠くパリの戦乱を耳にし、「解放」（"deliverance"）のための戦いという「夢」（"dream"）を抱く。

　第Ⅳ部（"Mother and Son"）では、語り手はある一人の母親に交代となる。彼女が息子に夫との日々を語り聞かせる内容で、「希望と怖れ」（hopes and fears）のモティーフが貫かれている。つづいて第Ⅴ部（"New Birth"）では一人の男が語り手となり、その生い立ちが述べられる。「わたし」の父は金持ちであったが、姿を現さず、金のみを母に渡していた。「わたし」はその恩恵を受けて生きてきたが、ある日共産主義者の講演を聴き、その理想に共鳴して「生まれ変わる」（"born again"）。第Ⅵ部（"New Proletarian"）で、父の金を渡してくれていた弁護士が死んだ後、彼が「わたし」のものであるはずの金を窃取していたことが発覚し、自分の働きで家族を扶養しなくてはならなくなった「わたし」は、労働の痛みと恐れを知り、自分を嘲る富裕層と対峙す

る。ここはわずかではあるが自伝的な性格が指摘できる。モリスは父親の遺産として銅山の配当を受けとっていたが、後に彼自身が述懐するとおり、次第に自らの中産階級としての境遇に釈然としないものを覚えはじめ、それが社会主義転向の大きな動機となったのであり[4)]、弁護士の窃盗を構造的な搾取と読みかえれば、モリスはここで、自分が階級を超えて労働者の側に立つ理由を説明しているとも言える。

第Ⅶ部（"In Prison—and at Home"）では、語り手「わたし」としてある女性が登場する。彼女の夫リチャード（Richard）は、社会主義活動によって投獄されており、「わたし」は夫の解放を待ちつつ忍耐と嘆きを「友人」に吐露する。

第Ⅷ部（"The Half of Life Gone"）で、語り手は今一度、一人の男となる。「わたし」は「あなた」に「彼女」が死んだ話を語ろうとするが、まだ語ることができずにいる。第Ⅸ部（"A New Friend"）でようやく「わたし」は、自分の出所後に新しく自らの一団に加わった男のことを、その死を暗示しながら語り始める。ここでこの語り手がリチャードであると同定される。「わたし」すなわちリチャードと妻、そしてリチャードによってここで語られている男アーサー（Arthur）は、パリ陥落の報を耳にし、人間らしく死ぬことを求めて戦いに馳せ参じることを決意して（第Ⅹ部 "Ready to Depart"）、「夢のような」（dreamlike）旅路の末、「怖れのない希望」（hope without fear）を目撃する（第Ⅺ部 "A Glimpse of the Coming Day"）。そしていよいよ戦いに身を投じたが（第Ⅻ部 "Meeting the War-Machine"）、戦乱の直中に「わたし」は砲弾の破片に倒れて意識を失い、友人の家でめざめた後に、妻とアーサーの最期を知る。彼らはまるで夫婦のように、ひとつの担架の上で寄り添っていた。「わたし」は失意のうちにパリを脱出し、息子の待つ故郷へ帰る。そして最後に、この物語は悲しみを癒すためではなく、未来のために語られたのであるという力強い宣言がなされる（第ⅩⅢ部 "The Story's Ending"）。

以上のように、最初に誰とは知れない「わたし」と「恋人」の二人から始まった物語は、複数の語り手の交代を経て、中盤まではさまざまな「『わたし』

と誰か」の物語を織りなしている。中盤までは主要人物の人名も明らかにされないが、各部の「わたし」がそれぞれ「わたしたち」として結びあうことになる恋人、子、母、友人との関係は、彼らが共に抱く「希望」によって支えられており、各部の「わたし」もまた同様の関係で結びあわされていると考えられる。

　「希望の巡礼者」の描写を具体的に見てみると、冒頭から、モリスの他の作品にもしばしば見られる牧歌的な農村風景が現れる。「わたし」と恋人が眺めるのは、まさに『地上楽園』の序言で歌われているような、都市の醜悪さと対比される穏やかな農村の世界である。

> From township to township, o'er down and by tillage
> 　　Far, far have we wandered and long was the day,
> But now cometh eve at the end of the village,
> 　　Where over the grey wall the church riseth grey.
>
> There is wind in the twilight; in the white road before us
> 　　The straw from the ox-yard is blowing about;
> The moon's rim is rising, a star glitters o'er us,
> 　　And the vane on the spire-top is swinging in doubt. (*CW* 24: 369)

> 村から村へ、越えゆき、農地を通って
> 　　我らは遠く遠くさまよった、長い一日だった
> しかしいま村の外れに夕暮れが来たり
> 　　灰色の壁のむこうに、教会が灰色に聳えている
>
> 黄昏の中に風が立つ　我らの前の白き道に
> 　　牛囲いから麦わらが吹き
> 月の縁がのぼり、ひとつの星が頭上に輝く

尖塔のいただきの風見が、不確かに揺れている

　ここでは、農村風景が自然と溶けあっている様子が特徴的である。農地や家畜の囲いの合間を抜けて行く「我ら」の道の先には、教会が夕闇にあっても目印のように聳え、星空の下に尖塔の風見が揺れている。これまで見てきたとおり、前近代的な農村の景色と、各連の最後を締める「教会」、「尖塔」の描写は、モリスの他作品における中世世界と共通している。『ユートピアだより』では燦々とした夏の昼の明るさの中での農作業の様子が至福の情景として描かれるが、ここではそうした陽光の明るさこそないものの、夜の静寂の中に月が昇りはじめ、空にはひとつ星が力強く輝いており、まだ爽やかな晴天の下にあることを思わせる描写となっている。

　しかし第Ⅱ部で舞台がロンドンの都市部に移ると、第Ⅰ部の長閑な農村の光景は、市場の荷車の中の「干し草と香草の芳しさ」のみに矮小化されており、あっけなく眼下の道を通り過ぎていってしまう。語り手「わたし」の視線はうつむき加減になり、風景の描写も一転して鬱屈したものとなる。

> They passed, and day grew, and with pitiless faces
> 　　The dull houses stared on the prey they had trapped;
> Twas [*sic*] as though they had slain all the fair morning places
> 　　Where in love and in leisure our joyance had happed.
>
> My heart sank; I murmured, "What's this we are doing
> 　　In this grim net of London, this prison built stark
> With the greed of the ages, our young lives pursuing
> 　　A phantom that leads but to death in the dark?" (*CW* 24: 372)

荷車は去り、日は高まり、無慈悲な顔で
　　陰鬱な家々が、捕らえた獲物を見つめていた。
まるですべて抹殺してしまったかのようだ──美しい朝の場所を、

愛と安逸のうちに我らの楽しみが生まれる場所を。

　心は沈んだ。わたしは呟いた、「我らがしていること、これは何だ
　　この冷酷なロンドンの網のなか、この厳めしく造られた牢獄で
　時代の強欲者とともに、我らの若い命は追うのか
　　闇の中の死へと誘うだけの幻影を」

視界に残る都市の家々は、ただ罠にかけた「獲物」を無慈悲に見つめるのみである。「愛と安逸のうちに我らの楽しみが生まれる場所」は、跡形もなく消え去っている。「暗闇に閉ざされた死へと誘うだけの幻影」は、第Ⅰ部で行き道の先に見える教会の尖塔と、夜空に輝く一つ星に象徴される輝かしい導きとは対照的である。目前にあるのはかなたに延びる白い道ではなく、自分を捕らえる醜い都市の闇なのである。「獲物」は「わたし」自身であり、また農村に息づいていた人間の歓びそのものであった。

　こうした都市と農村の対比は、物語の終盤（第Ⅻ部）において、明白な近代批判を導き出す。すなわち、人間の歓びを抑圧する牢獄を打ち破ろうとした「我ら」の前に立ちはだかる「戦争の機械」に対する、絶望の描写である。

　　Well, many a thing we learned, but we learned not how to prevail

　　O'er the brutal war-machine, the ruthless grinder of bale;

　　By the bourgeois world it was made, for the bourgeois world; and we,

　　We were e'en as the village weaver 'gainst the power-loom, maybe.（CW 24: 406）

　　我らは多くのことを学んだが、打ち勝つ方法は学ばなかった

　　残忍な戦争の機械、無情な破滅の粉砕器に。

　　それはブルジョワの世界によって、ブルジョワの世界のために作られた。

　　そして、

　　我らはまさに、力織機に対抗する村の織工であったのかもしれない。

ここでの「無情な破滅の粉砕器」という表現は、前出の都市の家々の「無慈

悲」な表情と一致している。モリスは第Ⅲ部ですでに、貧者は「富者の粉挽き器」（"rich man's mill"）に挽かれた穀物（"grist that he [rich man] grindeth"）であると表現しており、"mill"（工場）に人間性を剥奪され単なる利益の種と見なされる哀れな人々への視線を呈示しているが（*CW* 24: 377）、ここでも再び"grinder"という"mill"の類語を用いて「力織機に対する村の織工」の無力感を表現している。⁵⁾農村の美と歓びを破壊し、収奪することで成長した都市は、他の人々からの搾取によって膨張したブルジョワジーの姿そのものであり、それは人間を破砕する残酷な機械にほかならないのである。⁶⁾

　そしてその圧倒的な力の前に、「わたし」の妻と友人アーサーは命を落とした。冒頭で力強い「希望」の声に導かれ決起したはずの「我ら」巡礼者たちは敗北し、半身ともいうべき妻と友人を失った「わたし」は、独り悲しみのうちにパリを去ることになる。巡礼行の結末は、完膚無きまでの「敗北」である。モリスは追い打ちをかけるように、第Ⅹ部で妻とアーサーの不倫関係をほのめかし（*CW* 24: 398）、また死後の二人が夫婦のようであったという描写を最終部の後半で行ない、残された「わたし」をさらなる孤独へと追いやっている。

　同志と愛を同時に失った「わたし」の夢は、「敗北」の絶望に包まれる。ここまでのところでは語り手の交代を繰り返しながら「わたし」たちがともに育んできた「希望」は、妻と友の裏切りと、巨大な破滅の機械の前にあっけなく潰え去ったかのように見える。モリスはこれによって「希望」や「結束」の儚さを示したかったのだろうか。「わたし」は最後にすべてを失って、虚ろな未来にすがる孤独な語り手となったのだろうか。

第二節　フェローシップの予示

　妻とアーサーの死について、マイケル・ホルツマン（Michael Holzman）は、「不貞な妻」と「裏切り者」に下された罰であり、モリスは実生活での妻ジェインとダンテ・ゲイブリエル・ロセッティの不倫関係をこうした形で自分なり

に決着させ、政治活動へと邁進していったのだと分析している。伝記的事実に基づくホルツマンの解釈は、1882年にロセッティが死亡し、その三年後に本作品が書かれたという事実によってある程度は裏づけられるであろう。

　しかしながら二人の死が、ホルツマンの言うように、人倫にもとる行為への懲罰であるとするならば、なぜ第IX部で「わたし」はアーサーの死について「彼は友なくして死んだわけではなかった──そしておそらく愛なくでもなかった」（"He died not unbefriended—nor unbeloved maybe." *CW* 24: 397）と語ったのだろうか。「わたし」、妻、アーサーの三人の関係は、単なる「三角関係」ではなく、随所で独立した関係として位置づけられている。このことは、第VIII部、第IX部において、それぞれ妻の死と友人の死を語る「わたし」が、二人に対してまったく同じ「彼／彼女は去った。〔……〕そのような者はもはやこの世に存在しない」"She/He is gone. [. . .] there is no such thing on the earth"（*CW* 24: 394, 397）という表現を用い、彼らの死を同等に扱っていることからも読みとれる。「わたし」が友人と妻の恋愛関係を半ば確信しながらも、その前に「彼は友なくして死んだのではない」と言い切っていることは、「わたし」がこうした関係に痛みを覚えつつも、決してその友情を疑わなかったということを表している。「わたし」にとって、アーサーは最後まで "friend" でありつづけたのであり、死んだ二人を「夫と妻のように」寄り添わせることで、むしろ死によって壊れない結束を強調しようとしたのではないだろうか。

　第V部で、人々の格差が正され、悲しみが喜びとなる未来のヴィジョンを視たとき、「わたし」は一団（band）すなわち「希望の巡礼者」（"Pilgrims of Hope"）の一員へと生まれ変わった（*CW* 24: 382）。このことは、作品の冒頭では「わたし」と恋人という、ごく私的な二人のものでしかなかった「我ら」の物語が、この共産主義者への "born again" を経ることで、希望を礎とした、より強靱で大きな関係へと発展したことを意味する。来るべき日の片鱗を共有する仲間との結束は、個々の死や敗北によって崩壊するものではない。その証として、最終部・最終連で悲劇の全貌をようやく語り終えることができ

たとき、語り手「わたし」は明日に向かって強い眼差しを向ける。これは、後年『ジョン・ボールの夢』で完成される、あらゆる困難を超越する揺るぎない連帯としての「フェローシップ」の概念ともすでに響きあっている。

第三節　敗北と希望

モリスは1887年に発表した記事において、パリ・コミューンの攻防は歴史を通してつづいている被抑圧者の抑圧者に対する闘争のひとつにすぎず、こうした「過去のすべての敗北」（"all the defeats of past times"）なくしては、「最終的な勝利の希望」（"hope of the final victory"）を持ちえないだろうと記している[8]。また1885年の「文明の希望」（"The Hopes of Civilization"）という講演では、次のように語っている。

> すべての時代には各々の希望がある。その時代の生そのものを超えるなにかに期待を寄せる希望が。そして奇妙な話だが、私はこれらの希望が、それを生み出した時代の絶頂期にではなく、その凋落期と堕落の時代においてより強くなっていると考えている〔……〕。（*CW* 23: 59）

モリスは、希望はその時代に限定されるものではなく、時代そのものを超えて未来へと貫かれる性質をもっているという確信を抱いている。本作における「希望の巡礼者」とは、ある「敗北」の目撃者であると同時に、こうした敗北から生まれる希望の継承者でもあり、「わたし」はパリへの到着によってではなく、妻・友人がひとつの希望に殉じた悲劇を読者に語り終えることをもって、その役割を全うした。その意味で、この巡礼行は "a pilgrim" ではなく "pilgrims"、すなわち巡礼者である「我ら」全員によって初めて遂行されるものであった。モリスにとって「敗北」は終焉ではなく、死や裏切りによってすら壊れることのない「結束」で結ばれた人々が、新たな時代へつづく「希望」へと昇華してゆくべきものなのである。そして同時に、自らが目撃した「敗北」を語りつづけることは、ある時代を生きる人間にとってな

によりも重要な使命となる。

　本作品における複数の語り手の存在は、作品の流れを散漫にし、統一性を損なっている印象を与えるかもしれない。しかし、作品全体を通じて、「我ら」（we）という一人称複数の呼称が非常に多用されており、モリスは複数の“I”を使い分けつつ、“we”として表される人々の「連帯」の意識を強調しようとしている。チョーサーの『カンタベリ物語』が、偶然行きあった巡礼の一団がそれぞれの物語をかたる構造を持ち、それによってただひとつの目的に結ばれた人々の結びつきを示したように、この詩の断片的な語りが集められたような構成は、ある程度意図的なものだったのではないだろうか。

　こうした語り手とヴィジョンの関係を整理し、さらに同時代性を確保する試みはまもなく『ジョン・ボールの夢』として現れてくる。モリスは「希望の巡礼者」で同時代的な事象を韻文で描くことに「失敗」したことで、のちにあらためて、散文によって「現代の叙事詩」を創り出すことに挑んだのである。そして『ジョン・ボール』ではモリスは自らの分身としての「わたし」が夢の中で中世世界に目覚めるという形式を採用することで、より直接的に、理想世界としての中世のヴィジョンと、「フェローシップ」で結ばれる人々との関係を描くことに成功することになる。

　「希望の巡礼者」は、モリスが青年期から理想として幻視しつづけてきた中世という「ヴィジョン」がいかにして完成していくのかという過程を明らかにする上で、非常に重要な作品である。『地上楽園』の成功後、社会主義者として発表した初の創作であるこの作品において、モリスは以上述べてきたとおり、前資本主義的な農村風景を都市と対比させ、「戦争の機械」という表現を用いて近代批判を強めた。社会主義者となることで、理想社会の「夢」を初めて明確に「主張」しようとしたのだと言えるだろう。しかし同時に本作品は、社会主義者となってからも「詩人」としてのアイデンティティを持ちつづけていくモリスが、明確に人々を相手に「語る」ことに覚醒した契機が見いだされる作品でもあり、単なる社会主義プロパガンダ作品以上の意義を持つ作品として、評価されるべきなのである。

注

1 ）*CW* 24: xxxj-xxxij.

2 ）この作品を正面から取りあげている研究書として、ジェシー・コツマノヴァー（Jessie Kocmanová）のものがあるが、同書は本作品を社会主義活動の一環であり不完全なものと断じている。Ａ・Ｌ・モートン（A. L. Morton）は、英雄的な性格というモリスの他の長編詩との類似点を指摘しているが（*Three Works by William Morris* 20）、フィオナ・マッカーシーは「決してモリスの最良の詩とは言えない。ほとんど感傷的なものに接近しつつ、漫然と書かれている。〔……〕『希望の巡礼者』の特色は、率直な自伝的性格と、当時のモリスの社会主義者としての境遇を驚くほど色鮮やかに描いていることにある」（MacCarthy, *Morris* 512）と評しており、決して優れた作品として認められてはいない。マイケル・ホルツマン（Michael Holzman）の論評も、後述するように、作品中の描写を伝記的事実に還元するに留まっている。ただしアン・ジャノヴィッツ（Anne Janowitz）は「『希望の巡礼者』――ウィリアム・モリスとロマン主義の弁証法」（"*The Pilgrims of Hope*: William Morris and the Dialectic of Romanticism"）と題した論文において革命的リアリズムの作品としての評価を取りあげており、社会主義作品としては再評価の余地が認められる。

3 ）前述のとおり、『地上楽園』は序言のあと「三月」の詩から始まっており、「希望の巡礼者」はこの作品と構造的な類似性を有した作品であると言える。

4 ）講演「芸術と大地の美」（"Art and the Beauty of the Earth"）において、モリスはハマスミスの自宅で上品に過ごす自分と、戸外から聞こえてくる野蛮で退廃的な喧噪の様子を対比し、自分が「あちら」にいなくて済んだのはまったくの「幸運」（"good luck"）でしかないと述べている（*CW* 22: 171）。

5 ）ここには、『ヴェネツィアの石』（*The Stones of Venice*, 1851–53）第二巻・「ゴシックの本質」（"The Nature of Gothic"）で「近代的な分業体制によって分割されたのは、労働ではなく人間である」（*Works* 10: 196、本書30頁参照）と説いたジョン・ラスキンに対する、モリスの賛同がうかがえる。なお、「戦争の機械」（war machine）の表象の伝統についてはダニエル・ピック（Daniel Pick）による研究があり、同書の第７章でラスキンが取りあげられている。ラスキンは1871年の『フォルス・クラヴィゲラ』（*Fors Clavigera*）において"War-Machinery"の語を用いている（*Works* 27: 130）。

6 ）なお、Naslas in Blewitt 109ではモリスの機械観について触れており、機械だというだけでまったく嫌悪していたというわけではないとの指摘がなされている。

7 ）Michael Holzman, "Propaganda, Passion, and Literary Art" 391.

8 ）"Why We Celebrate the Commune of Paris" Rpt. in *PW* 232–33.

第五章

「中世」からめざめる
―― 『ジョン・ボールの夢』における「フェローシップ」

　「希望の巡礼者」からほとんど間をおかず、モリスは『ジョン・ボールの夢』の執筆を開始し、1886年11月13日から1887年1月22日にかけて『コモンウィール』に連載する。「希望の巡礼者」と同様、本作品がある種の社会主義プロパガンダを含んでいるということは明らかである。しかしながら、それは作品の内容が単なる社会主義讃美に留まるものであるということを意味するわけではない。モリスは中世の歴史家フロワサール（Jean Froissart, c.1337–c.1405）の『年代記』（*Chronicles of England, France and Spain*）に触発され、当初は同盟の同僚に1381年の農民反乱（Peasants' Revolt）を題材とした物語を書かせようとしていたが、「叙事詩の才能」がないとの理由で拒絶され、「叙事詩の才能なんてお笑いだ！　いまいましい、ただ物語を語ればいいだけなんだ」（"Epic faculty be hanged for a yarn!　Confound it, man, you've only got to tell a story"）と言い放った。[1]　モリスが目的としたのは、人々の心に訴えかける「物語」を語ることであり、社会主義のイデオロギーを広めることそのものではなかったのである。

　また、さらに注目すべきなのは、作品の結末部分でのジョン・ラスキンの登場である。ラスキンのモリスへの影響は青年期から継続して多大なものであったが、この頃のラスキンはモリスからの民主連盟への参加依頼を断るなど、距離を置いていた。それにもかかわらず、ここでモリスが彼を「わたし」の「仕事」を理解する数少ない人物のひとりとして指名していることは、活動の形は異なっても、モリスがラスキンの思想を受け継いでいるということを裏づけている。同様に、作品冒頭部の「修復」という名の破壊を非難する

記述は、ラスキンとともに彼が古建築物保護協会で行なってきた活動と関連するものである。

この作品は、したがって、北欧サガや中世趣味といった単なるモリスの趣味嗜好と思われがちなものが「社会主義理念」や「実践」と混淆したのではなく、社会活動の実践のためにひとつの理想として再構成されたのだといえるだろう。「中世主義」と「社会主義」は、それぞれが目的と手段として対応するのではなく、同時にモリスの思想の発展段階を表すものでもないのである。この作品は彼の思想の核をなす「革命文学」として今日まで重要視されてきたが、作中で農民反乱の担い手たちが掲げる旗印——すなわち人々の連帯である「フェローシップ」——は、社会主義実現のための団結精神と解されることが多く、その意味についての詳細な分析は不充分なままとなっている。そこで本章では、モリスの教会観を手がかりに再考し、芸術家、社会主義者、詩人といった、複数の顔を持つモリスの思想の基盤をなす本概念の意味と重要性を明らかにする。

第一節　ユートピアの夢

『ジョン・ボールの夢』は、語り手である「わたし」が、中世の光景を夢に見るところから始まる。しかしある日、彼は夢の中でめざめ、中世の町並みを実際に目撃することになる。この場面はジェフリ・チョーサーの同時代人であるウィリアム・ラングランドの頭韻詩『ウィリアムが見た農夫ピアズのヴィジョン』を彷彿とさせる。『農夫ピアズ』の夢の内容として描かれているのは、天国・地獄・地上の象徴としての塔（tower）、土牢（dungeon）、さまざまな人の溢れる野（field）であり、モリスはこうした寓意性を模倣しているわけではないが、語り手が突然鮮やかな夢を見るという物語の導入部分は、まったく類似している。

ユーリ・コーワン（Yuri Cowan）は、モリスにとって、夢物語の「ヴィジョンの最終的な意味の解釈が読者にゆだねられることとなる」性質が、教訓的

第五章　「中世」からめざめる　**103**

な話を書く際に理想的であったのだとした。[7] しかしモリスが、チョーサーと比肩する中世詩人であるラングランドの作品を、ただこうした形式的な特性のみを理由として模倣したとは考えにくい。「夢」というモティーフそのものがラファエル前派主義者たちのあいだで流行していたという点は、本論第二章においても既述したが、モリスと他のラファエル前派主義者たちとの「夢」の用法は、ほとんどまったくと言っていいほど異なっている。この相違を考慮することで、モリスとラングランドとの共通点をさぐることができる。

　ラファエル前派は「夢」のモティーフを好んだが、題材として多用したのは聖書やアーサー王伝説、ギリシア・ローマ神話などであった。バーン＝ジョーンズとモリスも無論これらの題材を使用したが、ふたりはチョーサーをことのほか好んだ。[8] けれどもモリスを除いては、誰もラングランドに特別な関心を示さなかった。ラファエル前派の画家達やバーン＝ジョーンズが注目したのは、むしろ眠りや、ひいては死の官能性、『地上楽園』に霊感を与えたような "idleness" の美しさであって、夢の内容に社会的・実際的なヴィジョンを見いだすことではなかったと言える。とはいえモリスもまた、チョーサーと比べれば、ラングランドに関して言及することは少なく、『農夫ピアズ』がケルムスコット・プレスより出版予定であったということがわずかに知られているのみである。[9] しかし、重要なのは、すでに第二章でチョーサーについての評価を確認した1887年の講演「封建時代のイングランド」のなかで、モリスがラングランドをロラード派の詩人とし、[10] チョーサーと比べて形式（form）においては民衆側の詩人であると評価していることである。モリスにとっては『農夫ピアズ』は「台頭する中産階級の精神の徴候」（*CW* 23: 52）としているとおり、ラングランドはチョーサーとははっきりと異なり、ただただ愉快なものとして中世をとらえたわけではなかったということである。[11] これは、リーヴス・アンド・ターナー社から単行本として『ジョン・ボール』が出版される際、バーン＝ジョーンズによって制作された「アダムが耕しイヴが紡いだとき／いったいだれがジェントルマンであったのか」（When Adam

delved and Eve span / Who was then the Gentleman）の木版画が添えられたことに
よっても象徴されている[12]。

　モリスの二女メイは、父の「古い物語を使うときは、それを読み通して、
そして閉じて自分流に書くのだ」という言葉を記録している[13]。モリスが中世
文学の手法を模倣した意義は、中世の文学が当時の読者に訴えた問題を、彼
の時代に再話しようとしたことにある。モリスがそれによって『ジョン・ボー
ル』で呈示している、あらゆる分かたれたものが連帯したとき死んだと思わ
れていたものがよみがえり、夢が現実となるという「フェローシップ」の理
念を中世の用例から見てみると、この語は宗教的な含意を持っていることが
分かるのだが[14]、本章では、ジョン・ボール（John Ball）が見た夢と語り手「わ
たし」が見た夢が、この概念を核として、いかにひとつの夢として結合して
いくのかについて分析する。とくに、ボールと「わたし」のほかに、もうひ
とりの主要登場人物であるウィル・グリーン（Will Green）の役割に注目する
ことで、ボールと「わたし」、モリスとボール、モリスと「わたし」といっ
た登場人物間および作者と登場人物のあいだの関係性を明確にし、二つの分
かたれた「夢」を媒介するものとしての「フェローシップ」の性質について
明らかにする。

第二節　天国と地上の連帯

　本作品において主人公である語り手の「わたし」は夢のなかで中世のケン
トにめざめ、ヨーマンのウィル・グリーンに連れられて小さな酒場でその時
代の人々と歓談する。その陽気な歌のなか、店の外から聞こえてきた聖歌の
旋律が、司祭ジョン・ボールが近づいてきたしるしであった。外に出ると、
十字架のもとで集会が始まった。革命の主導者となるボールは、次のように
演説する。

　　I say to you that earth and heaven are not two but one; and this one is that which ye know, and are each one of you a part of, to wit, the Holy Church, and in each one of you dwelleth the life of the Church, unless ye slay it. [. . .] Ah, my brothers, what an evil doom is this, to be an outcast from the Church, to have none to love you and to speak with you, to be without fellowship!　(*CW* 16: 230)

　言っておこう。地上と天国はふたつのものではなく、ひとつである。そしてこのひとつのものというのは、すでに君たちが知っているように、君たちがその一部であるということ、つまり「聖なる教会」のことなのだ。そして教会の生命は、君たちの各々のなかに生きている──君たちがそれを圧殺しない限り。〔……〕ああ、兄弟たちよ、君たちが教会から疎外され、愛してくれる人もともに語る人もなく、フェローシップを持ちえぬことは、なんという不運なのか！

　ここでは、フェローシップは「聖なる教会」（"Holy Church"）とはっきりと結びつけられている。ポール・メイヤー（Paul Meier）は、モリスが『ジョン・ボール』において「教会」や「神」を表象したことについて、「モリスの関心はとりわけ歴史的な点にあった。それにより彼の有機的、現世的な中世というヴィジョンは具体化された」、「モリスは古い信仰に対しては、完全に無関心であり、ひとえに世俗的であった」と述べ、モリスの思想を「現世的人間中心主義」（"earthly humanism"）と総括している[15]。たしかにメイヤーの指摘のとおり、モリスは『社会主義──その発展と成果』（*Socialism: Its Growth and Outcome*, 1896）[16]でキリスト教の史的側面を非常に尊重してはいるが、キリスト教が資本主義原理と結びつき、それによって腐敗していったとして、プロテスタントは言うまでもなく、宗教改革以降のカトリック教会についても批判している[17]。ではモリスが「教会」や「神」を登場させた意図は、本当に、それらが作品の舞台となる14世紀の社会において大きな意味を持っていたという、歴史的な理由のみに求められるのだろうか。先ほどの引用に戻ってみたい。

　モリスにとって「地上」（earth）と「天国」（heaven）は、「地獄」（hell）に相

対して存立するべき同じひとつの場所として規定されている。モリスは、人間が「天」もしくは善き場所としての「地上」に生きるためには、「フェローシップ」、すなわち内なる「教会」の存在が不可欠であると説き、同時にその「教会」は、自らそれを破壊しないかぎり、人々の中にすでに存在しているとした。また「私はフェローシップについて語った。君たちは聖なる教会が何であるかについて聞き、理解したのだ。そこでは君たちは天の聖人たちの仲間であり、エセックスの貧しい人々の仲間であるのだ」(“I have told of fellowship, and ye have hearkened and understood what the Holy Church is, whereby ye know that ye are fellows of the saints in heaven and the poor men of Essex”, *CW* 16: 236) というボールの台詞は、重ねてフェローシップによる「天国」と「地上」の結合を強調している。

　同時にモリスは、ボールに「いつの日か聖人たちが天上の宴に君たちを呼びまねくように、今は貧しい人々が君らを戦いに呼んでいるのだ」(“as one day the saints shall call you to the heavenly feast, so now do the poor men call you to the battle”, *CW* 16: 236) とも語らせている。この言葉は、たんに歴史小説としてのリアリティのためにモリスが教会を描いたのではないという事実を浮き彫りにしている。司祭であるボールは、天上の聖人たちを、エセックスの民衆を救済する存在としては認識していない。「聖人たち」と「エセックスの人々」の関係は上下関係ではなく、過去と未来、死者と生者の区別はあるが、一体として結びつけられるものであり、ボールはその媒介となる「教会」の重要性を説いているのである。過去と未来をつなぐ紐帯を支えるのは、キリスト教が戴く神の存在ではなく、平等な関係にある人間同士の協同なのである。

第三節　夢からのめざめ

　次に、天と地上の連帯としての「フェローシップ」を「わたし」が獲得するまでの過程を見てみたい。「わたし」が見る夢は、「まったく思ってもみないような楽しい夢」(“a quite unasked-for pleasant dream”, *CW* 16: 215) であり、「建

築物が見られるのぞきからくりの贈りもの」("a present of an architectural peep-show", *CW* 16: 215) である。この夢のなかで「わたし」が目にする光景は、金銭の授受なく旅人と対人が楽しく食事をともにする、まさに中世の「メリー・イングランド」(Merry England) である。モリスは第一章でこうした夢の世界を描写するにあたって、「新しい」("new", "newly") という語を多用して、新たなるヴィジョンとしての「中世」を呈示している。「わたし」がジョン・ボールの抱く革命の夢に出逢うのは、このような「新しい」世界においてであった。ジョン・ボールの夢語りを聞くにあたって「わたし」が「いままで感じたことのなかった喜びを魂に感じていた」("I felt a joy in my soul that I had never yet felt") という描写からも、「中世」の光景と同様に、ジョン・ボールのヴィジョンが「わたし」にとっていかに新鮮なものであったかを読みとることができる (*CW* 16: 229)。「わたし」にとって夢の世界は、ただ美しいだけではなく、瑞々しい活力と喜びに充ちた世界であったのである。

　一方、ジョン・ボールが見ているのは、理想を共有し、その連帯によって社会変革を達成するという革命の夢であり、それによって地上における天上世界を実現するためのものであった。ボールは先の引用のように、教会によって連帯する民衆に、圧政に対して蜂起するよううながすのだが、演説は以下のようにつづく。

> [F]ellowship is heaven, and lack of fellowship is hell: fellowship is life, and lack of fellowship is death: and the deeds that ye do upon the earth, it is for fellowship's sake that ye do them, and the life that is in it, that shall live on and on for ever, and each one of you part of it, while many a man's life upon the earth from the earth shall wane. (*CW* 16: 230)
>
> フェローシップの存在は天国であり、フェローシップの欠如は地獄である。フェローシップの存在は生であり、フェローシップの欠如は死である。汝らが地上で行なう行為は、フェローシップのために行なわれ、その生命は、永遠に生きつづける。汝らの人間としての生命が地上で尽き

果てようとも、各々はフェローシップの一部として生きつづけるのだ。

この一節は、理想が敗北しても別の名前で戦いつづけられることを述べた箇所（CW 16: 231–32）と並んで、引用されることの多い箇所である。ボールにとって肉体の死は、生と対比されるものではない。「フェローシップ」の欠如こそが「死」であるからである。

　これを聞いたケントのヨーマンで、反乱参加者のひとりであるウィル・グリーンは、その手にしっかりと弓を握り締め、涙を流しながら、泣き笑いの奇妙な表情で「わたし」に肘打ちをし、「わたし」は「楯持が騎士に叙せられる儀式において剣の一打を受けとめるのと同じように」（"as an esquire does the accolade which makes a knight of him"）それを受けとめる（CW 16: 231）。ここにおいて、「わたし」が夢に見たボールの夢は、たしかに「わたし」自身の夢と重なる。第八章では、「わたし」は第一章で強調されたような新鮮さよりも、永く親しんだ感覚（"yet not strange, but rather long familiar to me"）を覚えるようになっている（CW 16: 259）。ウィル・グリーンはここで明確にジョン・ボールに共感し、「フェローシップ」の一員となったのだが、このときウィル・グリーンを介して「わたし」にも、この「仲間への愛」は伝播したのである。

　しかし、このように一度は重なり合ったジョン・ボールと「わたし」の理想のあいだに、齟齬が見えはじめる。第九章で再びジョン・ボールと「わたし」が対話するとき、一種の奴隷状態に基づく仮初めの「豊かさ」が成り立っている未来や、それを甘受する「現代」の人間に対する絶望などから、ボールはすっかり自分の成すことに意味を見いだせなくなるのである。ここでの「わたし」のボールに対する否定の言葉の数々は、あたかも「わたし」がボールの希望を打ちくだくことを目的に語っているかのようである。だが、モリスが描きたかったのはまさにこの葛藤であるのではないかと思われる。というのも、作中で「わたし」は再三、ジョン・ボールの戦いが無駄ではなかったことを告げるが、ボールは「わたし」と再び対話する前に、第七章で次のように語っており、この葛藤が必要なものであることに気づいているはずだ

第五章 「中世」からめざめる　109

からである。

> [T]here is nought that can undo us except our own selves and our hearkening to soft words from those who would slay us. They shall bid us go home and abide peacefully with our wives and children while they, the lords and councillors and lawyers, imagine counsel and remedy for us; and even so shall our own folly bid us; and if we hearken thereto we are undone indeed; for they shall fall upon our peace with war, and our wives and children they shall take from us, and some of us they shall hang, and some they shall scourge, and the others shall be their yoke-beasts—yea, and worse, for they shall lack meat more. (*CW* 16: 255)

　我々自身と、我々を殺めんとする者の甘言を聞き入れることだけが、我々を滅ぼしうるのだ。彼ら——領主、顧問官、法律家たち——は我々に、彼らが忠言や解決策を考案するから、我々は帰宅して妻子と平和に暮らすよう言うだろう。我々自身の内なる愚かさも、同じように命じるだろう。そしてそれを聞き入れれば、我々は滅ぶのだ。彼らは平和には戦争をもって報い、我々から妻子を奪い取り、我々のうちある者は縛り首にされ、ある者は鞭打たれ、そして残りの人々は家畜となるであろう——そう、そしてさらに悪いことには、彼らは更なる肉に飢えている。

この自戒の台詞は、1381年の反乱の結末を知るモリスが、記さざるをえなかった心情である。モリスは、一度は成就したかと思われた反乱者たちの希望が最終的には潰えてしまうこと——つまり反乱の主導者ワット・タイラー（Wat [Walter] Tyler, d.1381）[20]が国王との対話が実現したあとで殺され、ジョン・ボールもまた処刑されること、そしてその後、農民たちが再び獣のように扱われること[21]——をすでに知っているからである。モリスは、自分自身の内なる愚かさや敵対する人の甘言に惑わされず戦いつづけることこそが必要なのだと、のちに「敗北者」となるジョン・ボールに語らせることで、モリス自身が歴史から学んだ「フェローシップ」の教訓を、あたかも実在のジョン・ボール自身が実際に遺したメッセージであるかのように読者に伝えている。

作中、語り手である「わたし」もまた、モリスが知っていたのと同じ「史実」を知りながら、ジョン・ボールの革命の夢を聞いている。しかし「わたし」は、ボールの夢を嘲笑うことも、彼の行動を「勝利」に導こうと試みることもしない。ただその戦いの意義を主張するだけである。なぜなら「わたし」は、ボールは決して「敗北」しないと知っているからである。夜明けの近づく第十一章の最後で、一旦は絶望のただなかにあるボールを残して聖堂を立ち去ろうとする「わたし」は、再び腰掛け、最初は遠かったけれども徐々に近づき、馴染み深いものとなるジョン・ボールの声に耳を傾ける（*CW* 16: 278）。第十二章では、陽光がジョン・ボールの姿をほとんどかき消しているが、その声ははっきりと「わたし」の耳に届く。そしてここに、ジョン・ボールの抱いた夢は「わたし」のそれとたしかに交わっている。「わたし」は、先に掲げたボールの言葉に呼応するように、「フェローシップ」を妨害するものと思われることが、実は真の「フェローシップ」を達成するのだと語る。

> [B]ack-sliding, and doubt, and contest between friends and fellows lacking time in the hubbub to understand each other, shall grieve many hearts and hinder the Host of the Fellowship: yet shall all bring about the end, till thy deeming of folly and ours shall be one, and thy hope and our hope; and then—the Day will have come. (*CW* 16: 286)
>
> 互いを理解しあう時間の足りない友人や仲間たちの違背や疑い、衝突が、多くの人々を悲しませ、フェローシップの軍勢を妨害することだろう。しかし最後には、汝が愚行と断ずるものが、我らのそれと一致し、汝の希望は我らの希望となるであろう。そしてそのとき、「その日」が来るのだ。

違背や懐疑がフェローシップを妨害する。しかしこういったことすべてが結末を導き出す。つまり、友人や同志のあいだに生まれる齟齬は、最後には人々の希望をひとつに結びつける過程となるのである。この「わたし」の台詞に対してボールは、結局「わたし」はボールにとって最後まで「夢」であった

第五章 「中世」からめざめる　111

("thou hast been a dream to me") と断言するが、同時に「わたし」を友 ("friend")
と呼び、「わたし」自身の望みが成就することを祈る。その望みとは、「希望
に充ちた闘争であり、罪のない平和であり、一言で言えば生そのもの」("hopeful
strife and blameless peace, which is to say in one word, life") である (*CW* 16: 286)。ボー
ルは、「わたし」の話す未来は自分の時代には信じがたいものであったとい
うことを認めながらも、「わたし」を同志として信頼し、フェローシップと
いうひとつの「生」を分かちあう。この祈りによって、ボールの夢はついに
「わたし」の夢と完全に一体となり、真のフェローシップが成立する。同時
に日が昇り、その象徴である聖堂が明るく照らされる。

> For some little time, although I had known that the daylight was growing and what
> was around me, I had scarce seen the things I had before noted so keenly; but now in
> a flash I saw all—the east crimson with sunrise through the white window on my right
> hand; the richly-carved stalls and gilded screen work, the pictures on the walls, the
> loveliness of the faultless colour of the mosaic window lights, the altar and the red light
> over it looking strange in the daylight, and the biers with the hidden dead men upon
> them that lay before the high altar. A great pain filled my heart at the sight of all that
> beauty, and withal I heard quick steps coming up the paved church-path to the porch,
> and the loud whistle of a sweet old tune therewith; then the footsteps stopped at the
> door; I heard the latch rattle, and knew that Will Green's had was on the ring of
> it. (*CW* 16: 287)

太陽の光が強くなり、自分の周りにあるものが分かってきたが、しばら
くの間、以前くっきりと見えていたものがほとんど見えなくなった。し
かし今、閃光のなかに、私はすべてを見た——右手の白い窓から日の出
とともに射してくる東の空の真紅の色。豪華に彫り込まれた聖職者席と
金箔の施された内陣仕切りの細工。壁の絵画。モザイクの窓から射しこ
む明かりの申し分のない色彩の美しさ。祭壇と、陽光に照らされて奇妙
にみえる、その上の赤い光。高い祭壇の前に置かれた、覆いに包まれた

死者が横たわる棺台。これらの美すべてを目にして、私の心は大きな痛
　　みを覚えた。同時に、軽快な足音と甘美な古い曲を演奏する大きな口笛
　　の音が、聖堂のポーチへつづく舗道を近づいてくるのを聞いた。足音は
　　戸口で止まった。掛け金がガタガタと鳴るのが聞こえた。私はそれを鳴
　　らしているのがウィル・グリーンだと知っていた。

聖堂のなかに眠る死者、やがて死を迎えるジョン・ボール、未来に生きる「わ
たし」のすべてに、「その日」が訪れるのである。その光景の美しさに大き
な痛みを感じる「わたし」の耳に、甘美な古い曲を奏でる口笛が聞こえる。
口笛を吹きながら聖堂の扉を開き、まさにフェローシップに加わろうとして
いたのは、ウィル・グリーンであった。
　ウィル・グリーンは、彼の邸での夕餉の場面（第八章）で、比較的裕福なヨー
マンのひとりとして紹介されている（*CW* 16: 257）。ここでの平和な団欒の描
写は、まさにモリスが19世紀の生活で経験していたものだと思われる。しか
しグリーンは、そうした生活に決して満足せず、前述したようにボールの演
説に涙を流し、「私はもはや安息をのぞまない」（"I desire rest no more." *CW* 16:
253）と言明して戦いに赴く戦士である。なぜ、彼は豊かな暮らしを棄てて、
戦いに身を投じるのだろうか。この疑問は、おそらくモリス自身も周囲から
問われつづけてきたものであろう。つまり、グリーンは、「中世」に生きる
モリスの分身でもある。モリスは「私は裕福な人間であり、一歩ごとに労働
者たちを圧迫している無能力というものに苦しんではいないので、理想のた
めにこの問題を探求することがなければ、その実践的側面に引き込まれるこ
とはなかっただろう」とし、「〔我々が社会革命と呼ぶ、変革の種が芽生え始
めているという〕発見をしたことで、私にとって物事の全様相が変化し、社
会主義者となるために私がしなければならないことは、実践的活動に身を投
じることだけであった」と、彼が敢えて変革者として活動に身を投じた理由
を語っている（*CW* 23: 278, 280）。モリスは、「わたし」のようにジョン・ボー
ルの抱いた変革の夢の実効性を夢みるのと同時に、自らもウィル・グリーン

のようにその理想を成就するために行動するひとりとして、実際に立ちあがることを望んだのである。そして、その希求のなかで次のような結論を得たのである。

[I]t is for him that is lonely or in prison to dream of fellowship, but for him that is of a fellowship to do and not to dream. (*CW* 16: 234)
フェローシップを夢みるのは、孤独であるか、監獄にある人間だけである。すでにフェローシップに結ばれた者は、夢みるのではなく、行動するのだ。

このメッセージは、すでにさまざまの団体に加入し、行動しはじめていたモリスの切望であった。結末部分において、19世紀のロンドンに目覚めた「わたし」がテムズ川のむこうの田舎に思いを馳せながら再び夢のなかの友人たちについて考えた瞬間に、汽笛がその白昼夢への期待を打ちやぶるという場面がある。

But as I turned away shivering and downhearted, on a sudden came the frightful noise of the "hooters," one after the other, that can the workmen to the factories, this one the after-breakfast one, more by token. (*CW* 16: 288)
だが、意気銷沈してふるえながら〔テムズ川から〕顔をそむけたとき、突然「汽笛」の恐ろしい騒音が次々と鳴った。これは労働者たちを工場に集める合図であり、同様に、朝食後の合図であった。

ここで、労働者を工場へと呼び集めるぞっとするような汽笛の騒音は、「わたし」の懐かしい風景への想いを騒々しく中断する。しかしそれは、「フェローシップ」が敗走する合図ではない。この汽笛の音は、すでにそれを獲得した「わたし」に対する、夢みるのではなく実際に行動せよという警笛なのであり、それゆえに「わたし」はこの「朝食後」の合図を受けて大胆不敵に笑い（"grinned surlily"）、一日の仕事に取りかかるのである（*CW* 16: 288）。

　ウィル・グリーンの口笛や、19世紀ロンドンのぞっとするような汽笛のよ

うに、『ジョン・ボールの夢』においては、夢をやぶる覚醒の合図がたびたび出現する。『ジョン・ボールの夢』には「めざめ（る）」（awake, awakening）という直接的な表現はほとんど出てこないが、戦いの準備が進められる第五章では、はっきりと人々に、次のようなボールからの檄が飛ばされている。すなわち「同志たちよ、近づいてくる知らせを聞け！　団結し、武器の支度をせよ」（"Hear ye the tidings on the way, fellows! Hold ye together and look to your gear"）という台詞である（CW 16: 239）。

　この「知らせ」（tidings）という語は、第二章で「わたし」を見た村民が、ウィル・グリーンに「汝の知らせはどこから来たのか」（"Whence are thy tidings, Will Green?"）と問いかけ、グリーンが「どうやら天かららしい」（"It seemeth from heaven"）と答える場面にすでに現れている（CW 16: 221）。『ユートピアだより』の原題は「どこにもない場所からのたより」（News from Nowhere）だが、『ジョン・ボールの夢』において「わたし」が運ぶのは、「天からの知らせ」（"tidings from heaven"）である。「わたし」は「天国からではなく、エセックスから来た」としてグリーンの発言を否定するが、「わたし」がこの後ジョン・ボールらに語るのは、作者モリスが代弁する歴史に生きた人々の「声」であり、この意味で「わたし」はたしかに天からの使者である。「わたし」は、作中のボールの声を読者に伝えると同時に、モリスが史実のジョン・ボールから受けとった「知らせ」を、作中のボールに伝える媒介者としての役割を担っているのである。

　つまり、モリスがこの作品で意図したことは、モリス自身の主義主張の呈示ではありつつも、歴史そのものに対する敬意の表明であり、知らせの伝達者、すなわち歴史の継承者としての自分自身を作中に描くことで、モリスのもとにもたらされた「天（＝ジョン・ボールも含む死者たち）からの知らせ」を、読者へ紹介することでもあったのである。ジョン・ボールからモリスに届いた「知らせ」は、「わたし」を通して再び過去の人々に届けられ、それによって「わたし」とボールの夢は結合し、フェローシップによって共有されるひとつの希望、『ジョン・ボールの夢』として、モリスから読者へと届けられる。

第五章 「中世」からめざめる 115

そして、人々がこの「知らせ」を受けとった後にとるべき行動は、夢の消滅を嘆くことではなく、ウィル・グリーンのように「私は休息を望まない」と宣言して眠りから醒め、夢を実現するために戦うことなのである。

第四節　フェローシップの記憶

モリスの「フェローシップ」の概念については、政治学の観点からの評価がいくつか存在する。たとえば1980年の時点でローズマリ・ジャン（Rosemary Jann）は、「ヴィクトリア時代の中世主義における民主主義の神話」（"Democratic Myths in Victorian Medievalism"）という論文において、モリスのフェローシップにもとづく民主主義について述べている[22]。ジャンの指摘は、モリスはカーライルやラスキンらのトーリー的な中世主義のみならず、19世紀の産業・経済・政治の発展をイングランドの政府と社会秩序のすばらしさの証として肯定・称賛する「ホイッグ史観」の影響をうけつつ、ホイッグ史観の論者たちとは違い、ウィリアム・コベット（William Cobbett, 1763-1835）らの農本主義ユートピアの提唱者を含む、政治上よりも経済上の理由で中世に注目する社会主義者たちの影響も受けているというものである。つまりモリスは、「歴史によって正当化された社会の関係性のモデルを復活させる」という保守的な見方と、「政治的発展は進化的なものである」というホイッグ的な前提を踏まえ、ひとつのステップにすぎないものとしての「中世の復権（rehabilitation）」という、過去を称賛すると同時に貶める考え方を否定した人物であり、ヴィクトリア時代の三つの中世主義の立場を融合した人物として評価されている[23]。ジャンの論考では、モリスがラスキンの理論を具体化した、というよりも、複数に分裂していた民主主義の相を融合した、という側面が明らかにされている。

2006年には、ルース・キナの論文「ウィリアム・モリスとイングリッシュネスの問題」（"William Morris and the Problem of Englishness"）の中で、さらにフェローシップの性質が詳細に検討された[24]。キナは、モリスがこれを「社会主義の原理」としては想定せず、単なる「友情」（friendship）よりももっと広く包

括的な概念で、社会的結束力のゆるい、ただ個人の労働における幸福を追求する概念として呈示したとした。さらに、このゆるやかな結束によって、不必要な熱狂的愛国主義（jingoism）に陥ることなしに、真の国民的団結（nationhood）の追求が可能となると指摘する。つまりモリスは、真に陽気で自由な国家である「メリー・イングランド」の実現を目指したのであり、フェローシップは、人間性を犠牲にせずに国民集団をまとめあげることのできる概念として構想された点が、評価されるべきであるとしている。

　人々の水平的なつながりにもとづく社会観は、ジョン・ラスキンのキリスト教的で階層的な社会観とはまったく異なっている。モリスにとっては父権主義ではなく、相互扶助と労働の喜びの共有による連帯こそが、真の理想社会の礎であった。この階層社会の否定については、モリスの晩年のロマンス作品を特徴的なものにしているアイスランド趣味とも関わりが見いだされる。モリス自身、「宗教について言えば、私は異教徒である」（“In religion I am a pagan”）と言明しており（*CW* 22: xxxii）、1978年にシャーロット・H・オーバーグは、『地上楽園』ですでに見られるモリスの異教的態度について、次のように述べられている。

> モリスは、〔……〕『過去と現在』におけるカーライルよりも、より過激な過去の讃美者であったように思われる。というのも、モリスの考える、より優れたモデルは（彼の有名な「中世主義」にもかかわらず）中世のシステムではなく、キリスト教中世に先行する原始的で異教的な英雄文化であったからである。（Oberg 27）

オーバーグは、モリスが中世社会ではなく、むしろキリスト教中世以前の原始的・異教的な英雄の文化を理想としたと主張している。しかしながら、オーバーグの論調は、全体としてモリスの異教性を強調しようとしすぎる傾向にあると思われる。たしかにモリスがキリスト教的な階層社会を理想として描いているようには見受けられないが、はたしてそれ以前の原始的・異教的英雄文化のほうを完全な理想としたと断定することは可能だろうか。またそも

そも英雄崇拝とキリスト教中世への眼差しは、このように半ば対立的に扱われるべきものなのであろうか。また、とくに、1381年の農民反乱という史実を題材に扱っている『ジョン・ボールの夢』を見ると、オーバーグのように「キリスト教中世ではなくそれ以前の異教的なるものを理想化していた」と断言することはやや難しい。実際、オーバーグとは逆方向からの分析が、1977年に出版された生地竹郎の『薔薇と十字架──英文学とキリスト教』に見られる。

> モリスのモリスたるゆえんは、〔……〕中世を美化し理想化し、その理想化され美化された中世の農村生活を通してモリスの共産主義的ユートピアの本質的な性格を間接的に暗示している点であり、さらに司祭ジョン・ボールの説教を通してカトリシズムの教義と革命の論理とを融合させている点であろう。（273頁）

ここで生地は、モリスが「共産主義的ユートピア」を間接的に呈示しつつも、その革命の論理は完全に世俗的なものではなく、カトリシズムと融合していると指摘している。つまり、モリスはカトリシズムを作中に社会主義革命の理論と重ねあわせて描くことで、それを拡張し、発達させているというのである。具体的にはと言えば、生地は次のように述べている。

> モリスのジョン・ボールは「キリストを頭にいただく神秘的共同体としての教会」というカトリシズムの教理をフェロウシップ（fellowship）という世俗的概念にまで発達させているのである。（275頁）

教会という霊的共同体を「フェローシップ」という世俗概念で再現したことを評価する生地竹郎の分析は、『ジョン・ボールの夢』のみについてのものであり、モリスのいわゆる後期ロマンスには、カトリシズムへの直接的な言及を見ることはできない。しかしながら、モリスがなぜ、それがキリスト教的・カトリック的社会と密接に結びついていることを知りながら、『ジョン・ボールの夢』と『ユートピアだより』において中世世界を舞台にしたユート

ピアを描いたのかということは、オーバーグの論考からでは十全に理解することができないと言える。

　モリスはカトリシズムそのものを理想化したのではなく、フェローシップを教会という既存の霊的共同体と融合させることで、真実の霊的紐帯の意義を、より確かなものとした。ここで、モリス自身のキリスト教への言及を参照してみたい。以下に挙げるのは、序章でもその一部を紹介した、モリスが社会主義転向後に『コモンウィール』1890年5月8日号に発表した文章である。モリスは、リカビー氏という人物の書簡に返答するという形で、次のように述べている。

　　リカビー氏の「本当の」キリスト教と「実際の」キリスト教の対比は、相違点を見逃している。つまり、本当の（私はそれを、理想の、と呼ぶが）キリスト教はかつて一度も存在したことがなかったという点である。キリスト教は最初から歴史上の出来事の帰結として発達し、社会的・政治的・経済的環境によって、そのあり様は左右されてきた。最終的な構造は現代の資本主義の強欲な商業主義によって形づくられたものであり、〔……〕それはキリスト教社会主義者たちが忌む、偽善のかたまりである。（*PW* 467. 下線引用者）

この発言は、多くの中世主義者たちがキリスト教を中世の倫理の基盤として規定していた一方で、モリスがそれが真実の（realひいてはidealな）形としては一度も実現されたことがないと認識していたことで、たんなる懐古主義としての中世崇拝にはおちいらなかったことを示す。

　このことは、オーバーグの、モリスがキリスト教以前の時代に目を向けていた、という指摘と、生地竹郎の、モリスはカトリシズムを世俗的概念に発展させた、という指摘の、「矛盾」を埋め、かつジャンの民主主義の分析とも一致するものである。つまりモリスにとっては、「キリスト教中世」と呼ばれるカトリック社会でさえ、信仰によってではなく、社会的・政治的・経済的環境によってその構造が左右され、理想形から見れば不完全なもので

あったということである。それゆえに、モリスはそうした「偽善」に縛られない、ある種の「真実の」霊的紐帯としてのフェローシップを具体化することを追求したのである。モリスは中世を理想化したが、それは教会という組織によってではなく、協働の喜びによって結びつけられた人々の連帯であり、モリスによる中世の芸術の礼讃は、こうした連帯の存在の証としてこれを評価したためであった。

　モリスは1881年の講演「芸術と大地の美」（"Art and the Beauty of the Earth"）で、次のように述べている。

　　今一度、私たちに残されているもう一つの博物館、つまり田舎の教会について考えてみたまえ。それらについて注目していただきたいのは、芸術がいかにあらゆるものに行き渡っていたのかというということである。というのも、諸君が「教会」という語に惑わされてはならないからである。真の芸術の時代には、民衆は彼らの教会を彼らの家とまったく同じ様式で建てた。「教会芸術」という言葉はここ30年で発明されたものだ。私自身、テムズ川の可航水域の末端に近い、辺鄙な田舎からやってきた新参者だが、その半径５マイル以内には、小さな村の教会が半ダースほどあって、そのすべてが美しい芸術作品であり、独特の個性をともなっている。そこには──諸君は我々を指してそう呼ぶかもしれないが──テムズ川のほとりの田舎の無骨者の作品があるが、それよりも堂々としたものなどはない。いま、同じような人々がこうした教会を設計し建造したとしたら（ここ50年ほどの間に彼らは、たいていの人々よりも長い間それに固執したにもかかわらず、建築の古い伝統をすっかり失ってしまったので）まだ足を踏み入れたことのない地域に点在する、なんの変哲もない小さく簡素な非国教徒の礼拝堂よりも良いものを建てることはできないだろう。そうした礼拝堂は民衆にぴったりふさわしいもので、建築家がデザインしたような新しいゴシック教会ではない。諸君が考古学を学ぶにつれて、この点においては私が正しく、そして、中世の芸術で我々に残さ

れたものは、自立した民衆によってつくられたものであったということ
が、より確信されるだろう。またそれが理性的に、喜びをもってつくら
れたのだということを、見逃さなくなるだろう。(*CW* 22: 162-63)

ここでモリスは、自らがテムズ川流域の片田舎からやってきたことを明かし、
そこに立ちならぶ小さな「田舎の教会」をこそ「博物館」と呼ぶ。「教会芸術」
("ecclesiastical art") という言葉は近年に発明されたものでしかなく、本来教会
は、民衆の家とまったく同じ様式で、「自立した民衆」によって喜びをもっ
て作られたのだと主張している。つまり、独立不羈の人々が、彼ら自身の個
性を自由に表現し、喜びとともに建てた教会こそが、「美しい芸術作品」と
呼ばれるべきものであり、民衆の「個性」すなわち「喜び」の表現は、彼ら
自身がはぐくんできた「伝統」そのものとして、以後の人々に伝えられるべ
きものであったのである。

　「フェローシップ」は、モリスにとって、人々の心裡に存在する「聖堂」
("church") そのものである。自らの家と同じように、同志的連帯によって結
ばれた人と「ともに生きる」ための「家」としての聖堂に、モリスは意義を
見いだしていた。前述したように、これは自ら破壊しないかぎり、人々のな
かに生きつづけている。その証左に、ジョン・ボールは自らが投獄されてい
たときも「わたしは君らがわたしを救いだそうと近づいてくる前から、君ら
とのフェローシップを失ってはいなかったのだ」("lacked I not your fellowship
before ye drew near me in the body", *CW* 16: 232) と宣言し、「思い出す」("bethink",
"remember") という表現を何度も用いて、人々の心に生きる紐帯を何度も認
識させようとするのである。本作品において「フェローシップ」は決して真
新しい概念ではなく、無から獲得されるべき連帯ではない。同時に、失われ
てしまった連帯でもない。このことは、モリスが『地上楽園』で歌った「記
憶の中の偉人たちのことを歌わせたまえ／なぜなら彼らは、生きてはいない
が、決して死なず／永く忘れ去られもしないから」(本書73頁参照) という一
節を彷彿とさせる。

第五章 「中世」からめざめる　121

　モリスはたびたびキリスト教、ひいては既存の宗教全般に批判を加え、そ
れらが「人間性」（"human nature"）や人間の過去や現在を象徴していない、
として攻撃した（CL 2 -B: 431）。19世紀当時の世界において、人々は自らの
内なる「教会」を完全に誤解していた。そのために、ただ徒に在りし過去や
在るべき未来に固執することしかできず、現在に生きる自らの行動と結びつ
けることができなかったのである。その結果、過去の"art"は破壊され、汚染
された、とモリスは考えたのである。
　『ジョン・ボール』第二章で、14世紀の民衆から「どこからやってきたのか」
と問われた「わたし」は、「天国からきたのではない。エセックスから来た
のだ」（CW 16: 222）と応答し、天上の聖人たちとの連帯に憧れる人々を、真
のフェローシップのための「戦い」へと呼びまねこうとする。つまりは自分
たち自身の「闘争」によって、在るべき社会を獲得することこそが、理想を
実現するための唯一の手段となりうることを訴えたのである。最終章におい
て、「大きな腫れ物」（"Great Wen"）という蔑称で呼ばれる19世紀のロンドン
にめざめた「わたし」が、窓際で「寒々しい空」（bleak sky）と「よごれた不
快さ」（dirty discomfort）を前に佇むとき、彼は14世紀の人々を想い出す。そ
して同時に、テムズ川を次のように見晴るかす。

　　The morning was harsh, too, and though the wind was from the south-west it was as
　　cold as a north wind; and yet amidst it all, I thought of the corner of the next bight of
　　the river which I could not quite see from where I was, but over which one can see
　　clear of houses and into Richmond Park, looking like the open country; and dirty as
　　the river was, and harsh as was the January wind, they seemed to woo me toward the
　　country-side, where away from the miseries of the "Great Wen" I might of my own
　　will carry on a day-dream of the friends I had made in the dream of the night and
　　against my will. (CW 16: 287-88)
　　朝もまたきびしかった。南西から吹く風は、北風のように冷たかった。
　　そのような状況の中で、わたしは、自分のいるところからはまったく見

ることができない、この〔テムズ〕川の次の曲がり角のことを考えた。その向こうには家々をはっきりと見ることができるし、開放的な田園のように見えるリッチモンド・パークも見える。川は汚れていて、一月の風は厳しかったが、この風景を見て田舎へ行きたくなった。そこではわたしは「大きな腫れ物」の惨めさから離れて、昨晩夢の中で自分の意ではなく友人になった人たちのことを、自分自身の意思で、白昼夢として見つづけられるかもしれない。

　これは、モリスの「田舎の教会」が点在する故郷への思い（本書119頁）とぴったりと重なる。ここで「わたし」は、テムズ川のほとりに、民衆の手によって建てられた喜びのしるしとしての美しい教会が立ちならぶ「田舎」の風景を幻視している。フェローシップは、人々が人間らしく生きていた時代にあたりまえに存在した連帯であり、その象徴である「教会」の記憶は、モリスの芸術社会主義の柱であったというよりも、モリス自身の故郷の記憶、ひいては今日までつづいてきた人間たちそれぞれの「生」の喜びの表現を、時代を超えて伝承しうるものとして、モリスにとって重要な意味を持っていたと言えるのである。こうして、モリスの「中世」の夢は明晰夢としての可能性を秘するものとなってゆくが、この確信は以降のモリスにとってもまさに思想の核をなすものとなるので、次節では他作品と通底するこの教会描写について、いますこし確認しておきたい。

第五節　民衆の聖堂

　モリスが1856年1月に、21歳で発表した「人知れぬ教会の物語」では、すでに第二章第二節で見たとおり、教会は懐古主義的な中世の諸要素とゴシック小説の要素の両方を具えていた。一方、遺作となった62歳での作品『サンダリング・フラッド』（*The Sundering Flood*, 1897）は、主人公の少年オズバーン（Osberne）が立派な騎士へと成長していく中世風の活劇であるが、ここに

描かれる教会は、より距離の近い、どちらかといえば親しみやすいものである。次の引用の場面は六月、オズバーンが小さな市の立つ町に出かけていくところである。

But when June was, Master Nicholas would ride to Eastcheaping, and he took Osberne with him; and a great wonder it was to see so many houses built of stone and lime all standing together, and so fair, as he deemed them, though it was but a little cheaping. Howsoever, without the walls was an abbey of monks, which was both fair and great, and the church thereof as well fashioned as most; and when the lad went thereinto he was all ravished with joy at the great pillars and arches and the vault above, and the pictures on the walls and in the windows, and the hangings and other braveries about the altars. And when he was at high mass, and the monks and the minstrels fell to singing together, he scarce knew whether he were in heaven or on earth. (*CW* 21: 73)

しかし六月がやってきて、家長のニコラスはイーストチーピングへ赴くこととなり、それにオズバーンを随行させた。石や石灰岩でできた家々が立ち並んでいるのを見るのは大きな驚きであり、彼はそれらをとても美しいと思った。それは小さな市の立つ町に過ぎなかったのだけれども。城壁の外にある修道院は、美しく堂々たるものであり、そこにある聖堂は、多くの聖堂と同様に立派に築かれていた。少年はそのなかへ入ったとき、柱やアーチや穹窿、壁や窓に描かれた画、壁掛、祭壇にある勇士の像を見て、喜びに夢中になった。そして出席した歌ミサで修道士たちと楽人たちが唱和しているとき、彼は自分が天国にいるのか地上にいるのかほとんど分からなくなった。

モリスは初期作品においては、聖堂を在りし日の輝かしい姿として夢想したが、その役割は概ね墓標のようなものであり、過去の佳き時代の記憶を語るのみであった。しかしここに至って、少年は教会の内装に理屈もなく心を奪われ、ただ瑞々しい喜びをあらわにしている。そしてミサの席では、彼は修

道士が楽人と唱和するなかにあって、まさに地上における楽園にいる気分にさえなる。ゴシック風の陰鬱さは消え、美に対するあふれんばかりの喜びがただ素朴に示されるのである。ただし、ここで忘れてはならないのは、これがまったく異教的な表現というわけではなく、歌ミサというきわめてキリスト教的、ひいてはカトリック的な儀式での恍惚とした喜びを描いている点である。

　たとえば、このモリスの晩年の教会描写は、以下に引くピュージンの教会描写に似通う。

　　　しかし、たとえ聖堂の外装がいかに魂をかきたてるものであったとしても、天高い格子模様の穹窿に向かって伸びる柱の長く壮麗な列のなかへ入っていくと、何たる栄光のほとばしりが目に触れることか！　側廊と側面礼拝堂の複雑さに、目が奪われる。各々の窓は神聖な教えに輝き、燦然とした神聖な色調できらめく。舗床は豊かなエナメルで塗られ、真鍮製の死者の記念物がちりばめられている。柱頭や柱基は、ある神聖な秘密を表現するために作られている。明かりと図像のある、大きな内陣仕切りの上の桟敷の中央アーチを通して、離れて見てみると、黄金と宝石が輝く高い祭壇に、黄金の鳩が乗っている、地上の聖所が見えるだろう。その前には、三つの消えない明かりが燃えている。これはまさに、聖なる場所だ。よく調整された照明、ゆらめく細蝋燭、忠実な信徒たちの墓、さまざまな祭壇、義人の神聖な図像——すべてが重なりあって人々を尊敬の念で充たし、キリスト教の礼拝の崇高さを印象づける。そして天高い鐘塔から響く、人々を祈りの館へ呼びあつめる鐘の深い音がやみ、荘厳な聖歌隊の詠唱が広大な建物に充ちるとき、詩篇製作者とともに「主よ、あなたのいます家、あなたの栄光の宿るところをわたしは慕います」と叫ばない人の心は、まったく冷たいに違いない。(*Contrasts* 4-5)

聖堂の偉容、そして美しさに、ピュージンは没頭する。しかしこれらはいずれも、この聖堂の主たる神の栄光の具現であり、すべては人々の信仰心を喚

第五章 「中世」からめざめる　125

起するためのものである。引用末尾の詩篇の一節に集約されているように、ピュージンにとって教会は神の家であり、まさに自身の信仰の象徴なのであった。[25]

　しかしピュージンが、聖堂のなかにその全体に行きわたる神の栄光を読みとった一方で、モリスの描写からは「神」の存在は感じとれない。モリスが地上における天国を感じるのは、あくまでも修道士と楽人が唱和しているときであり、ピュージンのように聖堂において神と触れあう瞬間ではない。これがまさに二人の相違点であり、モリス自身が語ったように、モリスはピュージンとは異なり、「真のキリスト教」を「カトリシズム」と同義とはしなかった。ではモリスは、一体どのような意図でこの空間を作中に描写したのであろうか。

　この問いに対する回答は、やはり『ジョン・ボールの夢』のなかに表れているように思われる。以下の引用は革命の指導者である司祭ジョン・ボールが、大聖堂のなかで戦没者たちに囲まれながら、「わたし」に向かって行なう告白である。

> "Yea," said John Ball, "'tis a goodly church and fair as you may see 'twixt Canterbury and London as for its kind; and yet do I misdoubt me where those who are dead are housed, and where those shall house them after they are dead, who built this house for God to dwell in. [. . .]" (*CW* 16: 263)
>
> 「そう」とジョン・ボールは言った。「これは立派な聖堂だ。この手のものとしては、カンタベリとロンドンの間のどれにもひけを取らぬほど美しい。しかし私は、ここにいる死者たちがどこに住まうのか、そして神の住まいとしてこの家を建てた人々は死して後どこに住むことになるのか、疑っているのだ。

この吐露から導きだされるのは、「聖堂」が「神の住まい」("house for God to dwell in") として立派に築かれるだけでは、モリスにとっては何の意味もないということである。モリスは、この神の家を建てた人々が、その家を分か

ちあうことができないのならば、それはすなわち欺瞞であると考えた。ピュージンにとっては、教会建築は唯一の真実の信仰であるカトリシズムの具現として現れたものであり、こうした建築を生みだすことは、次の引用に見られるとおり、神から与えられた使命でしかなかった。

> 建築物を設計する指導者やさまざまな美しい細部装飾を細工する鑿を持つ忍耐強い彫刻家に一様に働くのがこの感情〔「金銭的報酬の望みやひいては人々の喝采・称賛よりも、はるかに高潔な動機にかり立てられ」、「自分たちが、人の運命で与えられうるもっとも栄光に充ちた務めのひとつである、真理と命の神への神殿を建てるという職業に従事していると感じていること」〕だった。この感情によってこそ、古代の石工たちは、雲の域まで届く巨大な尖塔を建てるまで労苦・危険・困難に耐えることができた。この感情によってこそ、昔の聖職者はこの敬虔な目的に自分の収入を捧げ、仕事の達成に労を執る気になったのである〔……〕。
> (*Contrasts* 5-6)

ピュージンにとっては、金銭的報酬や人々の讃美よりも高潔な動機とは、神のために労苦・危険・困難に耐え、信仰を表現することであった。しかしモリスにとっては、これだけの労苦・危険・困難をともなう仕事を成しとげられる労働状態こそが理想であった。

　つまりモリスの使命は、民衆の手で美しい芸術を生み出すことであり、そのために社会改革を行なうことであった。美しい芸術を礼讃する理由は、ひとえにそれが労働の喜びの具現であるからである。そしてたとえ中世において民衆の手になるすばらしい芸術として大聖堂が建築されたという事実があっても、それが生み出されたのちに、いまや人々から切り離された状態にあったのだとしたら、モリスにとってはまったく偽善でしかなかったのである。

　モリスは、1884年3月10日に、バーミンガム・ミッドランド・インスティテュート（The Birmingham and Midland Institute）における講演で、ゴシック・

リヴァイヴァルを題材に取りあげ、協働の成果としての建築物の意義について説いた。そこで彼は、19世紀における労働を「無駄」(waste)、「隷属」(slavery)、「殉難」(martyrdom)、といった強い表現で攻撃し、理想の労働とは、労働者が「厄介だけど、陽気な気分だ」("I have been troubled but am merry")と言えるような労働であると発言している（*UL* 92）。まさにモリスにとって中世は、いかなる権力によっても奴隷化されず、労働における喜びを共に働くものと分かちあえるような世界であったのである。

第六節　希望とヴィジョン

　モリスは、「希望の巡礼者」で描ききることができなかったフェローーシップの必要性を、この『ジョン・ボールの夢』であらためて説いた。つまり、天上の人々と同様に、今ここに生きている人々とも連帯することで、地と天はひとつになり、いわば「地上楽園」に値する、「喜び」に充ちた世界が地上に出現するのだという主張である。[26]『ジョン・ボールの夢』においては、これは未だ個人的な「夢」に過ぎず、「わたし」のめざめで物語は締めくくられる。それが人々に共有される「ヴィジョン」として呈示されるには『ユートピアだより』まで待たねばならないが、地上と天が分かたれたものではないというモリスの独自の「フェローーシップ」概念を呈示したという点で、本作の重要性は明らかである。

　ここで第四章でも参照した「文明の希望」から、再び一節を引用しておきたい。モリスは人々の「希望」について次のように述べている。

　　20年前〔1860年代〕、イングランドにおいて革命的な感情の兆候はまったくなかった。中産階級は非常に裕福で、なにも望む必要がなかった──彼ら自身信じてはいない天国のことを除いては。暮らし向きの良い労働者は望まなかった、なぜなら彼らは困窮してはおらず、自らの堕落した地位を知る術を持たなかったからである。そして最後に、無産階級

の単純労働者たちは、施しとしての希望、すなわち慈善施設、救貧院、そしてやさしい死が最後にもたらしてくれるものを望んだ。(*CW* 23: 73)

20年前のイングランドには、限られた人々だけが感じていた、しかも絶望的な状況下からの逃避にしかならない「希望」——つまり、「生」のための希望ではなく、最終的により安らかな「死」に行きつくものという形で現れる「希望」——しか、存在しなかった。人々は自らが置かれた状況を知覚せず、金銭的に満足した者は、ただ信じてはいない天の救済を望み、苦境にある人はそこから抜本的に脱出する可能性を望む機会を見いだせず、ただ施しにすがるのみであった。モリスにとって、この状況を打ちやぶるには、こうして分断された人々を結びつける紐帯がかつて存在し、いまも手の届くところに存在するのだと伝えること、そしてそれによって、人々が希望や理想を回復できるようにすることが必要であった。

モリスは社会主義活動へと身を投じることによって、過去に潰えた革命を自らの闘争と同じ鎖をなす、ひとつの環としてとらえるようになり、そこに「変革の兆」を見いだした。過去の敗北は、人々が彼ら自身のために決起し連帯したことの証である。「フェローシップ」で人々が結ばれたという記憶が受けつがれ、以降も新たな連帯を生みつづけてゆくならば、かつて夢想した緑なすテムズ川河畔の美しい光景が必ずや実現されるに違いないことを、モリスは確信し始めていた。それは、「希望の巡礼者」に現れた圧倒的な「戦争の機械」——ブルジョワの世界によって、ブルジョワの世界のためにつくられた——に抗しうる唯一の手段であった。モリスが『ジョン・ボールの夢』の結末において幻視したような「田舎の教会」が立ちならぶ風景は、過去にたしかに存在した「記憶」の象徴であり、モリスはこうした聖堂を作中に描くことで、19世紀の醜悪なロンドンを「忘れよ」とではなく、その風景のなかに息づく連帯の記憶を「想い出せ」と歌ったのである。

注

1）この同僚はおそらくE・ベルフォート・バックス（E. Belfort Bax, 1854–1926）である（Sparling 103–04）。

2）「アン女王、暗愚なビリー〔ウィリアム4世〕、ヴィクトリア女王による、後世の劣悪化した建造物は、それ〔エリザベス時代の建物〕を破壊してはいないが、損なっている。〔……〕さもなければ、教区委員の手が入れられた、一風変わった珍奇な聖堂、それに並んで〔……〕十五世紀の住宅の遺構がある」（CW 16: 215）という言及がある。

3）チャールズ・ケーゲルの論文では、モリスはフロワサールらの歴史家やマルクスの思想の影響を受け、社会主義の理想を達成するために農民反乱という史実を題材に取っていると述べられている（Kegel 25）。これに対してジョン・グッドは、社会主義思想の呈示というよりも、社会主義者たちの歴史理解に対する警告として著されたものだとしている（Goode 27）。ニコラス・サーモンは、再びプロパガンダとしての『ジョン・ボール』の価値を擁護し、農民戦争を再評価する時代思潮と、民衆的英雄（folk heroes）を評価しようとするヘンリ・ハインドマンの思想の影響から、モリスが「イングランドらしさ」（"Englishness"）の呈示を目的として農民反乱を主題に選択したのではないかと述べている（Salmon, "A Reassessment of *A Dream of John Ball* " 29）

4）『農夫ピアズ』の成立年については、複数のテクストが存在するため断定はできないが、ケンブリッジ大学の中世文学研究者であるW・W・スキート（Walter William Skeat）の調査によって、おおむね1365年ごろに原テクスト、1370年ごろにAテクスト、1379年ごろにBテクスト、1385〜86年ごろにCテクストが成立したということが、1886年に明らかになった。著者についても詳細が判明しているとはいえないが、チョーサーと同年に死亡したという通説がある（ラングランド『農夫ピアースの夢』柴田忠作訳、iv–v頁）。なおモリスとスキートの交流についてはピータースン『ケルムスコット・プレス』314–17頁を参照されたい。

5）Langland 1. 以下、『農夫ピアズ』の英文テクストは、シュミット（A. V. C. Schmidt）の現代英語訳を参照した。

6）『農夫ピアズ』の語り手は、ある五月の朝に起こった「驚くべきこと」（"a marvelous thing"）として、「並外れた夢」（"an extraordinary dream"）を見たことを告白する（*Piers Plowman* 1）。一方『ジョン・ボール』の語り手が見るのは、「まったく思ってもみないような楽しい夢」（"a quite unasked-for plesant dream", *CW* 16: 215）である。

7）Yuri Cowan "'Paradyse Erthly': *John Ball* and the Medieval Dream-Vision" 138–39.

8）バーン＝ジョーンズは、モリスの示唆を受けて《夢みるチョーサー》（*Chaucer in*

a Reverie, 1863）や、『薔薇物語』（*Romaunt of the Rose*）の一場面を描いた《「怠惰」の戸口の前の巡礼》（*The Pilgrim at the Gate of Idleness,* 1884）を制作している。《夢みるチョーサー》の画中には、『薔薇物語』の手稿や、モリスの初期の壁紙デザインを彷彿とさせるような雛菊（daisy）の花が描きこまれており（図４）、チョーサーの作品が彼らの芸術意欲を大いに刺激したことが分かる。なお《夢みるチョーサー》というタイトルは2012年の日本巡回時のもの（河村錠一郎監修『バーン゠ジョーンズ展』、44頁参照）で、所蔵するランカスタ大学ラスキン・ライブラリ（Ruskin Library, Lancaster University）は《書斎のチョーサー》（*Chaucer in His Study*）として登録している（Banham and Harris 202–05）。チョーサーの『薔薇物語』は、ギョーム・ド・ローリス（Guillaume de Lorris, c.1237）による未完のロマンス*Roman de la Rose*の翻訳である。John H. Fisher, editor, 710.

9 ）シドニー・コッカレル（Sir Sydney Cockerell 1867–1962）作成の刊行予定リストに同書の名が挙がっているが、ほかに裏付けがない。川端康雄による「解題」を参照（モリス『理想の書物』326頁）。

10）ロラード派とはジョン・ウィクリフ（John Wycliffe, 1330?–84）の思想に従う一派である。教会の教えではなく聖書に基づいた信仰を重視し、一般信徒のために聖書の英訳を行なうなどした（サイクス、18頁〔ウィクリフについての訳者注〕参照）。

11）生地竹郎は『農夫ピアズ』の訳書のあとがきにおいて、「この作品が書かれた十四世紀という時代はやがて起るべき宗教改革と市民革命の前触れともいうべきものが、イングランドに初めて現れた時代で、教会も社会もその内部からの激しい動揺に苦しみ、どこへ向って地すべりが始まりつつあるのか、誰にも見当がつかないといった時代であったように思われる」と分析し、『農夫ピアズ』を「このような時代にあって重大な危機の接近をいち早く感じ取り、警鐘を乱打し、社会と教会を建て直さがための大改革を要求した作品」であると評価した（ラングランド『ウィリアムの見た農夫ピズの夢』生地竹郎訳、200頁）。

12）この警句は実際に、農民反乱を主導した司祭ジョン・ボールが発したもの（Whanne Adam dalfe and Eve span,/ Who was þanne a gentil man?）として知られている。

13）*CW* 3 : xxj-xxij.

14）*OED*によれば、「フェローシップ」（fellowship）という言葉自体は「仲間同士の関係、仲間の特質、仲間であることの状態や条件、および関連する意味」と定義される。用例としては1382年のジョン・ウィクリフによる使用、ラングランド『農夫ピアズ』（ただしCテクスト）、チョーサー『トロイラスとクリセイデ』（*Troilus and Criseyde,* c.1385）などの中世文学が挙がっている。また、中世を特徴づける職人ギルドを指す語でもある。なお、2024年 6 月現在の版では、「天のフェローシップ」（"fellowship of heaven, heavenly fellowship"）というフレーズでの小見出しが立て

第五章 「中世」からめざめる　131

（図4）モリスの初期の壁紙「デイジー」（"Daisy"）。ニューヨーク・メトロポリタン美術館蔵。

られており、モリスの『ジョン・ボール』での使用も一例として含められている。("Fellowship, N." *Oxford English Dictionary*, Oxford UP, June 2024, https://doi.org/10.1093/OED/9164441435.) ただし、一義的に宗教的含意を読みとるだけではこの概念の理解には不充分である。たとえばfellowshipはジョン・ミルトン（John Milton, 1608-74）の『楽園喪失』(*Paradise Lost,* 1667) でも使用されていて、聖書（ヨハネの手紙一　第1章3節）の文言「御父と御子イエス・キリストとの交わり」と対応しているものと思われるのだが（欽定訳では「交わり」は"fellowship"と表現されている）、モリスはミルトンについて自身がもっとも憎んでいる「古典主義」とビューリタニズムとが結びついていることの嫌悪感から読めないと語っており（*Letters* 247）、これを同じ霊的な紐帯としてひとまとめにすることは難しいだろう。

15) Meier 1 : 13.

16) 1886年にE・ベルフォート・バックスとともに『コモンウィール』に連載した社会主義についてのテクスト（「起源からの社会主義」"Socialism From The Root Up"）をまとめたもの。

17) 具体的には、ヨーロッパにおいて商業主義が台頭した16世紀の半ばから、封建主義は形骸化し、その形式のみが官僚制度に利用されるようになり、キリスト教もまたそうした時代に左右されたという批判。モリスにとって、宗教改革によって現れたキリスト教の二形態、つまりプロテスタンティズムとイエズス会のカトリシズム（Jesuitical Catholicism）は、「同じ盾の両面」("two sides of the same shield") にすぎず、どちらもこうした「官僚制度」("bureaucratic system") を支持するものでしかなかった（*Socialism* 93-103）。

18)「のぞきからくり」という言葉からレンズ越しにのぞきこむ、錯視を用いた紙芝居が想起されるかもしれないが、ヴィクトリア・アンド・アルバート美術館が所蔵している19世紀の「紙ののぞきからくり」(paper peepshow) では、蛇腹状に組まれている紙によって実際に何層もの奥行きをもつ空間が展開され、それをのぞき穴から観るというジオラマ風の仕掛けとなっている。"Paper peepshows," Victoria and Albert Museum, Date of access 20 July 2024, https://www.vam.ac.uk/articles/paper-peepshows.

19) ウォルター・スコットが『アイヴァンホー』(*Ivanhoe,* 1820) 第一章の冒頭で用いたことで、民衆が陽気に暮らしていた黄金期のイングランドを指す表現として広まった（Alexander 45）。

20) 13世紀に実在した人物。ケント出身のタイル職人であったと言われている。ジョン・ボールアイヴァンホーに先んじて無念の死を迎え、それをもって反乱は瓦解した。Prescott, Andrew. "Tyler, Walter［Wat］(d. 1381), leader of the peasants' revolt." *Oxford Dictionary of National Biography*. September 01, 2017. Oxford UP. Date of

access 20 July 2024, https://www.oxforddnb.com/view/10.1093/ref:odnb/9780198614128.001.0001/odnb-9780198614128-e-27942. なお農民反乱は最終的には失敗したが、ロンドン塔の襲撃に関する展示の説明として、「ロンドン塔が攻撃者たちに突破されたのはこのときが最初で最後である」という文言が掲げられるなど(2018年2月時点)、大きな意義をもつ歴史上の事件として認識されている。

21) Prescott, Andrew. "Ball, John (d. 1381), chaplain and leader of the peasants' revolt." *Oxford Dictionary of National Biography*. May 24, 2008. Oxford UP. Date of access 20 July 2024, https://www.oxforddnb.com/view/10.1093/ref:odnb/9780198614128.001.0001/odnb-9780198614128-e-1214.

22) Rosemary Jann, "Democratic Myths in Victorian Medievalism", *Browning Institute Studies* 8 (1980): 129–49.

23) すなわち「保守派」、「ホイッグ派」、「社会主義者」で、これらは、イングランド的なるものをゴシックの時代に求めるかノルマンの時代に求めるか、さらにその民主主義の担い手が中産階級か労働者かで区別される。

24) Ruth Kinna, "William Morris and the Problem of Englishness" 85–99.

25) フィリップ・シェルドレイクは『キリスト教霊性の歴史』において、広大な空間や光の効果、複雑化する典礼などによって、司教座聖堂が「地上の天国」となったと指摘した（114頁）。ピュージンはこうした霊的な力が宿る空間としての聖堂を意識していると言える。シェルドレイクはつづいて「司教座聖堂は人間と神の一致というキリスト教的理想像を象徴する一方で、それは社会的秩序の分裂を強固なものにした。中世のゴシックの司教座聖堂は、それが由来する新しい都市の富を是認した。それはまたその設計と配置において、司教の権力と宗教的正統性の事実を宣言したのである」と問題点も看破しているのだが、ピュージンもモリスもこうした今日知られている側面については当時気に留めなかったようである。

26) なお、モリスが『地上楽園』などで度々用いている「歓び」を表す語 mirthは、古サクソン語においてはdreamとおなじ起源をもつdrōmに対応する語である。"Dream, N.（1）." Oxford English Dictionary, Oxford UP, December 2023, https://doi.org/10.1093/OED/1462625789.

第六章

「中世」という未来へ
──『ユートピアだより』における「ヴィジョン」

　『ジョン・ボールの夢』の刊行後、1890年1月11日から同年10月4日にかけて、『コモンウィール』に連載された『ユートピアだより、もしくは憩いの一時代──ユートピアン・ロマンスからの数章』（*News from Nowhere; or An Epoch of Rest: Being Some Chapters from a Utopian Romance*）[1]は、社会思想史の観点やユートピア文学の系譜への位置づけの検討において大きな注目を集めてきた。現在までに数多の研究が蓄積されてきたが、近年はジェンダーやエコロジーなど新しい視角からの分析も増えている。[2]日本においても、明治期にすでに社会主義思想の書物として抄訳があり、[3]今日でも継続的に芥川龍之介や宮沢賢治に与えた影響が再考されるなど、モリスの作品の中では注目度が高い。[4]

　しかし、こうした多様な研究が発表される一方で、本作品における「中世」の描写そのものについて問題にする研究は、ほとんど行なわれていない。その理由のひとつは、今日に至るまでモリスにとっての中世が、社会主義実現の一手段に過ぎないものとして、取り扱われてきたためである。結果として、同時代に社会主義的ユートピアを呈示したエドワード・ベラミとの比較に重点が置かれてきた。[5]ベラミの『顧みれば──2000年から1887年』（*Looking Backward: 2000–1887,* 1888）は、19世紀後期のボストンに生きる裕福な主人公ジュリアン・ウェスト（Julian West）が、催眠を用いて2000年にめざめ、すべての労働と経済活動が国家によって統制される社会主義の世界に感銘を受ける物語である。この革新主義的ユートピアは、現状肯定的であると同時に非常に官僚的である。モリスは『コモンウィール』に掲載した書評において、

その都市生活観・労働観に反論した上で、次のように述べている。

> 私はベラミ氏のユートピアについてこれらの反論を呈示することが必要
> であると考える。〔……〕なぜなら、この本は、真に社会主義を模索し
> ている人々に大きな印象を与えており、社会主義者が何を信じているの
> かについて権威として引用されうるものであり、それゆえに社会主義者
> のなかには、生活の組織化の問題と必要な労働が、巨大な国家的中央集
> 権──これによって、誰も自分自身の責任を感じることがなくなる、あ
> る種の魔術のようなものだ──によって扱われるべきではないと考える
> 者もいるということを、指摘しておく必要があるからである。[6]

ベラミの描くような官僚社会が必ずしも社会主義者たちの悲願ではないとい
う点をモリスは強調し、この後さらに「一読の価値があり、真摯に議論され
るべき作品ではあるが、社会主義者にとっての再建の聖典（the Socialist bible
of reconstruction）と位置づけられるべきではない」と断じている。モリスは、『顧
みれば』がアメリカで熱狂的に支持されたことから、ベラミの描いた社会が
唯一の正統的社会主義の具現として受容されることを危惧し、代替案のひと
つとして『ユートピアだより』を著したのである。

　たしかに、過去から未来へ移動する主人公という点で、モリスはベラミの
物語の形式を踏襲しており、そのことからも『ユートピアだより』が『顧み
れば』への一種の対抗作だったことは明らかである。しかしながら、モリス
が同じ書評で述べているとおり、ユートピアとは「著者の気質の表現」（"the
expression of the temperament of its author"）として読まれるべきものであるため、
『ユートピアだより』をただ『顧みれば』への挑戦状と受けとるよりは、モ
リス自身の理想が表れたものとして、その「中世」もより多角的に受けとる
べきであると言えるだろう。[7]

　従来の研究では、ベラミの革新主義の社会像と比べてモリスの作品は逃避
的かつ夢想的であるとされることがほとんどであったが、今日ではロバート・
オーウェン（Robert Owen, 1771–1858）やシャルル・フーリエ（François Marie

Charles Fourier, 1772–1837）、ラスキンらの系譜を汲んだ労働快楽説を中心とする芸術社会主義のユートピアを描いたものとして再評価されることが多くなっている。しかしモリスの「中世」描写は、社会主義思想という一側面における理想の表れというよりは、本書で論じてきたとおり、モリスの種々の活動の根底に一貫して存在する世界観であると考えられるべきである。この章では、『ユートピアだより』全体の世界観の表出を、その「中世」描写を通して中心的に検討し、それが呈示する理想についてあらためて考察することとする。

第一節　中世的未来の夢

『ユートピアだより』において、19世紀に生きる語り手の「友人」（"our friend"）は、社会主義活動に疲れて自宅に帰り、就寝して未来のロンドンにめざめる。第二章からは人称の転換が行なわれ、「友人」が語り手「わたし」となり、未来世界（"Nowhere"）における来訪者（"a guest"）として、ウィリアム・ゲスト（William Guest）と名乗るようになる。こうして中世的未来世界の目撃者となったゲストは、『顧みれば』のジュリアン・ウェストと同様に、その社会・経済・政治の仕組みを理解しようと努めるが、個々のシステムだけではなく、それらを纏めあげる「中世」という世界観そのものに驚嘆することとなる。

美しい自然や建築物、工芸品といった「中世」世界の描写が展開される箇所は、モリスの前作『ジョン・ボールの夢』と共通する点でもあり、またロマンス文学の伝統を継承したものでもある。たとえば、この未来世界を目撃し、まずゲストが大きな衝撃を受けるのが、19世紀の醜い吊り橋と、この世界の美しい橋との違いについてである。

> Then the bridge! I had perhaps dreamed of such a bridge, but never seen such an one out of an illuminated manuscript; for not even the Ponte Vecchio at Florence came

anywhere near it. It was of stone arches, splendidly solid, and as graceful as they were strong; high enough also to let ordinary river traffic through easily. Over the parapet showed quaint and fanciful little buildings, which I supposed to be booths or shops, beset with painted and gilded vanes and spirelets. The stone was a little weathered, but showed no marks of the grimy sootiness which I was used to on every London building more than a year old. In short, to me a wonder of a bridge.（*CW* 16: 8）

それにあの橋！　わたしはこんな橋を夢に見たことはあったかもしれないが、このような、彩飾写本から抜け出てきたような橋を、かつて実際に目にしたことはなかった。フィレンツェのポンテ・ヴェッキオだってこれほどのものではなかった。この橋は石でできていて、みごとなまでにどっしりとした堅固さがあり、また同じくらい優美でもあった。たいていの船が易々と行きかうことが可能なだけの、充分な高さもある。欄干のむこうには、古風で趣のある、凝った装飾の小さな建物が立ち並んでいる。おそらく売店とか商店とかであろうと思われるこれらの建物は、彩色され、金箔の施された風見や小尖塔に囲まれている。橋の石材にはすこしばかりの経年劣化が見られたが、私がよく知る、建ってから一年以上になるロンドンの建物になら必ず見られるような、うすぎたない煤汚れはすこしも見られなかった。つまり、わたしにとっては、驚くべき橋だ。

　モリスは、未来の橋について、「夢では見たかもしれないが、実際に目にしたことのないような橋」として、『ジョン・ボールの夢』の「建築物が見られるのぞきからくりの贈りもの」のような、理想的な建造物が立ちならぶジオラマ的光景を反復している。モリスが好んで蒐集・研究し、また自ら制作した「彩飾写本」に喩えてもいるように、一瞥してその調和的な美に圧倒される場面である。

　これらは次の「ポンテ・ヴェッキオ」の例とあわせて、モリスの中世愛好の直接的な表現なのだが、同時にここでは、橋の材質が石であることが指摘

され、19世紀の鉄の橋と比較して、「中世」を象徴するものとして称賛されている。つまり、これはピュージンの『対比』で、二枚一組の図によって同じ場所の1840年の風景と1440年の風景が示され、「キリスト教国イングランドにもっともふさわしい様式」であるゴシック建築があふれていた中世の素晴らしさに比べて、19世紀当時の社会がいかに堕落したものであるかが主張されたのと手法としては類似である。『対比』においては、1840年の風景では複数の煙突から煤煙が流れ出ている一方、1440年の光景では、空にむかって伸びるゴシックの尖塔が描かれた（*Contrasts*, Appendix 105；本書25頁、図2）。図版こそ用いていないものの、モリスはピュージンと同様に、ヴィクトリア時代の問題点を告発している。その造形の美しさだけではなく、最後の一文に見られるように、19世紀の橋に見られるような「煤の汚れ」がないということが驚異（"a wonder"）として表現されており、この新鮮な喜びは、あきらかにその背後にある人々の生活の美しさをも見通したものなのである。

第二節　中世に対する困惑

『ジョン・ボールの夢』では、主人公はこうした新鮮な中世世界にさほど違和感なく溶けこむ。しかし、ジョン・ボールと「フェローシップ」によって連帯した「わたし」とは異なり、『ユートピアだより』における「わたし」は、最後には中世的未来世界に拒絶され、悪夢のような暗闇に襲われる。この未来において、ウィリアム・ゲストはたしかに来訪者（a guest）にすぎず、その住人ではない。作品に頻出する「当惑する」（"be puzzled"）という表現からも分かるように、ゲストと未来世界の居住者は、お互いに理解できない感覚を頻々に覚える。その原因となっているのが、ゲストと居住者たちの価値観の齟齬である。

　たとえば、ゲストが未来世界でパイプを購入した際、「使うには高価すぎる」（"Too valuable for its use"）と述べると、居住者の青年ディック（Dick）はこの"valuable"という概念について「理解することができない」（"I don't understand")と答える（*CW* 16: 45）。このように描かれることで、美的価値は金銭的価値と対応しない、というこの世界での「常識」が暗示されている。すでに他の場面で呈示されている、いかなる労働に対しても物品あるいは金銭の報酬が発生しないというルールは、工芸の生産に関してもあてはまり、美しい日用品を作る際にも、金銭的報酬ではなく「創造という報酬」（"the reward of creation"）が得られる、と述べられている（*CW* 16: 91）。

　こうした、「美しいものを生みだすこと」そのものを称賛し、金銭的価値に隷属する生産を否定する価値観は、景観の描写にも見ることができる。第十章でゲストが、未来世界の居住者である博識の老人ハモンド（Old Hammond）に、この世界がいったいどのような世界であるのかを質問した際、回答として発せられる台詞を以下に見てみる。

> It is now a garden, where nothing is wasted and nothing is spoilt, with the necessary dwellings, sheds, and workshops scattered up and down the country, all trim and neat and pretty. [. . .] Like the mediævals, we like everything trim and clean, and orderly and bright; as people always do when they have any sense of architectural power; because then they know that they can have what they want, and they won't stand any nonsense from Nature in their dealings with her. [. . .] we like these pieces of wild nature, and can afford them, so we have them [. . .] Go and have a look at the sheep-walks high up the slopes between Ingleborough and Pen-y-gwent, and tell me if you think we *waste* the land there by not covering it with factories for making things that nobody wants, which was the chief business of the nineteenth century. （*CW* 16: 72–74. イタリックは原文による）
>
> ここはいまや、庭園となっており、ここでは何も浪費されず、何も損なわれず、必要な住居・納屋・工房が、国中にきちんと、すっきりと快く点在しています。〔……〕私たちは中世の人々のように、すべてをきちんときれいに、整然と明るくしておきたいのです。建築の力を理解している人ならつねにそうしているようにね。というのも、彼らは自分が欲

第六章 「中世」という未来へ　141

しいものをもつことができると知っているし、自然を扱うときに、馬鹿げた真似をすることを許しません。〔……〕私たちはこれらのありのままの自然を好んでおり、またそれを持つ余裕があるので、有しているのですよ。〔……〕イングルバラとペニグウェントのあいだの斜面を登っていったところにある牧羊場に行ってごらんなさい。そしてもし、私たちが、誰も欲しがらないようなものを生産するに過ぎない工場を建てようとせず、土地を無駄にしている、と思うのなら、そうおっしゃればよろしい。もっともそれこそは、19世紀の人々が得意とすることだったのですけれどね。

　未来世界の景観は、無駄なものが排除され、必要なものだけが「庭園」のようにきちんと整えられている。この "trim", "neat" という表現は、『ジョン・ボールの夢』のほかにも複数のモリスのロマンス作品——たとえば、『山々の麓』（The Roots of the Mountains, 1889）や『世界の果ての泉』（The Well at the World's End, 1896）にも見られるものである。「中世の人々のように」（"like the mediævals"）という表現が、"trim"、"clean"、"orderly"、"bright" といった、美しさ・明るさ・きちんと整った状態と結びつき、それと19世紀の工場が立ちならぶ風景を対比させることで、モリスはヴィクトリア時代における浪費と、それに隷属する生産活動を批判する。19世紀的な感覚では、工場を建設することによって創出される生産力を豊かさと見なすのに対して、この引用の中盤に見られる "afford" という語は、庭園のような秩序のなかにも自然をありのままに生かしておくことこそが豊かさである、ということを明らかにする。未来世界では、誰も欲しいと思わないものを量産する工場を建てることこそが、「浪費」（"waste"）にほかならないのである。このように、ゲストを困惑させる主要因は、19世紀には存在しなかった金銭的価値に対応しない美しさと、それを生みだす喜びこそが未来世界において絶対的な価値を持っている点にある。この中世風世界から投げかけられる皮肉は、モリスから読者への警鐘となり、この夢はたんなる理想ではなく、ヴィクトリア時代

の人々が選びとらなかった結果としても、眼前に突きつけられるのである。

第三節　未来世界における成長

ヴィクトリア時代の価値観と、未来世界における金銭的価値に由来しない喜びの重視を、モリスは「老い」と「若さ」の対比で表現する。たとえば、第十六章で「幼少時代」("childhood")をさかんに褒め称える場面が描写される。

ホールには古い神話の壁画があり、ゲストは、19世紀にも知る人がそれほどいなかったような子どもじみた話の絵が、なお忘れ去られていないことを不思議がる。これについて老人ハモンドは「想像の作品を生むのは私たちの子どものような部分」("it is the child-like part of us that produces works of imagination")であり、こうした絵の価値を理解できることについて、「私たちが幼少時代に立ち戻ったことを喜びましょう」("let us rejoice that we have got back our childhood again")と述べる。また彼は、この幼少時代について、「私としては、それが長くつづいてくれたらと思います。そしてもし世界に賢明で不幸な成人時代が次におとずれるとするのなら、それが速やかに第三の幼少時代になるよう望みます」("And for my part, I hope it may last long; and that the world's next period of wise and unhappy manhood, if that should happen, will speedily leads us to a third childhood")と零す（*CW* 16: 100–03）。

このやりとりを通してモリスが行なっているのは、現状をただ黙認せずに別の在り方を模索する「想像力」と、誰もがそれを保持していたはずの「幼少時代」の擁護、すなわち固陋な近代人に対する批判である。本作品でモリスが何度か示しているとおり、労働が資本家への隷属と同義であり、また教育も労働力の育成のためにのみ行なわれる社会構造のなかで生きることを「大人になる」こととするのならば、それは生に対する死、あるいは喜びの喪失といった否定的な過程を意味することになる。それゆえに、「幼少時代」の称賛は、「成長」（growth）という言葉が一般的に意味する「前進」、「進歩」、「発展」（advance, progress, development）というニュアンスを否定する。その意

第六章 「中世」という未来へ　143

味でモリスもまた、ルソー (Jean-Jacques Rousseau, 1712-78) の「子どもの発見」以来のロマン主義的子ども観を継承していると言えるが、ここは大人と子どもを断絶した存在として対比したり、「大人」の前段階としての「子ども」の重要性を主張するのではなく、子どもから大人への不可逆的な変化として固定された価値観ひいては社会制度に組み込まれていくことを疑うための、幼少時代の感性を回復することをうながしているのである。[10]

　こうした「幼少期」の描写と関連するが、『ユートピアだより』において、未来世界の居住者たちは、一様に「若く」見られる。そして「若さ」は、「喜び」、「幸福」と直結される。さらに喜びや幸福の概念は、しばしば「夏」という季節の情景として表現される。第二十一章で、主人公ゲストがディックに誘われて、干草畑での楽しい農作業の様子を一目みるべく、テムズ川をさかのぼっていく途中での独白を見てみる。

　　As we went, I could not help putting beside his promised picture of the hayfield as it was then the picture of it as I remembered it, and especially the images of the women engaged in the work rose up before me: the row of gaunt figures, lean, flat-breasted, ugly, without a grace of form or face about them; dressed in wretched skimpy print gowns, and hideous flapping sun-bonnets, moving their rakes in a listless mechanical way. How often had that marred the loveliness of the June day to me; how often had I longed to see the hayfields peopled with men and women worthy of the sweet abundance of midsummer, of its endless wealth of beautiful sights, and delicious sounds and scents. And now, the world had grown old and wiser, and I was to see my hope realised at last! (*CW* 16: 143-44)

進んで行くにつれて、私は彼〔ディック〕が約束した干草畑の光景と、私が憶えている光景、とくにそこで作業に取り組む女たちの面影について、比べてみないわけにはいかなかった。やせ衰えた人影の列、貧相で、胸をしぼませ、醜く、顔かたちには優雅さのかけらも見られない、哀れっぽい窮屈なプリント地のガウンを着て、ひどく醜い垂れぶちつきの日よ

け帽をかぶり、気が抜けたように機械的に熊手を動かしている。こうした光景によって、幾度、六月の日の美しさが損なわれてきただろう。私は幾度、夏至の薫り高き豊潤さや、かぎりなく豊かな美しい光景、きわめて心地よい音と香りにふさわしい人々がつどう干草畑を、見たいと希ってきたことであろう。そして今、世界は年を重ねて賢明になり、私はついに、私の希望が実現するのを目にすることができるところなのである！

ゲストは、ディックが見せると約束してくれた光景を想像し、自分が憶えている19世紀の光景と比較する。19世紀の農作業の様子は、みすぼらしい容貌の、量産品のガウンや醜い日よけ帽を身につけた、活気のない女たちの様子に象徴されるものであった。ゲストにとっては、19世紀のこうした光景こそが、本来享受されるべき「六月の日の美しさ」（"the loveliness of the June day"）を、「台なしにする」（mar）ものである。つまり、ゲスト、ひいてはモリスにとっては、美しさ・喜び・豊かさは、人々が感得できていないだけで、つねにそこにあるものであり、世界が「年月を重ね、賢明になる」（"grown old and wiser"）ことで、獲得可能なものであった。

　しかし、この"grow old and wiser"という表現は、すでに見たように、モリスにとってはただ単純にいわゆる「進歩」、「発展」という意味での「成長」を意味するものではない。「想像力」を持った「幼少時代」の感性に立ちもどり、それを研ぎ澄ますことで、誤った「価値観」ではなく「喜び」を獲得する過程こそが「成長」なのである。ゲストの本来生きている時代において冬であった季節が、夢の中で夏へと変わっていることからも、過去から未来に向かう世界の「成長」が、いわゆる「経済的・社会的な拡大・発展」ではなく、人々による「喜び」の回復の表現であることは明らかであろう。

第四節　夢からヴィジョンへ

　本作品では、六月のきらめくような風景の描写が、「中世」世界の象徴としてしばしば呈示された。まさにこれこそが、冒頭、19世紀のロンドンで、社会主義同盟での論争に疲れた主人公が、「その日が、一目でも見られたら」（"If I could but see a day of it." *CW* 16: 4）と繰り返して待ち望んでいた、理想が実現した「その日」のしるしであった。しかし結末では、ゲストは所詮単なる来訪者として、未来世界の居住者たちとの連帯を持ち得ず、自らの時代へと帰還することになる。では、ウィリアム・ゲストは、この未来からは拒絶されてしかるべき余所者でしかなかったのだろうか。この未来はモリスがかつて『ジョン・ボールの夢』において語った過去と現在の連帯からは一転し、隔絶されたものなのだろうか。

　人々の同志的連帯である「フェローシップ」という概念は、『ジョン・ボールの夢』において、「生きる人々・死者・やがて生まれる人々」という現在・過去・未来それぞれの時代に生きる人々を結びつけるつながりとして宣言されていた。そして同作品の結末でモリスは、歴史上の人物、つまり「死者」である革命家ジョン・ボールとの連帯が可能であることを示した。それに対して『ユートピアだより』において、未来世界の居住者とゲストのあいだに「フェローシップ」が成立し得ないのは、それが無意味なものとして否定されたからではない。ゲストのみが自らの時代を脱して未来の人々との連帯を獲得するのなら、その連帯は『ジョン・ボールの夢』において示された「生」そのものとしての「フェローシップ」——個々の人間が死んでも、その生命を別の時代の人々が受け継いでゆくという連帯——とはなり得ないからである。

　モリスは、1886年の講演「新時代の夜明け」（"Dawn of a New Epoch"）で、「時代はつねに動いており、変化はつねに起こっている。それは、我々が旧い時代から新しい時代へと移っているのに気づかぬくらい徐々に進んでいるの

だ。〔……〕どの時代も自分自身を見ることはできないのである」(*CW* 23: 121)と述べている。モリスが本作品で中世礼讃を再び繰り返しながらも、『ジョン・ボールの夢』では見られなかったような未来世界への困惑や、未来世界での拒絶を描いたのは、それがベラミが示してみせたような直線的な「進歩」——つまり年月を経ることで自動的に達成される成長——の上に成り立つものではない、という主張を行なうためであったと考えられる。

　本書第三章で述べたように、『地上楽園』における六月の叙情詩は、あまりにも甘やかで美しく、幸せな光景を描いていた。五月の詩に仄めかされた「老いと死」を、六月は「類い稀なる幸せな夢」("rare happy dream", *CW* 4 : 87)のなかに糊塗する。しかし七月には、無慈悲な嵐がやってくる。喜ばしい春の気配は遥か遠く、詩人は死の気配に臆しているのである。『地上楽園』では、死は再び雪どけの季節に向かって再生の兆しとなっているが、『ユートピアだより』に描かれた六月の礼讃は、この円環的時間において巡り来る喜ばしい季節を、ただ怯懦のなかで待ちこがれる詩人の瞬間的な「安堵」の表現ではない。「六月の日の美しさ」を目撃しつつも、そこに没入することを拒否された詩人は、それを無駄にせず、損なわない世界に到達するために、自らの時代へと帰還するのである。

　したがって、この作品は『ジョン・ボールの夢』とともに、人々に対して、自分の生きる時代の変化を、想像の力によって具体的に呈示しようとする試みであった。そしてモリスにとって「中世」は、ただ美しさ・豊かさ・喜びがあった時代、というよりも、人々がそれらの存在を感得できていた時代として、理想たりえたのであった。C・S・ルイスの「モリスにとって、〔……〕本物の中世への関心は、まったく重要ではなかった」(Lewis 42)という考察は、モリスの中世主義が、学術研究において明らかにされた中世社会の諸制度や道徳観そのものを復活させようとするものではなく、「人間と世界」の関わり方、ひいては「個と全体」のつながり・連帯という彼の理想が偶然達成されていた（とモリスが考える）世界への志向を重視する理想の表れであったという点で、的を射たものであった。モリスは、絵画のような中世風世界の光

第六章　「中世」という未来へ　147

景をただ描写するだけではなく、それと調和する、そこに生きる人間の価値観も含めた、実際に生きられるべき民衆の世界としての「中世」を描くことで、「夢というよりはヴィジョン」（"a vision rather than a dream", *CW* 16: 211）として、「その日」を再呈示したのである。

注

1 ）"News from Nowhere"は、直訳すれば「どこにもない場所からのたより」となるが、本論文では一般的に知られている『ユートピアだより』という邦題を用いる。同題の使用は1971年の中央公論社『ラスキン・モリス』に収録された五島茂・飯塚一郎訳が最初と思われるが、1925年に至上社より出版された布施延雄訳では類似の『無可有郷だより』という邦題が使用されている。本作品は『コモンウィール』での連載終了後、同じ年にアメリカ、ボストンで単行本として出版、翌1891年には本国でリーヴス・アンド・ターナー社から刊行、さらに翌々1892年には、モリス自身の印刷所であるケルムスコット・プレスからも出版された。1891年の出版に際して行なわれた改訂については、1976年のアレックス・J・マクドナルドによる考察があり、時代設定の改定、社会革命の具体的説明の加筆など、作品のリアリティを補強するための改訂が行なわれたと指摘されている。Macdonald 8-15.

2 ）Stephen Coleman and Paddy O'Sullivan, editors, *William Morris & News from Nowhere: A Vision for Our Time*を参照。

3 ）日本の社会主義者たちにとっても『ユートピアだより』は重要な作品であり、前述の布施訳より前に、堺枯川〔利彦〕による抄訳が「理想郷」として1904〔明治37〕年1月から4月にかけて『平民新聞』に連載されていた（黒岩比佐子『パンとペン──社会主義者・堺利彦と「売文社」の闘い』119頁）。同年12月には「平民文庫菊版五銭本」としても刊行され、同じく堺によるエドワード・ベラミの『百年後の新社會』（『顧みれば』の抄訳）とあわせて読むべきものとして、次のように宣伝されている。「ベラミーの『新社會』は經濟的で、組織的で、社會主義的でありますが、モリスの『理想郷』は詩的で、美的で、無政府主義的であります。此二書を併せ讀まば人生將來の生活が髣髴として我らの眼前に浮ぶであらう」（ヰリアム・モリス『理想郷』、堺枯川抄訳、平民社、1904年、国立国会図書館デジタルコレクションhttps://dl.ndl.go.jp/pid/798702 、2024年7月21日閲覧）。『平民新聞』を発行した平民社の事務所には、マルクス、フリードリヒ・エンゲルス（Friedrich〔Frederick〕Engels, 1820-95）、ドイツ社会民主党の創設者アウグスト・ベーベル（August Bebel, 1840-1913）、エミール・ゾラ（Émile Zola, 1840-1902）、レフ・トルストイ（Lev

[Leo] Tolstoy, 1828-1910) とともにモリスの肖像が掲げられていたという（川村邦光『荒畑寒村――叛逆の文学とこしえに』10頁）。

4) 芥川龍之介の卒業論文は焼失したとみられており、今日読むことはできない。しかし、書簡からある程度の内容を推察することが可能である（松沢信祐『新時代の芥川龍之介』を参照）。また日本近代文学館には、芥川の蔵書として『ユートピアだより』の原著が保管されている（藤井貴志「芥川龍之介とW・モリス『News from Nowhere』――モリス受容を媒介とした〈美学イデオロギー〉分析」[『日本近代文学』第74集、2006年、152-67頁] 参照）。宮沢賢治とモリスの関係については大内秀明『ウィリアム・モリスのマルクス主義』に詳しい。

5) たとえば伊達功の論文「二つのユートピア――ベラミーとモリスについて」では、各々の作品で描かれる社会の違いについて、詳細な比較がなされている。

6) William Morris, "Bellamy's *Looking Backward* " 194-95.

7) モリスはサミュエル・バトラー（Samuel Butler, 1835-1902）の『エレホン』（*Erewhon*, 1872）、リチャード・ジェフリーズ（John Richard Jefferies, 1848-87）の『ロンドン以後、もしくは荒野のイングランド』（*After London; or Wild England*, 1885）といった同時代のユートピア小説にも目を通していたが、やはりもっとも重要視していたのはトマス・モア（Sir Thomas More, 1478-1535）の『ユートピア』（*Utopia*, 1516）であった。メイヤーは、モアはモリスの眼前に、彼より前の時代の社会主義者であり先駆者、つまり「時代の、より高貴な希望の代表者」として現れたのだが、さらに重要だったのはモアが王制に逆らう抵抗者であり、農民を収奪する「農業資本主義」（"agrarian capitalism"）を非難する糾弾者だったことであるとした（Meier 58）。

8) たとえばA・L・モートン（A. L. Morton）は、1952年に発表したイングランドのユートピア思想に関する著書のなかで、『ユートピアだより』を14世紀初頭の詩『逸楽の国』（*The Land of Cokaygne*）から始まるユートピア概念の弁証法的発展の極致にあたる作品と位置づけ、「科学的手法が詩人の想像力と結合している」ことを特長として挙げて、モリスのマルクス主義者としての側面を評価している（A. L. Morton, *The English Utopia* 170-71）。またレイモンド・ウィリアムズ（Raymond Williams）は1958年に、本作品における機械の不在の描写を取りあげ、モリスの真価は彼が優れた政治著作家である点にあるとしている（Raymond Williams, *Culture and Society: 1780-1950* 156）。P・D・アンソニーは、モリスがこの作品で、ラスキンの思想と、世のなかの価値観を革新する政治的可能性とを結びつけたという点で、政治活動家ではなくユートピア的道徳主義者（"utopian moralist"）として評価されるべきであるとしている（Anthony 201）。

9) こうした「イングランドの庭園」の風景は、ウィリアム・ブレイク（William

Blake）もまた描写しており、フィリップ・シドニー（Sir Philip Sidney）の『アル
カディア』（*Countess of Pembroke's Arcadia*, 1590）に代表されるような、牧歌文学
の伝統に属するものである。 Blue Calhoun, *The Pastoral Vision of William Morris:
The Earthly Paradise* 参照。

10）モリスが真の芸術のために教育を重視していたことについては、たとえばMichael
Naslas, "Medievalism in Morris's Aesthetic Theory" in Blewitt and the William
Morris Society 106など。

第七章
「中世」をかたどる
──大聖堂、書物製作、ロマンス

『ユートピアだより』を発表したのち、モリスは各地での講演をつづけながらも、いわゆる「社会主義文学」は創作せず、今日「後期ロマンス」と分類される作品群を精力的に発表する。そして1891年に発表した『輝く平原の物語』(*The Story of the Glittering Plain*) は、モリス自身が同年に設立した印刷工房であるケルムスコット・プレスの第一号の刊行作品となる。

本論の第四章から第六章までで論じた作品とは異なり、この『輝く平原の物語』には、まったくと言ってよいほど社会主義の色彩は見られない。[1]そのためモリスの後期ロマンスは社会主義文学と断絶した逃避的なものという評価がなされてきたが、近年で内在化された主張を読みとく研究も発表されており、その連続性が指摘されている。[2]

そこで本章では、『地上楽園』執筆時に頓挫した「大きな物語本」(Big story book) の制作があらためて試みられたものとして、ケルムスコット・プレスの活動について、その理念を明らかにし、後期ロマンス作品で描かれる内容との関わりについて再考する。その上で、コンテンツと外的装飾の双方が編み合わされ、いわば「完璧な」創作物となった後期ロマンス作品が、モリスの「中世」の理想をどのように結晶させるに至ったのかを明らかにしたい。

第一節　ケルムスコット・プレスと理想の書物

モリスの死後、1898年3月に閉鎖されるまで、ケルムスコット・プレスからは53点の刊行物が発行されたことが確認されている。設立は、モリス自身

の言葉によれば「美しいといえる資格をはっきりと持ち、同時に読みやすくて目をくらませることもなく、また風変わりな字形で読者の頭を混乱させたりしないものを作りたいと望んでのこと」（*Ideal Book* 75）であった（図5）。[4)]

　この印刷工房に関する今日までの研究は、マージンの比率など、本の制作にかかわる技術的なテクニックを中心に検討するものがほとんどであり、その思想的意義については、詳細な解明は完全にはなされていない。たとえば、同工房についての研究の第一人者であるウィリアム・S・ピータースン（William S. Peterson）は、ケルムスコット・プレスが「ヴィクトリア時代のゴシック・リヴァイヴァルの最終局面」（*Ideal Book*, xii）として見られるべきであるとしているものの、主にタイポグラフィや版面構成といった技術面に注目があつまりがちであり、「どのようなものが」ではなく「どのように」出版されたのかという点にはさらなる検討の余地がある。

　ケルムスコット・プレスの試みは、たしかに出版史上大きな意義を持つも

（図5）『世界の果ての泉』（*The Well at the World's End*）ケルムスコット・プレス本版面。ニューヨーク・メトロポリタン美術館蔵。

のであるが、本章ではモリスの詩人・作家としての活動の延長としての——
つまり、「物語の語り手」（story-teller）たるモリスの活動の一環としての——
出版という観点から、その思想的意義を再考したい。選定された作品は、モ
リスにとってどのような意味を持ち、またそれを出版する必要性はどのよう
なものであったのだろうか。

１．設立の意図と経緯

　モリスはかねてより中世彩飾写本に興味を抱いており、大学時代にはボド
リ図書館に通いつめ、自らも古書や写本を蒐集していた。そうして昔の美し
い書物・写本に触れるうち、19世紀の出版事情に対して不満を高めてゆくこ
とになる。中世の出版技術がほとんど失われ、書物が醜い形でしか出版され
ないという状態は、社会主義者モリスが打破しようとしていた、労働者たち
が置かれている不正な社会状況を、象徴的に表すものであった。

　モリスの書物製作の構想は、彼が実際に社会運動に身を投じる以前から温
められていた。本章冒頭でも述べたように、最初に出版を手がけようとした
のは『地上楽園』を発表した1860年代である。自身の長編詩を、モリスは挿
絵入りの豪華本として出版しようと企画した。この計画自体は頓挫したのだ
が、挿絵制作等の作業の準備として重要な意味を持った。このとき実現しな
かったチョーサーへのオマージュの表明を、のちにケルムスコット版の『ジェ
フリ・チョーサー作品集』（*The Works of Geoffrey Chaucer*, 1896）として結実させ
るわけである。つまり詩作と製本は、かねてから同時に構想されており、晩
年にようやくひとつの作品として制作可能になったものであった。実現まで
長い時間がかかりはしたが、詩作と書物制作はモリスにとっては、表裏一体
のものでありつづけていたのである。

　モリスが一度は断念した印刷・製本の試みを再開したのは、1888年にアー
ツ・アンド・クラフツ展協会（Arts and Crafts Exhibition Society）で行なわれた、
エマリ・ウォーカー（Sir Emery Walker, 1851–1933）によるタイポグラフィにつ
いての講演が契機であった。ピータースンによれば、このときウォーカーが

用いたスライドに例示されていた中世写本が、モリスが所蔵したものと同じであったことが彼の興味を引き[5]、かねてから不満に思っていた活字の改善のため、ウォーカーと共同で理想を追求することとなった。

　この印刷工房は、技術的にも労働状況的にも中世復興を目的としていた[6]。モリスはたんに中世風の「理想の書物」を夢想するのではなく、ピーターソンが指摘しているとおり、ゴシック・リヴァイヴァルの最終局面とも言えるこの活動で、偽の中世主義と闘おうとしたのである[7]。社会主義活動に身を投じたモリスにとって、目指すところは中世写本の模造ではなく、むしろ19世紀に蔓延していた「代用品」としか言えないような書物を駆逐し、本来の方法で制作して、人々の手に渡らせることであった[8]。

　モリスは中世の職人が「装飾への愛」（"love for ornament"）と「物語への愛」（"love for story"）の二つを有していたと主張し、彼らが芸術と「機械的でなく個人的な関係」（"his relation to art was personal and not mechanical"）を持つ「自由な労働者」（"free-workman"）であったと断言している[9]。

> 中世の労働者は、美しい手仕事の作品と、商業主義の醜悪さに汚されていない自然のなかで暮らしていただけではない。彼はまた、当時理解されていたような、〈世界〉への叙事詩的感覚〔a sense of the epic of the World〕を備えてもいた。なるほど、確かに存在の神秘についての解釈、つまり当時の科学とは、〈カトリック教会〉という団体が述べる専横な神学によって与えられたものだった。とはいえ、一方でこの神学は、現在〈カトリック信徒〉と〈プロテスタント信徒〉の双方に理解されているような宗教と同一線上にあるものでは実はなく、他方、中世の人々の個々にとって、それは単なる教義ではなく、事実の報告、過去・現在・未来の出来事の物語だったのであり、全民衆が心底から信じているものだった。中世において悪人でさえもが非業の死に際して示す勇気と威厳は、生命の永続性をこのように信じていた事実を強く確証するものであると常々私には感じられる。（川端康雄訳『理想の書物』59頁；語句を一部改変

した。下線引用者)[10]

モリスにとってはこの「叙事詩的感覚」は非常に重要なものである。それは過去と現在をつなぐものであり、かつ引用文中で述べているように、たんに書物に書かれているというお話を意味するものではなく、「事実」と同義ですらありうる。自らの文学作品においても、モリスは「現代の叙事詩」を制作することを目指していた。

1892年発表の「ゴシック本の木版画」（"The Woodcuts of Gothic Books; A Lecture Delivered in 1892", rpt. in *Ideal Book* 25-44）でも、モリスは同じ内容を繰り返している。

> それ自体いかなる真の成長もない芸術である修辞的芸術、回顧的芸術、あるいはアカデミックな芸術と対照される、すべての有機的芸術、真に成長をとげるすべての芸術には、二つの性質が共通にある。叙事詩的性質と装飾的性質がそれで、物語を語ることと、空間を、つまり手で触れるものを飾るという二つの機能である。芸術作品として我々の注意を引くどんなものをも生み出すのに必要な労力と創意は、この二つの目的以外のために使われるなら、無駄になる。脈々として絶えぬ伝統の連なりの結果である中世芸術は、この二つの機能をしっかりとつかんでいた点で際立っており、実際、これらは他のいかなる時代にもましてその時代に深く浸透している。〔……〕「物語はあるが、それをどのように飾るつもりか」と言う必要はないし、「美しい物を作り終えたが、さて、それで何をするつもりなのかと言わなくてもいい。ここで両者は一体となり、互いに分かちがたく結びついているからである。中世に絶頂に達した伝統の力が、叙事詩的意匠と装飾のこの統一を果たすのに大いに寄与したのだろう。（川端訳『理想の書物』100頁；下線引用者）

自由な労働者によって生みだされる、「叙事詩的性質」と「装飾的性質」が融合した作品、つまり、美しいが中身のない物語や、面白いが美しくない物

語ではなく、「美しく生き生きとした物語」のみが完成された「芸術作品」だと言える。そして物語は実体をもったもの（"tangible"＝「手に触れることが可能な」もの）であるべきであり、またこのような芸術作品を創作可能にしたのは中世の「伝統の力」であった。モリス自身が「完成した中世の書物にまさる芸術作品は、完成した中世建築だけだ」（"the only work of art which surpasses a complete mediæval book is a complete mediæval building", *Ideal Book* 27；『理想の書物』102頁）と述べているとおり、中世において技術の集成として花開いた大聖堂建築と同じ性質を、モリスは書物の中に見いだしていることが分かる。モリスが目指したのは、これら二つの要素のバランスがくずれ、どちらか一方、もしくは両方が欠けた芸術しか生まれない社会を改革することであった。そのために、現在まで語りつがれてきた叙事詩を、美しい装飾と編みあわせて世に送りだすことは、使命とでもいうべき不可欠なものであったのである。

２．大聖堂と書物──叙事詩的かつ装飾的な芸術の追求

　モリスは建築と書物を、中世に生まれたもっとも理想的な芸術作品と規定した。より厳密に言えば、もっとも重要なものは建築であり、次が書物であった。この主張は幾度となく繰り返されている。

　　〈芸術〉の最も重要な産物でありかつ最も望まれるべきものは何かと問われたならば、私は〈美しい家〉と答えよう。さらに、その次に重要な産物、その次に望まれるべき物は何かと問われたならば、〈美しい書物〉と答えよう。自尊心を保ちつつ、快適な状態で、よき家とよき書物を享受することは、すべての人間社会がいま懸命に求めていくべき喜ばしい目標であるように私には思える。（川端訳『理想の書物』56頁）

この非常にしばしば引用される一節に絡め、森田由利子は論文「ウィリアム・モリスの理想の書物──後期散文ロマンスにおける書物の表象」のなかで、「美しい家」と同様に「美しい書物」を求めたモリスが、実際どのようにロ

第七章 「中世」をかたどる　157

マンスの中に書物を表象していくのかについて取りあげているが、モリスが描く建物と書物の関連性までには言及していない[11]。だが「家」と「書物」が同様に「美しく」あらねばならないという論調を踏みこえて、それらが「同質のもの」、つまりモリスが理想とする芸術、すなわち「装飾的」かつ「叙事詩的」な表象であらねばならないという点は、さらに深く彫りぬいていかねばならないだろう。

　書物の上に建築が置かれる背景には、モリスは当初は建築家志望であったことも指摘できるだろう。しかしながらモリスは、年若い頃にめぐった大聖堂のなかで、それが物語で充たされているものであることも感得していた。モリスにとって建築と書物は、性質上、そもそもが分かちがたく結びつくものだったのである。先のような序列を示してはいるものの、決して書物を建築より大きく軽んじているというわけではない。モリスが8歳で訪れたカンタベリ大聖堂の衝撃は、長らく彼の中に響きわたっていたが、ウィルフリッド・スコーイン・ブラント（Wilfrid Scawen Blunt, 1840-1922）によると、モリスは「少年の時、カンタベリ大聖堂へ行き、天国の門が私に開いたのだと思ったことを憶えている。そして最初に彩飾写本を見たときのことも。これら私自身が見いだした最初の喜びは、人生の何にも増して、強いものであった」（Blunt diary, 21.5.96, qtd. in Peterson, *Kelmscott Press* 45）と述懐したという。モリスにとっては書物と建築は同じ構造を持つ芸術であり、物理的な質量こそ違えども、両者は相似の関係にあると言えるだろう[12]。

　そして書物制作では終始モリスと理想を共にしていたバーン＝ジョーンズは、ケルムスコット版『チョーサー作品集』について、「散歩がてらうろうろできる大聖堂みたいなもの、要するに懐中版のシャルトル大聖堂だ（a kind of pocket Chartres in fact）」（Cartwright 197）と述べている。バーン＝ジョーンズは当時、画家としての名声をすでに得ていたにもかかわらず、挿絵制作においては自らの作品がモリス制作の枠飾りや本文と溶けあうよう細心の注意を払っており、モリスの理想を精確に理解していた[13]。中世の芸術を再現するというただひとつの目的を目指し、自ら制作する書物を完璧な建築、すな

わちシャルトル大聖堂の芸術性にまで到達させようという使命に、彼らは駆り立てられていた。

　エドワード・バーン＝ジョーンズの妻、ジョージアナ（Georgiana）は、彼らの書物製作の取り組みを、非常に単純に言い表した。それはすなわち「美しい書物を美しい絵を添えて作るという昔の夢」（*Memorials* 2 : 216）であった。挿絵入り版『地上楽園』の頓挫のあと、モリスが最初の出版候補に選んだのはヤコブス・デ・ウォラギネ（Jacobus de Voragine, 1228/30-98）の『黄金伝説』（*Legenda Aurea*）であったのだが、諸般の事情により第一号はモリス自身の作品である『輝く平原の物語』となった。当初はただ好きな本を自然に（つまり不必要に醜くせず、美しく）発行することを目指していたのである。しかし最終的にはさまざまな物語を出版することになった。大別すれば、構想段階より企図されていた、イギリスにおいてもっとも美しい書物であるカクストン版を再刊したもの、中世ロマンスを紹介するべく取りあげたもの、モリス自身の著作、（同時代作品を含む）モリスが有用と認める書物、他人の強い依頼を受けて発行したもの、に分類できる。ピータースンは、モリスがヘリック（Robert Herrick, 1591-1674）の作品については「思ったよりは好き」（"I like him better than I thought I should", *CL* 4 : 250）と述べるにとどめていることから、刊行物としては決してモリスのお気に入りの作品ばかり収めているわけではないとしている。しかしながら、ヘリックに関しては、詩選集シリーズの流れの一冊として取りあげられているのであり、モリスの言葉を字義どおりに読み解くよりは、プロジェクトとしての意義を考えるべきなのではないだろうか。

　また、さらに重要なのは刊行が予告されていたものの実現しなかった作品群である。刊行予定リストには、モリス自身が述べたものとそうでないものの両方を含むが、『聖書』、オマル・ハイヤーム（Omar Khayyám）の『ルバイヤート』（*Rubayat*）、ラスキンの『この最後の者にも』（*Unto This Last*）、マロリーの『アーサー王の死』、ラングランドの『農夫ピアズのヴィジョン』などが挙がっている。『アーサー王』、『農夫ピアズ』などが刊行されていれば、それ

はモリス自身の作品と過去の作品が統一的なスタイルで並ぶことになり、モリスが重視した芸術の伝統がより明確な形で完成するはずだったのである。

第二節　後期ロマンスにおける理想の具現

だがモリスの死によって、ケルムスコット・プレスは刊行予定を最後まで消化できないまま閉鎖されることになった。志半ばで終焉を迎えたようにみえるが、しかし、モリスの意図は、印刷工房と並行して行なっていたロマンス制作について検討することで、大部分を明らかにすることができる。

後期ロマンスは社会主義文学で描かれた理想を継承しているということが確認されつつあることはすでに述べたが、本書で鍵概念として論じてきた「フェローシップ」についても、後期ロマンスでも継続的に描かれているのが認められる。ただしその表現は間接的である。たとえば『輝く平原の物語』でもモリスは "fellowship" という語を何度か用いているが、理想郷である「輝く平原の国」("the realm of Glittering Plain")で幸福な人々が無邪気に暮らす「王の共同体」("fellowship", CW 14: 259)ではなく、むしろ拐かされた恋人を求めて放浪する主人公ホールブライズ(Hallblithe)とその「旅の仲間」("faring-fellow" CW 14: 244)の結束の表現こそが、『ジョン・ボール』で描かれた「フェローシップ」概念に近い。モリスは、ホールブライズの艱難の旅を支え、途中で道を分かっていった仲間のみならず、一度は彼を欺き敵対した人物でさえも、最終的には「仲間」とした。結末において、ホールブライズは宣言する。

> Our foes they have been, and have sundered us; but now are they our friends, and have brought us together. (CW 14: 316)
> 彼らは我らの敵であり、君と私を引き裂いた。しかし今や彼らは我らの友であり、君と私を引き合わせてくれたのだ。

この宣言が示すように、後期ロマンス諸作品においてモリスは、「引き裂く」(sunder)ことこそが、人々を結びあわせるのだという逆説を、繰り返し謳っ

ている。「希望の巡礼者」で示された「敗北と希望」や『ジョン・ボールの夢』で示された「違背と懐疑が生む連帯」が、後期ロマンスにおいては「引き裂くもの」と同時に「引き合わせるもの」である人物やモティーフとして描かれるのである。そしてこのテーマがもっとも明示されているのが、モリスが1895年のクリスマスから執筆を開始した『サンダリング・フラッド』（*The Sundering Flood*）である。

　『サンダリング・フラッド』は、1896年10月3日にモリスが逝去した後、1897年11月にモリスの二女メイの編纂によってケルムスコット・プレスから出版された。物語は一応の結末を迎えているものの、体調不良により終盤の一部をシドニー・コッカレル（Sir Sydney Cockerell, 1867–1962）に口述筆記させたことや、挿入されるべき詩のひとつが未完となっていることから、作品としては精緻に練りあげられたとは言いがたいものである。このため今日まで評価は芳しくはなく、モリスの他の作品と比べて、研究がさかんに行なわれているとはいえない状況にある。

　『ジョン・ボールの夢』や『ユートピアだより』の後に発表されたロマンス作品では、その舞台はまったくの架空世界に設定されており、この作品でも、「サンダリング・フラッド」（引き裂く河）という大河の周りに広がる架空の世界が舞台となっている。描かれる内容は、主人公の少年オズバーンと大河の対岸に住む少女エルフヒルド（Elfhild）の恋愛と、オズバーンが「赤き若者」（Red Lad）として工芸職人組合を援けて王制を打倒するまでの武功譚である。メイ・モリスによれば、ひとつの大河に隔てられた二人の恋人というアイデアは、同時代のアイスランドの小説から取られており、風景の描写もモリス自身のアイスランド旅行での実際の体験に基づいている[16]（図6）。モリスは、著作および講演活動において一貫して主張してきた彼自身の理想を、ここでも信念を持って反復している。つまり、モリスの「歴史」把握、「工芸」の称賛、「フェローシップ」の希求が、『ジョン・ボールの夢』および『ユートピアだより』と同じ程度の熱意で、あらためて明らかにされているのである。

第七章 「中世」をかたどる　161

（図6）モリスは人々の生活や議会制民主主義の原型など、古き良きイングランドの姿をアイスランドに見た。南部に見られる芝葺きの住居（turf houses）は、映画『ロード・オブ・ザ・リング』三部作（*The Lord of the Rings*, 2001-2003）で描かれたホビット庄を思わせるもので、モリスに限らず Merry England の霊感を与える土地なのかもしれない。The Open Air Museum in Skógar Museum, Iceland. 2016年8月筆者撮影。

　第一章で、モリスはこの架空世界を、しかしかつてのイングランドにありえた世界として描いている。たとえば冒頭の一節では、日曜日に教会に集う少年少女が、遠い世界に憧れを寄せるさまが描かれる。

> [T]he uneasy lads and lasses sitting at high-mass of the Sunday in the grey village church would see the tall masts dimly amidst the painted saints of the aisle windows, and their minds would wander from the mass-hackled priest and the words and the gestures of him, and see visions of far countries and outlandish folk, and some would be heart-smitten with that desire of wandering and looking on new things which so oft the sea-beat board and the wind-strained pine bear with them to the dwellings of the stay-at-homes [...] (*CW* 21: 1)
> 日曜日、灰色をした村の教会で歌ミサに出席している少年少女たちは、側廊の窓に描かれた聖人たちの隙間から、外におぼろげな背の高い帆柱を見て、ミサに集中している司祭の存在や彼の言葉、身振りには気もそ

ぞろになり、遠い国々と異国の民の幻想を見たものだった。彼らのうち
　　には、波に打たれた舷側や風にたわむ松材が家にいる者たちにもしばし
　　ば運んでくる新しい事物を見聞きするために、歩き回りたい、という思
　　いに心奪われる者もいたことだろう。

かつて、イングランドにおいても、コミュニティの中心として教会が機能し
ていた時代があった。また、人々にとって異国は遠く、探求すべき新しい世
界であった。ここでは少年少女の、ただ憧れと好奇心に充ちた外の世界への
関心が表現され、他者との関係が搾取や収奪に直結するものとしては描かれ
ない。その種のリアリズムは、完全に放棄されていると言える。しかし読者
は、このロマンスの語りを通して、かつて存在したはずの陽気な世界を想起
することができる。これは、本書の第五章五節で触れた前掲の教会描写でも
同様である（本書123頁を参照）。モリスは、少年オズバーンの目を通して、街
並みと修道院建築の美しさを称賛する。ここで描かれる世界は史実に基づく
中世ではない。しかしながら、修道院やミサの様子は明らかに中世のそれを
思わせるものである。

　物語の前半で、主人公オズバーンは、対岸の少女エルフヒルドと河を隔て
て邂逅し、不思議な力を持ったスティールヘッド（Steelhead）という男から
名剣を授かり、故郷ウェザメル（Wethermel）をしばし離れて、イーストチー
ピング（Eastcheaping）の騎士とともに戦いに参加し武勲を挙げるが、故郷か
ら離れて驍士となるつもりはなかったため、一度ウェザメルに帰還する。し
かし大河を挟んでエルフヒルドと再会したすぐ後に、彼女が盗賊に拉致され
たことから、その救出に向かうことを決意して、再び故郷を発つことになる。
　この探索の開始に当たってオズバーンが出会うのが、新たな主人であるロ
ングショー（Longshaw）のゴドリック卿（Sir Godrick）である。オズバーンは、
彼とともにはるか南方の都市ロングショーに向かい、そこでゴドリック卿と
対立する国王や諸侯たちとの争いと、それに乗じて起こった工芸職人組合
（the Lesser Crafts）の反乱の戦渦に身を投じ、ゴドリック卿の手勢として、工

芸職人たちのために獅子奮迅の働きをする。オズバーンにとっては副次的なものに過ぎないこの戦いは、しかしながら、ゴドリック卿にとっては生死を賭すほどのものであった。ゴドリック卿は、オズバーンに次のように話す。

> If these good fellows of the Lesser Crafts rise against their lords and send to me, then if they have gotten to them so much as the littlest of the city gates, or if it be but a dromond on the river, then will I go to them with all mine and leave house and lands behind, that we may battle it out side by side to live or die together [. . .] (*CW* 21: 146)
>
> もし工芸職人組合の仲間たちが領主に叛旗を翻し、私に援けを求めるのなら、そのとき彼らが占領したのが町のもっとも小さな門であろうとも、川に浮かぶ大型帆船一隻であろうとも、私は家と土地を背後に残し、彼らのもとへ、持てるすべてとともに駆けつけて、彼らと生死をともにして、最後まで戦い抜くであろう。

ゴドリック卿は、王侯とその手先たちによる圧制を許さず、工芸職人組合を援護して、激しい戦いの後、ついに王制を倒すことに成功する。しかし、この戦の結末と街のその後については、王制が速やかに廃止され、「ほとんどの人はより心軽やかになり、この市はそれまでと変わらず栄えた。そしてその年は終わりを迎えた」（"[. . .] most men felt the lighter-hearted therefor. And the City throve as well as ever it had done. So wore that year to an ending", *CW* 21: 182）とごく簡潔に記されるのみである。主人公オズバーンにとっては、この勝利は武功の一部に過ぎず、彼の本来の目的はエルフヒルドの救出であるからである。しかし、本作品における「工芸」の重要性は、次のゴドリック卿の台詞のうちにうかがうことができる。

> See thou, lad, those fair and beauteous buildings in the midst, they were the work of peace, when we sat well beloved on our own lands: it is an hundred of years ago since they were done. Then came the beginning of strife, and needs must we build yonder

stark and grim towers and walls in little leisure by the labour of many hands. Now may peace come again, and give us time to cast wreaths and garlands of fretwork round the sternness of the war-walls, or let them abide and crumble in their due time. But little avails to talk of peace as now. Come thou, Red Lad, and join the host of war that dwelleth within those walls even as peaceful craftsmen and chapmen dwell in a good town. Lo thou, they fling abroad the White Hart from the topmost tower: Blow, music, and salute it. (*CW* 21: 164)

見よ、汝、若者よ。中央の魅力的で美しい建物群を。それらは平和な時代の産物だ。そのとき我らは恵まれた生活を送っていた。これらが建てられたのは百年前のことだ。それから争いが始まり、我らはわずかな時間に多くの人々の手で、あの荒涼とした不気味な塔と、城壁を建てねばならなかった。平和が訪れて、いかめしい城壁に透かし彫りの花冠や花輪模様の装飾を施す時間が与えられんことを。あるいは、壁は朽ちるがままにさせてしまおう。しかし、平和について語る時間はいまはない。来たれ、赤き若者、そして戦の軍勢に加わるのだ。平和的な工芸職人や行商人が立派な町に住んでいるように、あの城のなかに住んでいる軍勢に加わるのだ。見よ、汝、彼らが塔の最上層から白い鹿のしるしを掲げるのを。吹き鳴らし、楽を奏で、旗印に敬礼せよ！

平和の時代の建物は、美しく魅力的で、歴史あるものである。しかし、戦乱に備えて建てられた塔や城壁は、荒涼として不気味で、急ごしらえである。モリスはここで、平和な時代と戦乱の時代という状況を、建築（およびその装飾lesser arts）の美醜によって対比する。ここでは平和な時代は、城壁に刻まれる花の装飾によって象徴されるものである。王侯の圧政に抵抗するゴドリック卿にとって工芸の擁護は、美しい芸術を生みだすために人々の平安な暮らしを守ることと、密接に結びついていた。人々の生きる社会の状態を具現するものとしての工芸の「美しさ」は、喜びに充ちた平安な生活のなかで生まれるのであり、それゆえにゴドリック卿は、平和を勝ちとるべく、オズ

バーンを鼓舞するのである。

　『ユートピアだより』においては、革命の成功によって理想が実現した美的な未来世界が、詳細に、具体的に描写された。しかし本作品では、この工芸を擁護するための闘争での勝利そのものが物語の大団円ではない。オズバーンは、王侯に代わってサンダリング・フラッドの街を治めることになったゴドリック卿のもとを離れて、エルフヒルドを探しに行く。それは、彼がかつて彼女と結んだ、同志的連帯のためであった。

第三節　フェローシップの完成

　前提として、エルフヒルドとオズバーンは、恋人同士ではあるが、それより以前に、二人はフェローシップによって結ばれた同志である。それを象徴するのが、第十一章でオズバーンが対岸のエルフヒルドに贈る、母の形見の「金貨」（a golden penny）である。

　この金貨は、幸運を祈りたい人に贈る以外では手放してはならないと母から言われているどこか遠い国のもので、オズバーンは、エルフヒルドとの数回目に会った際、「汝は実に美しく愛しい、同年代のたったひとりの人であるから、見いだせるだけの幸運を汝が手に入れることを望む」（"Now thou art so fair and so dear, and my only fellow of like age, that I wish luck to thee as much as luck can be found"）として、形見の金貨を贈りたいと申し出る。これをエルフヒルドは、「汝が不運になる」（"make thee less lucky"）として一旦固辞するのだが、思案の後に二つに分割することを提案し、オズバーンもそれに同意する。硬貨を分かちあうという行為自体は、婚約の慣習としてイングランドでもしばしば記録されているもので、モリス独自の着想ではないが、この場面はモリスの理想を表すものとして示唆的である。つまり、オズバーンは金貨に描かれた二人の戦士と一つの十字架を、半分ずつ——ひとりの戦士と半分の十字架——に分かち、その片方を矢に結んで、河の向こうのエルフヒルドに届け、「今、母が私にさせようとしたことが分かる。それは金貨と幸運を分かちあ

うことだったのだ」（“Now I can see that this is what my mother meant me to do, to share the gold and the luck”）と悟る。この行為はたんに恋慕からくるものではなく、その目的は生の共有であり、富の共有でもある。すなわち、モリスにとっては社会主義の理想でもあって、財産を分けあったとしても、それで分けたほうが不幸になることはない。

　しかしこの場面の含意はそれのみには留まらない。エルフヒルドが「この金貨の半分を持っていれば、外の世界で出会っても、容貌が変わっていても、お互いを見わけることができる」（“by our having them we shall know each other if we meet in the world without and our faces have become changed”）と述べるのは、この金貨の分有によって、連帯の理想が達成されるためである。ここで共有されるのは金貨の財貨としての価値ではなくて、そこに宿る「運」（luck）すなわち命運、ひいては生そのものである。「外の世界で出会っても」「容貌が変わっていても」という条件は、この再会が見知らぬ土地で行なわれるかもしれないだけでなく、現世以外で相成ることすらもありうるという可能性を仄めかすものだろう。この一連の場面でひとつの十字架と、ひとりずつの戦士を分かちあうことで、二人はひとつの運命をともに戦って勝ちとる同志として結ばれるのである（CW 21: 42-44）。

　そして離ればなれになった二人が再会するとき、モリスの後期ロマンス全般にわたって貫かれている、「引き裂かれた者たちの連帯」という主題が、はっきりと示される。終盤においてオズバーンは拐かされたエルフヒルドを探すが、一度は盗賊たちの奸計に陥り、金貨200枚をだましとられて重傷を負い、長く床に伏せる。だが回復後、再び彼女を探し始めた彼の元に次に現れた見知らぬ女性は、居場所を知るというのを疑ってかかるオズバーンに対し、「ですが、術策や兇悪以外のものもこの世にはあるのでは？」（“but there is something else than guile and felony in the world, is there not?”, CW 21: 190）と問いかえし、実際にエルフヒルドのいる家へ導く。フードを被ったオズバーンにエルフヒルドが気づかぬうちに、そこにオズバーンを半死の目に遭わせた男たちが現れたことで、オズバーンは無事復讐を遂げ、いよいよ二人は再会する。

第七章 「中世」をかたどる　167

The two women stood looking toward the open door the while, and the maiden said faintly and in a quavering voice: "Mother, what is it? what has befallen? Tell me, what am I to do?" "Hush, my dear," said the carline, "hush; it is but a minute's waiting after all these years." Even therewith came a firm footstep to the door, and Osberne stepped quietly over the threshold, bareheaded now, and went straight to Elfhild; and she looked on him and the scared look went out of her face, and nought but the sweetness of joyful love was there. And he cried out: "O my sweet, where is now the Sundering Flood?" And there they were in each other's arms, as though the long years had never been. (*CW* 21: 194)

二人の女たちはそのあいだ、開け放たれた扉を見つめていた。そして少女はか細く震える声で、「いったい何でしょう。何が起こっているのでしょう。教えてください。いったいどうすれば良いのでしょう」と尋ねた。「静かになさい」と老女は答えた。「静かに。長いあいだ待ったのだから、もうすこしの辛抱です。」まさにその言葉とともに、しっかりとした足音が扉に近づいてきた。そしてオズバーンはしずかに敷居を跨いだ。いまや彼はフードを脱いでいて、まっすぐにエルフヒルドに近づいた。エルフヒルドは彼を見て、怯えた表情をすっかり消して、ただ喜ばしい愛の美しさだけを、その顔に浮かべた。そしてオズバーンは叫んだ。「ああ、我が愛しき人よ、いまやサンダリング・フラッドはどこにある？」二人はそこで、長年の別離などなかったかのように、しっかりと抱き合った。

あきらかにこの展開は、荒削りなプロットのまま置かれており、本来であればオズバーンとエルフヒルドの再会は、もうすこし紆余のあるものになるはずだったのではないかと推測されるのだが、盗賊たちに一度は欺かれながらも、善なる意思によって導かれ、仲間と再会して目的を果たすという流れは、モリスの作品に通底する敗北と希望の主題を引き継ぐものである。大河サンダリング・フラッドについては、本作品の冒頭ですでに、「彼ら〔この街の

民衆〕はこの河を大いに愛しており、誇りに思っていた。それゆえに、彼ら
はこの河を引き裂くものではなく結びつけるものだと言った。それは土地と
土地、岸と岸をつなぐのである」（" ［T］hey ［the folk of the City］ loved their river
much and were proud of it; wherefore they said it was no sunderer but a uniter; that it
joined land to land and shore to shore", *CW* 21: 2 ）と宣言されており、オズバーン
とエルフヒルドにとっても、一度は潰えたかに見えた希望をたぐり寄せるも
のとして、その役目を果たすのである。

　また、こうしてエルフヒルドとの再会を果たしたオズバーンは、故郷で彼
の帰りを待つ旧友スティーヴン（Stephen）のもとに帰還するのだが、ここで
も正体をまだ明かしていないオズバーンらを、スティーヴンは最大限に歓待
する。

> A free and fair welcome to you; ye shall eat of our dish, and drink of our cup, and lie
> as the best of us do. Ho, ye folk! now were we best within doors; for our guests shall
> be both weary and hungry belike.（*CW* 21: 195）
> 自由かつ公正にあなた方を歓迎いたします。あなた方は我々の皿から食
> べ、我々の杯から飲み、我々の最上の寝床に眠るのです。ああ、我が家
> 族よ。さあ、なかにお入りください。お客様方はきっと、お疲れでしょ
> うし、空腹でいらっしゃるでしょうから。

『ジョン・ボールの夢』で夢見人が、初対面のウィル・グリーンから歓待を
受けたように、帰還したオズバーンは、何の衒いもなく同志として迎え入れ
られる。何者であるかということにかかわらず、身分なき平等のもとにいき
る民衆が自由に協働する社会としての「中世」が、ここでも再び理想として
提起されている。『ジョン・ボール』や『ユートピアだより』において、「フェ
ローシップ」は、闘争の結果獲得されるべき理想として、語り手が19世紀に
戻った時点で実質的には雲散霧消してしまうものであったが、本作品で描か
れるのは、一度獲得された「フェローシップ」が、さまざまな隔たりを克服
し、最終的に再結合されるという点である。無論、それは自動的に達成され

第七章　「中世」をかたどる　　169

るものではなくて、オズバーン自身が剣をもって創造的な「生」を勝ちとった結果であったのだが、モリスはいかなる変化によってもこの連帯は破壊されないということを、無事に故郷に帰還する主人公によって示すのである。

　以上に見てきたように、「フェローシップ」は、「生」——すなわち人生における「喜び」そのもの——を共有することを意味し、そのためには「生」の具現である「工芸」を擁護することが必要不可欠であった。この具現化の技術（すなわち「芸術」art）は、先人たちの粋の結晶であり、それを理解することは「歴史」を把握することであった。つまり歴史の把握とは、生きた人々の喜びを共有し、また再生することであったのである。「生」とその具現である「工芸」、その具現化の技術としての「芸術」は、どれが欠けても彼の理想を実現することができない重要なものであった。このゆるぎない主張は、作品を超え、何度も繰り返されている。

　モリスにとって中世とは、人々が生における「喜び」を芸術として具現化し得た、唯一の理想的時代であった[20]。たとえ政治的に理想的な制度が存在していたとしても、このように人間の喜びが芸術として具現化しなければ、それは理想の時代の完全形たり得なかった。同時に、史実としての中世は、「喜び」の具現としての芸術の成功は遂げたけれども、その社会制度や道徳観を含めて完璧であったわけではなかった。そして、モリスのこの葛藤を解消するものこそが、彼がロマンス作品の中で紡ぎだした理想世界である「中世」だったのである。それは、19世紀においてただ外形的に再現された過去の世界としての中世ではなく、中世において達成されなかった理想を勝ち得た新しい世界としての「中世」であった。

　モリスは、この理想を物語として、そして手に触れられる芸術作品としても具体化し、その呈示によって、かつて失敗に終わった希望を再び実践するために一貫したメッセージを訴えた。ときにそれは社会主義の唱道であり、芸術家としての鼓舞として響いたが、モリスが抱いていたのはひとつの根源的な理想であり、その理想の具現に手をつくしたからこそ、モリスと道を同じくしない者たちにとってさえ、彼の夢はいまも印象深いヴィジョンとなり

うるのである。[21]

注

1）ウィリアム・モリス『輝く平原の物語』（小野悦子訳）訳者解説、243-44頁。

2）キャロル・シルヴァーは、モリスの後期ロマンスはただ恋人たち、労働者たち、無法者たちを非教訓的に礼賛するものであり、内在化されたマルクス主義と直感的な知覚への訴えを通して、新たな文学ジャンルとしての「社会主義ロマンス」（socialist romance）を創り出していると指摘する（Carole G. Silver "Socialism Internalized: The Last Romances of William Morris" in Boos and Silver, editors, 117-126)。ルース・キナは、論文「ウィリアム・モリス──故郷のロマンス」（Ruth Kinna, "William Morris: the Romance of Home" 57-72）において、『ユートピアだより』と『輝く平原の物語』における断絶を論じた先行研究に反論し、「故郷」（home）の描写の共通性を指摘することで、モリスのロマン主義を擁護している。

3）詩人ウィリアム・アリンガム（William Allingham, 1824-89）の日記にみられる、挿絵入り『地上楽園』の試作中の呼び名（*AWS* 1：63）。

4）ウィリアム・モリス『理想の書物』川端康雄訳（筑摩書房、2006年）186頁。以下 *Ideal Book*の和訳は、原則として同書より引用し、頁数を示す。

5）ウィリアム・S・ピータースン『ケルムスコット・プレス──ウィリアム・モリスの印刷工房』（湊典子訳、平凡社、1994年）111-12頁。

6）活字を用いた近代的な印刷技術を利用しながらも、モリスはこの芸術をあくまでゴシック的なものにしようとしていた。この「近代における真のゴシックの復活」というトートロジーはしばしばモリスを挫折させる要因となった。たとえば、1870年代にモリス商会にステンドグラス修復を依頼した顧客が、周囲のステンドグラスとの調和を考えずに個人の趣味を優先しがちなことに腹を立て（*AWS* 1：353）、モリスは実質的にステンドグラス制作から手を引き、「修復」反対活動に尽力することになった。

7）「〔……〕ラスキン同様、モリスが懸命にあらがっていたのは、有害な産業主義にとどまらない。書物生産におけるにせの中世主義リヴァイヴァルとも闘わなければならなかったのであり、それは、ヴィクトリア朝の都市や郊外を休息に汚しつつあった「ゴシック病」ほどではないにしても、それに近い由々しき事態だったのである。」（モリス『理想の書物』川端訳、13-14頁）

8）「代用品」（"Makeshift"）という講演の中で、モリスはパンやバターといった日用品が、質の悪い代用品に取って代わられている現状を問題視している。代用品を宛がわれているにもかかわらずそれに抵抗できない状態は、すなわち「貧困」（poverty）

第七章　「中世」をかたどる　171

という病に罹患している状態であり、「文明」（civilization）という名の「代用品」に安堵している不健全な状態なのである（*AWS* 2 : 469–83）。

9 ）*Ideal Book* 2 .

10）エッセイ「中世彩飾写本についての若干の考察──モリス未発表の断章」（"Some Thoughts on the Ornamented Manuscripts of the Middle Ages: A Fragmentary Essay Never Published by Morris", rpt. in *Ideal Book* 1 – 6 ）として遺されている文章。1894年にアメリカの印刷所が私家版として刊行したが、『理想の書物』（*The Ideal Book*）としてモリスの書物製作についての文章をまとめた編者ピータースンが、ハンティントン図書館が所蔵する原稿から起こし直したものを使用した。日本語版の訳者である川端康雄は、1892年かそれ以降に書いたものではないかと推察している（『理想の書物』277頁）。

11）森田由利子、179–94頁。森田は「モリスが文字の世界で創造した書物は、彼が現実世界で創った本と同様に、視覚芸術の性質を大いに持つと言えるのである」と認めてはいるが、同時に後期ロマンスは実質的には「形ある書物」よりも重要な存在として「形無き語られる物語」の重要性を呈示した「ある種の矛盾」の表出であるのではないかと述べている。しかし、このように、モリスにとって「形ある」ものとその本質が乖離したものであったと仮定することは、モリスの「物語」に対する態度と一致しないように思われる。もちろんモリスは、口承のみで伝えられる物語の重要性は理解していたが、後年の書物製作者としての立場においては、形無き物語にふさわしい形を与える（つまりtangibleなものにする）ことこそが、使命であったはずである。

12）それを端的に表しているのは、ダンテ・ゲイブリエル・ロセッティの「レッド・ハウス」評である。モリスは最終的に建築家の道には進まなかったが、友人であり、G・E・ストリートの事務所の兄弟子であった建築家フィリップ・ウェッブが手がけたこの新婚時のすまいの設計には深く関わった。ウェッブはモリスとともに北フランスのゴシック聖堂を見学しており、二人でその体験をもとに構想を練ったため、尖頭アーチ風の戸口など、随所にその成果が見られる。ウェッブとともに生みだしたこの建築は、モリスも関わった芸術作品として、成功したもののひとつであると言って良いだろう。ロセッティはこの建物について、「家と言うよりは一篇の詩である」（"more of a poem than a house", Winwar 172）と述べた。

13）バーン＝ジョーンズは、挿絵をモリスの文章や装飾から独立させることは「壁龕から彫像を引きはがして博物館に置くようなものだ」（qtd. in *Kelmscott Press* 164）とも述べており、モリスの「理想の書物」の意義を理解した上で、その完成に手を貸したと言える。

14）刊行物の一覧は、『理想の書物』325–57頁を参照。

15）『この最後の者にも』はメイによるモリス作品集の序文に言及がある。ポール・メイヤーは『この最後の者にも』に関して、モリスは途中で出版するのを止めたと断定しているが、この点について証拠はない。

16）*CW* 21: xj.

17）cheap とは市（market）のことで、既出の引用でオズバーンが出かけて歌ミサに夢中になった「市の立つ町」がここである。ロンドン中心部にEastcheapという類似の地名が現在も存在している。

18）Stone 19.

19）メイ・モリスは、エルフヒルドへの金貨の贈与の場面は伏線であり、本来終盤に再度登場するはずであったであると述べている（*CW* 21: xj-xij）。

20）モリスは次のように述べ、19世紀には抑圧されている労働者たちが喜びを具現化し得た時代として、中世を評価した。「中世には中世の欠陥や不幸があり、有用さや長所があった。そして少なくとも幸福さと快活な知性が、時にどこかに——労働者階級のあいだにさえ——存在し得たということを示す作品を残した。今日の労働者たちは、我らの愚かさと過ちの責任をすべて負うことを余儀なくされている」（*Socialism* 82）。

21）ジョン・ラスキンは、モリスについて「自分の時代でもっとも能力の優れた者」（"the ablest man of his time"）であり、「偉大な発案者」（"the great conceiver"）だとして、彼のヴィジョンとその実現の両面を讃えている（Goldman in Blewitt 125）。

結　論

　厨川白村（1880–1923）は、詩人モリスを評し、「おもふにモリスは自ら言つたやうな 'the idle singer of an empty day' でもなく、また 'Dreamer of dreams, born out of my due time' でもなかつた。夢幻空想の人ではなくて勤勉力行の生涯を送つた人、その複雑にして多趣味多方面な一生の事業こそ、たしかに近世藝術史上の一大異彩であらう」と述べた（77頁）。しかしむしろモリスは、夢幻空想の人であると同時に実践の人であったからこそ、失われた美を再び描くことができたのではないだろうか。モリスはつねに、聖堂に碑として遺された声なき人々の生を想像し、過去にはたしかに存在していたはずの人間の「喜び」をとらえていた。そして自らのロマンス作品の根底に流れる主題において、それを人々に訴え、その「喜び」を再び自らの手で具現化することをうながした。モリスは工芸作品のみならず、冷たい石に刻まれ、風化を待つばかりであった「中世」の記憶を、夢あるいは非現実の空間を美的に築き上げることで、彼の詩の中に甦らせたのである。

　ただし「芸術と大地の美」においてモリスは、ルネサンス以前の芸術の状況を称賛した上で、自らのこの時代に対する態度を、次のように今一度「弁明」している。

　　私を誤解しないでほしい。私は過去の時代の単なる讃美者ではない。私は、私が言及した時代において、人々の生活がしばしば粗野で邪悪で、暴力・迷信・無知・奴隷制に脅かされたものであったことを知っている。しかし、私は次のように考えざるを得ない。貧しき人々は慰めを必要と

しており、それをすっかり欠いていたということはないということ、そして、その慰めは彼らの労働のうちにある喜びであったと。ああ、皆様、世界は多くのものを勝ちとってきたが、私はそれがすべての人々にとっての、私たちが自然（Nature）から与えられうる慰めとの関係を絶つほどの、完全な幸福の獲得であるとは思わない。〔……〕私が言いたいのは、今日私たちが行なっている仕事は喜びをまったくともなわないものである、などということではない。私が言いたいのは、喜びとはむしろ、一つづきの良き仕事を達成すること──つまり、たしかに勇敢で、立派な感覚──であり、もしくは、しっかりと重荷に耐えることだ、ということである。そして、職人たちが無量の充足を感じ、彼らの作品そのものに人間らしい喜びのしるしを刻むに至るのは、ごく稀な、本当に稀なことなのだ。（*CW* 22: 163-64）

モリスは、「喜び」は人間に内在するものであり、それが芸術作品の持つ美しさが否応なく結びつくものではないこと、決してそれが中世と近代という単純な図式で対比されるものでもないとも知っていた。むしろそれが一致することがつねに困難であることを理解しているからこそ、その理想を繰り返し訴えたのである。この「真の」芸術を、19世紀において再現するべく、中世の工芸技術を復興することを試みたが、そこに障害として立ちはだかったのが、往時さかんになっていた「分業」という、ラスキンの言うところの悪しき発明と、ただ支配階級の資産を殖やすことだけを目的に不必要なものを生産する市場システムであり、モリスはその淵源が中世においてすでに見いだされることを理解していた。『ジョン・ボールの夢』を著したのは、たんに中世の「メリー・イングランド」の状況を輝かしい過去として夢想するためではなく、当時すでに存在していた搾取的な社会構造と、その打倒のために戦った人々の存在を知らしめるためであった。そして、このように「分岐」となる時代としての中世の状況を示した上で、モリスはその問題点が克服された理想の未来世界を、彼自身のユートピア・ロマンスとして描出したので

ある。

　メイ・モリスは、『ユートピアだより』について、次のように述べている。

　　読んでいるとき、私たちは彼〔モリス〕がイングランドの美しさにいか
　　に喜びを感じていたか、その過去の時代の美しさを飾る芸術にいかに敬
　　意を払っていたか、その悲しげな名残にいかにすがりついていたかを思
　　い出すのである。それから、自身の熱意を他人の内にめざめさせるため
　　に、いかに骨を折ったかを。そして彼は、将来の国家についての提案と
　　思索を記したページを通じて、人がほとんど思わず感じてしまう希望の
　　音を鳴らすのである。その人のなかで、悲しみや苦しみは、人生の喜び
　　をすっかり消してしまうことなどできないのだ。次々と描写が形をなし、
　　やがて切望と期待が時折、彼の中に預言の精神のようなものを喚起する
　　力へと凝縮していくとき、この物語は作者に安らぎをもたらしたと思わ
　　ざるをえない。(*AWS* 1 : 504)

モリスは『ユートピアだより』において、過去の再現ではなく、現在選び取
る選択肢としての「中世」——社会構造の改革が成功していれば、実現され
ていたはずの理想世界——の呈示を目指した。たとえ一見逃避的に見えたと
しても、メイがここで指摘するように、触発されて無意識に希望を抱いてし
まうほど、モリスの言葉は真摯なものであった。それは後期ロマンスでも同
様で、架空の世界に舞台を移しても、むしろ移したからこそ、読者は中世に
おける優れた側面と唾棄すべき陋習・悪政を分別し、協働の追求と階級社会
の打倒によって実現される、モリスの理想の全貌を、的確に把握することが
可能となったのである。

　モリスは「ロマンス」について、「真に歴史を把握する能力のことであり、
過去を現在の一部とする力のことである」と宣言した。ここで述べられてい[1]
る「真に歴史を把握する」こととは、過去に生きた人々の「喜び」といった、
受け継がれるべき感情を読み取り、理解することである。そして「過去を現
在の一部とする力」とは、過去の一時代をそっくりそのまま目指すべきヴィ

ジョンとして未来に移植するものではない。過去の敗北を記憶し、また自ら
が敗北するとしても、理想の達成のために戦うことなのである[2]。

　C・S・ルイスは、「モリスより偉大な作家は多数いる。モリスを通して、
彼に欠けていた機微、巧緻さ、壮大さといったあらゆるものを探求してゆく
ことは可能だ。しかし彼の後につづくのは非常に難しいだろう」(55) と、
自らのモリス評を結んでいる。というのも、モリスは、「現実世界から遠く
引きこもり、願望に基づいた世界を建造したように見える。けれども完成し
たときには、かならず真実の経験の叙述として、傑出したものになっている」
からである (54)。今日「ファンタジー」というジャンルに矮小化されがちな、
架空世界を取りあつかった文学におけるリアリティの模索は、C・S・ルイ
スやトールキンの「ロマンス」もまた追求したものである[3]。試行錯誤を重ね
て人々の根源的な「喜び」を語ろうとしたモリスの「ロマンス」観を、彼ら
は受けついでいる。

　実際の「夢」のように、経験と理想が混ざりあい、半ば無意識の啓示とし
て脳裏にうかぶものを、モリスは生涯を通じて彼の思想として育み、また表
現してきた。醜悪なロンドンを忘れ、農村を想い、清らかなるテムズ川を夢
みた詩人は、再び「大きな腫れ物」の時代にめざめ、胸に六月の日の美しさ
を抱きつつ、実践活動に身を投じる。『地上楽園』の時点で、モリスは次の
ように詩人としての決意を表明している。

　　　HERE are we for the last time face to face,
　　　Thou and I, Book, before I bid thee speed
　　　Upon thy perilous journey to that place
　　　For which I have done on thee pilgrim's weed,
　　　Striving to get thee all things for thy need—
　　　—I love thee, whatso time or men may say
　　　Of the poor singer of an empty day. (*CW* 6 : 330)
　　　ここに我ら、最後に向かい合う

汝と我、書物よ、幸多かれと別れを告げる前に

かの地に向かう艱難の旅のため

我は汝に巡礼の衣装を着せ

汝が求むもののすべてを準備しようと努めた。

──我は汝を愛す。時代や人が、

空虚な時代のつたなき詩人のことを如何に言おうと。

地上楽園の地への擬似的な巡礼のためには、「懐中におさまる大聖堂」としての書物が必要なのだが、それは決して、たんに中世芸術を表面的に模倣・礼賛せよということを意味しない。書物は大聖堂と同じく、フェローシップによって具現化されたものであり、同時に新たに人々の連帯を生みだす媒体として重要だからこそ、詩人にとって理想の芸術なのである。

　それは「私は自分の口ひとつで語っているけれども、それがいくら力なく支離滅裂にではあっても、私よりも優れた多くの人々の考えについて語っているのだ」（"[T]hough my mouth alone speaks, it speaks, however feebly and disjointedly, the thoughts of many men better than myself", *CW* 22: 47）という吐露にも表れている。自らが親しんだ物語を自らの方法で語り直すことで、モリスは有機的に統一された世界観としての「中世」世界を創出した。それは必ずしも「本物の中世」の倫理観や社会制度を描いたものではなかったが、現実の中世における粗野な側面に「損なわれる」ことのない、人間の「喜び」を表現するものとして、「現代の叙事詩」を語ることを目指した結果だったと言える。

　「夢」は、理想であると同時に、日常生活のなかで、自分自身さえ忘れていた記憶をときに思い起こさせてくれるものでもある。遠い過去と共鳴し、自らの口で語ることは、語る言葉を持たない死者ないしは「サバルタン」[4]とともに生きることを意味する。この、「生」そのものに向きあう営為は、モリスの中世主義や芸術活動、社会主義の思想的意義を深めるのみならず、「私たちはいかに生きるべきか」という哲学的問いをも、今日に至るまで投げかけつづけているのである。

注

1）本書33頁参照。

2）この理想は、「希望の巡礼者」の結末、そしてなにより『ジョン・ボールの夢』において発せられる「わたしは〔……〕いかに人々が戦い敗れるかということ、また彼らが戦った目的が敗北にもかかわらず達成されること、それが彼らが意図した通りではないこと、そして別の人々が別の名目の下に彼らの意図を実現するために戦わねばならぬことを、よく考えていた」("I [. . .] pondered how men fight and lose the battle, and the thing that they fought for comes about in spite of their defeat, and when it comes turns out not to be what they meant, and other men have to fight for what they meant under another name" *CW* 16: 231–32）という台詞に凝縮されている。

3）"fantasy" すなわち「空想」という名が冠されたジャンルは、リチャード・マシューズ（Richard Mathews）が著書に纏めているように、叙事詩や啓示文学の系譜として発展してきたものと考えられるが（*Fantasy* 5–14）、主に20世紀において「児童文学」としての性質が強調されるようになった。トールキンはこれを批判し、人類を子どもと大人という「イーロイとモーロック」("Eloi and Morlocks"）に区別して考えるべきではないとしている（*Tree and Leaf* 45）。20世紀後半から2000年代にかけての、J・K・ローリング（J. K. Rowling）による『ハリー・ポッター』（*Harry Potter*）シリーズや、トールキンの『指輪物語』のピーター・ジャクスン（Peter Jackson）による映画化でピークを迎えた、いわゆる「ファンタジー」ブームを経験した後でも、この状況は改善されておらず、「大人向けのファンタジー」といった奇妙な表現が使用されつづけている。

4）G・C・スピヴァク（G. C. Spivak）による『サバルタンは語ることができるか』（*Can the Subaltern Speak?*, in Cary Nelson and Lawrence Grossberg editors, *Marxism and the Interpretation of Culture*, U of Illinois P, 1988）を挙げるまでもなく、語る言葉を持たない者を知識人はどのように語ることができるのかは現代においてクリティカルな問題である。情報が驚異的な速度で横溢し、消費され、埋没していく今日、この問題意識はポスト・コロニアリズムの流行の終息とともに看過されがちではあるが、「語れる者・語られるもの」の情報量が膨大になればなるほど、残らなかったもの／敗北した者／死者を再び想起し、連帯してゆくことが、ますます重要になっていると言えるだろう。

あとがき

　本書は、2013年に神戸大学国際文化学研究科に提出した博士論文「ウィリアム・モリスの文学作品における中世主義」をもとに、その後の研究成果を加えたものである。一部は下記の学会誌に掲載されたものを、加筆・修正・再構成の上、本書に組み込んでいる。

　　第四章
　　● 論文「ウィリアム・モリスの『希望の巡礼者』における「詩人」と「夢」」、『関西英文学研究』第 6 号（『英文学研究　支部統合号』5 号）、日本英文学会関西支部、2013年 1 月、21-27頁
　　第五章
　　● 論文「ウィリアム・モリスのフェローシップの理想──『ジョン・ボールの夢』を読む」、『国際文化学』第21号、神戸大学国際文化学会、2009年 9 月、49-62頁
　　● 論文「民衆の聖堂──ウィリアム・モリスの中世主義思想」、『ヴィクトリア朝文化研究』第 9 号、日本ヴィクトリア朝文化研究学会、2011年11月、44-57頁
　　● 発表抄録「『ジョン・ボールの夢』におけるフェローシップの記憶」、『日本英文学会第84回大会Proceedings』、日本英文学会、2012年 9 月、53-54頁
　　第六章
　　● 論文「"The loveliness of the June day" ──ウイリアム・モリスの『ユートピアだより』における「中世」描写」、『関西英文学研究』第 4 号、2010年12月、1 -15頁

　また、JSPS科研費 JP26770100（若手B・代表）、JP17K03541（基盤C・分担）、JP18K00506（基盤C・代表）、JP21K01322（基盤C・分担）、JP22K00497（基盤C・

代表）ならびに旧・神戸大学国際文化学研究推進センターでの複数の単年度プロジェクト助成を受けて口頭発表した内容も含まれている。本書の刊行にさいしては、JSPS科研費 JP24HP5038（研究成果公開促進費・学術図書）の助成を受けた。

＊

　本書のタイトルを『ウィリアム・モリスの夢』としたのは、生地竹郎が『ジョン・ボールの夢』について、その表題からは「John Ball が抱いた革命的夢想」と「Morrisが見た、John Ball に関する夢」の双方が読みとれる、と示したことが深く心に残っていたからである（「中世への憧憬と革命の夢——William Morrisの*A Dream of John Ball*」、『英語青年』第119巻8号、1973年、456頁）。本書も、モリス自身が抱いた夢と、私たちが見るモリスについての夢の双方に眼を配りたいという意図で、その顰みに倣った。

　ウィリアム・モリスをめぐる評価は、没後100周年から30年が経過するのを目前に、変化をつづけている。彼の活動の多様性ゆえに、個々の領域での研究は依然として活発であり、周辺的視点からの言及も少なくない。そのなかで、ひとつの専門領域を通してモリスの理想を統合的に把握し、通史的研究に接続しつづけることは、将来的なモリス研究の発展にとってもひとつの命脈となりうると考えている。モリスの仕事全体をとらえるものとして、川端康雄『ウィリアム・モリスの遺したもの——デザイン・社会主義・手しごと・文学』（岩波書店、2016年）などの研究が日本語で読める一方で、昨今、モリスの知名度は、とくに若年層においてはかなり低下している実感があるのも事実である。2021年には中世主義研究として*Subaltern Medievalisms: Medievalism 'from below' in Nineteenth-Century Britain*のように意欲的なものが刊行されたが、このような「サバルタン」の声——つまり「敗北」に希望を見いだすことの重要性を説いたモリスの思想が、「百円ショップで手に入る『上品な』なデザイン」のような表層的な評価に埋没しつつあり、あまりに大きな損失と言わざるをえない。

　いま、モリスのデザインがもつ力が、その思想を離れたところで人気を博

しているという状況は、モリスが見た夢の意義が、それに比肩しないことを意味するわけではない。多様化する社会においてこそ、近代社会のイデオロギーや固定観念に縛られず、人間の生をラディカルに見つめた詩人の声に耳を傾けることが、私たちにとっても、来る時代のための大きな手がかりとなるはずである。微力ながら本書がせめて彼の思想的意義を語り継ぐ細い糸となれば幸いである。

*

そもそも、私がモリスの文学を「研究」テーマに据えたのは、直接的には神戸大学で学部から博士課程までご指導を仰いだ野谷啓二先生に拠るところが大きい。学部入学当初は漠然とトールキンに興味を抱き、言語学のゼミを選択しようと考えて「異文化コミュニケーション論大講座」に所属していた。当時の人員配置の都合でたまたま野谷先生が同講座に所属されていなければ、現在の知的生活はなかった。結果として、入学当初、自分では言語学への関心であると認識していたものが、実際にはモリスを含め、現実とは別の世界を言語のなかに築こうとした詩人への憧憬であったのだと気づくことができた。先生が上智大学で、生地竹郎先生が亡くなられるまでの短いあいだながらその薫陶を受けられたことも、私にとって僥倖と言うほかない。本年度からは佛教大学に特任教授として着任され、同僚として働く機会にも恵まれている。深く感佩するとともに、受けるばかりの学恩にすこしでも報いる機会があることを願う。

博士論文の審査をご担当いただいた石塚裕子先生、西谷拓哉先生、笹江修先生、米本弘一先生、玉井暲先生にも厚く御礼を申し上げる。学際的な研究科で学び、同時に英米文学の専門家たる先生方にもご教導を賜ったことは、その後の研究においても大きな糧となっている。日本英文学会、日本英文学会関西支部、日本ヴィクトリア朝文化研究学会、International Association for Comparative Mythology、日本T・S・エリオット協会での発表で司会をご担当いただいたり、質問・ご助言をくださった諸賢の皆様、とりわけ川端康雄先生には末端のモリス研究者たる私にも折々にお声がけくださり、感謝

の念に堪えない。神戸大学国際文化学研究科ならびに研究員として所属していた異文化研究交流センター、国際文化学研究推進センター（現・インスティテュート）でお世話になってきた先生方、私的研究会「ヴィク研」の小池利彦氏ならびに巴山岳人氏、同「もひけん」・「ホプ研」や、神戸神話・神話学研究会（神神神）の仲間たち、これまでの非常勤先・勤務先で私の研究に関心を寄せてくれている友人たち、書類仕事をサポートしてくださる事務職員の皆様——支えてくれた人々は枚挙にいとまがない。心からの謝意を表する。

また、本書は晃洋書房編集部の山本博子氏のご尽力なしには完成しなかった。出版についての知識も具体的な計画もなかった頃から現在の所属先に落ち着くまでの数年間も、根気づよく激励をいただいた。理想を具体化する最初の大きな一歩を助けていただいたことに深謝したい。打ち合わせの過程で、モリスの理想の版面に近づけたいという思いを汲み、和書と洋書の差異という大きな制限があったにもかかわらず、余白の比率にも工夫をこらしてくださった。本書は、DTP、装幀、印刷と、多くの工程、さまざまな人の手を経て形づくられたのであり、本書を手に取るたびに、いつまでも私はその協働の喜びに思いを馳せるだろう。この場を借りて、関わってくださったすべての方のお力添えに、重ねて御礼を申し上げる。

最後に、お目にかける予定であった本書の刊行を待たず、晩夏に旅立たれた「同僚」の斎藤英喜先生のことを記しておく。斎藤先生とは専門分野はまったく異なるのだが、神話学の研究会が切掛で交流がはじまり、2021年に同じ勤務先となった折には、誰よりも早く歓迎してくださった。モリスの美を愛するおひとりとして、いつも日々を満喫していらした姿は、モリスの理想ともたしかに重なっていると思う。

私と、ともに生きている家族や友人、英雄と末次ら近親を含めすでに他界した人々をいまも結んでいるフェローシップに、本書を捧げる。

2024年11月

清川祥恵

参考文献

一次文献

著作・書簡・講演録

Morris, William. *The Collected Works of William Morris*. Edited by May Morris, Russell and Russell, 1966. 24 vols. Originally published by Longmans Green, 1910–15.

———— *Art and Socialist Movements: A Collection of Contemporary Pamphlets*. Eureka Press, 2019. 3 vols with an introductory supplement in Japanese.〔川端康雄による別冊日本語解説付き『ウィリアム・モリスの芸術と社会運動：同時代パンフレット復刻集成』〕

———— "Bellamy's *Looking Backward*." *Commonweal*, vol. 5, no. 180, 21 June 1889, pp. 194–95.

———— *A Book of Verse*. Scholar Press, 1980.

———— *The Ideal Book: Essays and Lectures on the Arts of the Book*. Edited by William S. Peterson, U of California P, 1982.

———— *News from Nowhere; or an Epoch of Rest: Being Some Chapters from a Utopian Romance*. Edited by Krishan Kumar, Cambridge UP, 1995.

———— *News from Nowhere; or an Epoch of Rest: Being Some Chapters from a Utopian Romance*. Edited by David Leopold, Oxford UP, 2003.

———— *Political Writings: Contributions to Justice and* Commonweal *1883–1890*. Edited by Nicholas Salmon, Thoemmes Press, 1994.

———— *Socialist Diary*. Edited by Florence S. Boos, Journeyman/London History Workshop Centre, 1985.

———— *Three Works by William Morris*. Edited by A. L. Morton, Lawrence and Wishart, 1968.

———— *The Unpublished Lectures of William Morris*. Edited by Eugene D. LeMire, Wayne State UP, 1969.

———— and E. Belfort Bax. *Socialism: Its Growth and Outcome*. Swan Sonnenschein, 1893.

William Morris on Architecture. Edited by Chris Miele, Sheffield Academic Press, 1996.

William Morris on History. Edited by Nicholas Salmon, Sheffield Academic Press, 1996.

The Novel on Blue Paper by William Morris. Edited by Penelope Fitzgerald, Journeyman

Press, 1982.

The Letters of William Morris to His Family and Friends. Edited by Philip Henderson, Longmans Green, 1950.

The Collected Letters of William Morris. Edited by Norman Kelvin, Princeton UP, 1984–96. 4 vols. in 5.

インタビュー・回顧録

Morris, May. *William Morris: Artist Writer Socialist.* Edition Synapse, 2005. 2 vols. Originally published by Basil Blackwell, 1936.

Pinkney, Tony, editor. *We Met Morris: Interviews with William Morris, 1885–96.* Spire Books, 2005.

ウェブソース

William Morris Archive 〈https://morrisarchive.lib.uiowa.edu〉

邦訳

ウィリアム・モリス『民衆の芸術』中橋一夫訳、岩波文庫、1953年。

─────『ジョン・ボールの夢』生地竹郎註釈、英光社、1966年。

─────『ユートピアだより』松村達雄訳、岩波文庫、1968年。

─────「ユートピアだより」、『ラスキン・モリス』（世界の名著41）飯塚一郎・木村正身・五島茂訳、中央公論社、1971年。

─────『民衆のための芸術教育』内藤史朗編訳、明治図書出版、1971年。

─────『ジョン・ボールの夢』生地竹郎訳、未来社、1973年。

─────『サンダリング・フラッド──若き戦士のロマンス』中桐雅夫訳、平凡社ライブラリー、1995年。

─────『輝く平原の物語』小野悦子訳、晶文社、2000年。

─────『ジョン・ボールの夢』横山千晶訳、晶文社、2000年。

─────『ユートピアだより』川端康雄訳、晶文社、2003年〔岩波文庫、2013年〕。

─────『理想の書物』W・S・ピーターソン編、川端康雄訳、ちくま学芸文庫、2006年。

─────『地上の楽園──春から夏へ』森松健介訳、音羽書房鶴見書店、2016年。

─────『地上の楽園──秋から冬へ』森松健介訳、音羽書房鶴見書店、2017年。

─────『小さな芸術』川端康雄訳、月曜社、2022年。

─────、E・B・バックス『社会主義──その成長と帰結』大内秀明監修、川端康雄監訳、晶文社、2014年。

二次文献

Abse, Joan. *John Ruskin: The Passionate Moralist*. Quartet Books, 1980.

Addison, Agnes. *Romanticism and the Gothic Revival*. R. R. Smith, 1938.

Agrawal, R. R. *The Medieval Revival and Its Influence on the Romantic Movement*. Abhinav Publications, 1990.

Aldrich, Megan, et al. *A. W. N. Pugin: Master of Gothic Revival*. Edited by Paul Atterbury, Yale UP, 1995.

Alexander, Michael. *Medievalism: The Middle Ages in Modern England*. Yale UP, 2007.〔マイケル・アレクサンダー『イギリス近代の中世主義』野谷啓二訳、白水社、2020年。〕

Anthony, P. D. *John Ruskin's Labour: A Study of Ruskin's Social Theory*. 1983. Cambridge UP, 2008.

Arnot, R[obin] Page. *William Morris: The Man and the Myth*. Lawrence and Wishart, 1964.

Baldwin, Stanley. *This Torch of Freedom: Speeches and Addresses*. Hodder and Stoughton, 1935.

Banham, Joanna, and Jennifer Harris, editors. *William Morris and the Middle Ages: A Collection of Essays*. Manchester UP, 1984.

Barringer, Tim. *Reading the Pre-Raphaelites*. Rev. ed. Yale UP, 2012.

Birch, Dinah, editor. *Ruskin and the Dawn of the Modern*. Oxford UP, 1999.

Beaumont, Matthew. *Utopia Ltd.: Ideologies of Social Dreaming in England 1870–1900*. 2005. Haymarket Books, 2009.

Bebbington, David. *Victorian Religious Revivals; Culture and Piety in Local and Global Contexts*. Oxford UP, 2012.

Bennett, Phillippa, and Rosie Miles, editors. *William Morris in the Twenty-First Century*. Peter Lang, 2010.

Bevir, Mark. *The Making of British Socialism*. Princeton UP, 2011.

Blewitt, John, and the William Morris Society, editors. *William Morris and John Ruskin: A New Road on Which the World Should Travel*. U of Exeter P, 2019.

Bonnett, Alastair. *Left in the Past: Radicalism and the Politics of Nostalgia*. Continuum, 2010.

Boos, Florence S. *The Design of William Morris'* the Earthly Paradise. Edwin Mellen Press, 1990.

Boos, Florence S., and Carole G. Silver, editors. *Socialism and the Literary Artistry of William Morris*. U of Missouri P, 1990.

Boos, Florence S., editor. *History and Community: Essays in Victorian Medievalism.* Garland Publishing, 1992.

Boos, Florence S., editor. *The Routledge Companion to William Morris.* Routledge, 2021.

Boos, Florence S., editor. *William Morris on Socialism: Uncollected Essays.* Edinburgh UP, 2023.

Bradley, J. L., editor. *John Ruskin: The Critical Heritage.* Routledge, 1984.

Bright, Michael. *Cities Built to Music: Aesthetic Theories of the Victorian Gothic Revival.* Ohio State UP, 1984.

Brewer, Derek, editor. *Chaucer: The Critical Heritage.* Routledge, 1978. 2 vols.

Burchardt, Jeremy. *Paradise Lost: Rural Idyll and Social Change in England Since 1800.* I. B. Tauris, 2002.

B[urne]-J[ones], G[eorgiana]. *Memorials of Edward Burne-Jones.* Macmillan, 1912. 2 vols.

Butler, Samuel. *Erewhon; pr, Over the Range.* New American Library, 1961.〔バトラー、サミュエル『エレホン』武藤浩史訳、新潮社、2020年。〕

Butterfield, Herbert. *The Whig Interpretation of History.* G. Bell and Sons, 1931.

Caine, Hall. *Recollections of Rossetti.* Cassell, 1928.

Calhoun, Blue. *The Pastoral Vision of William Morris:* The Earthly Paradise. U of Georgia P, 1975.

Calhoun, Blue, et al. *Studies in the Late Romances of William Morris.* William Morris Society, 1976.

Carlyle, E. I. *William Cobbett: A Study of His Life as Shown in His Writings.* Constable, 1904.

Carlyle, Thomas. *Past and Present.* Chapman and Hall, 1843.

Carlyle, Thomas. *On Heroes, Hero-Worship and the Heroic in History.* 1897. *The Works of Thomas Carlyle,* Henry Duff Traill, editor, vol. 5 , Cambridge UP, 2010.

Cartwright, Julia, and Angela Emanuel. *A Bright Remembrance: The Diaries of Julia Cartwright 1851–1924.* Weidenfeld and Nicolson, 1989.

Cecil, Lord David. *The Oxford Book of Christian Verse.* Clarendon Press, 1940.

Chandler, Alice. *A Dream of Order: The Medieval Ideal in Nineteenth-Century English Literature.* Routledge, 1971.〔チャンドラー、アリス『中世を夢みた人々──イギリス中世主義の系譜』高宮利行監訳、研究社出版、1994年。〕

Chapman, Raymond. *The Sense of the Past in Victorian Literature.* Croom Helm, 1986.

Clark, David, and Nicholas Perkins, editors. *Anglo-Saxon Culture and the Modern*

Imagination. D. S. Brewer, 2010.

Clark, Kenneth. *The Gothic Revival: An Essay in the History of Taste.* 1928. 3 rd ed., John Murray, 1974.

Clune, George. The Medieval Gild System. Browne and Nolan, [1942].

Coldham-Fussell, Victoria, Miriam Edlich-Muth and Renée Ward, editors. *The Arthurian World.* Routledge, 2022.

Cole, G. D. H., editor. *William Morris: Studies in Prose, Stories in Verse, Shorter Poems, Lectures and Essays.* Nonesuch Press, 1948.

Coleman, Stephen, and Paddy O'Sullivan, editors. *William Morris and News from Nowhere: A Vision for Our Time.* Green Books, 1990.

Collinson, Patrick. *The Religion of Protestants: The Church in English Society 1559–1625.* Clarendon Press, 1982.

Cowan, Yuri. *William Morris and Medieval Material Culture.* 2008. U of Toronto, PhD dissertation.

Crane, Walter. *William Morris and His Work.* Folcroft Library Editions, 1973.

Curry, Kenneth. *Southey.* Routledge, 1975.

D'Arcens, Louise, editor. *The Cambridge Companion to Medievalism.* Cambridge UP, 2016.

Davis, Laurence, and Ruth Kinna, editors. *Anarchism and Utopianism.* Manchester UP, 2009.

Dean, Ann S. *Burne-Jones and William Morris in Oxford and the Surrounding Area.* Heritage Press, 1991.

Dellheim, Charles. *The Face of the Past: The Preservation of the Medieval Inheritance in Victorian England.* Cambridge UP, 1982.

Dickens, Charles. 1865. *Our Mutual Friend.* Edited by Adrian Poole, Penguin Classics, 1997.

Disraeli, Benjamin. *Sybil, or, The Two Nations.* Edited by Sheila M. Smith, Oxford UP, 2008.

Duffy, Eamon. *The Stripping of the Altars: Traditional Religion in England 1400–1580.* 1992. Yale UP, 2005.

Dunlap, Joseph R. *The Book that Never Was: The Argument.* Oriole Editions, 1971.

Eagles, Stuart. *After Ruskin: The Social and Political Legacies of a Victorian Prophet, 1870–1920.* Oxford UP, 2011.

Emery, Elizabeth, and Richard Utz, editors. *Medievalism: Key Critical Terms.* D. S. Brewer, 2014. Medievalism 5 .

Fagence Cooper, Suzanne. *How We Might Live: At Home with Jane and William Morris.* Quercus, 2023.

Fairchild, Hoxie Neale. *Religious Trends in English Poetry.* 1939, Columbia UP, 1957. Christianity and Romanticism in the Victorian Era 4

Fansler, Dean Spruill. *Chaucer and the Roman de la Rose.* Peter Smith, 1965.

Faulkner, Peter, editor. *William Morris: The Critical Heritage.* Routledge, 1973.

Faulkner, Peter. *Against the Age: An Introduction to William Morris.* Allen and Unwin, 1980.

Faulkner, Peter, and Peter Preston, editors *William Morris: Centenary Essays.* U of Exeter P, 1999.

Faulkner, Peter. Introduction. *Selected Poems,* by William Morris. Routledge, 2002.

Faxon, Alicia Craig. *Dante Gabriel Rossetti.* 1989. Abbeville Press, 1994.

Fay, Elizabeth. *Romantic Medievalism: History and the Romantic Literary Ideal.* Palgrave Macmillan, 2001.

Felce, Ian. *William Morris and the Icelandic Sagas.* D. S. Brewer, 2018. Medievalism 13.

Finucane, Ronald C. *Miracles and Pilgrims: Popular Beliefs in Medieval England.* 1977. St. Martin's Publishing, 1995.

Fisher, John H., editor. *The Complete Poetry and Prose of Geoffrey Chaucer.* Holt, Rinehart and Winston, 1977.

Fisher, Michael. *'Gothic For Ever': A. W. N. Pugin, Lord Shrewsbury, and the Rebuilding of Catholic England.* Spire Books, 2012.

Fitzpatrick, Kellyann. *Neomedievalism, Popular Culture and the Academy: From Tolkien to Game of Thrones.* D. S. Brewer, 2019. Medievalism 16.

Ford, Boris, editor. *From Dickens to Hardy.* Penguin Books, 1958.

Fredeman, William E, and Ira B. Nadel. *Victorian Poets after 1850.* Gale Research, 1985.

Frye, Northrop. *Northrop Frye's Notebooks on Romance.* Edited by Michael Dolzani, 2004. *Collected Works of Northrop Frye,* vol. 15, U of Toronto P, 1996–2012.

Frye, Northrop. *The Secular Scripture and Other Writings on Critical Theory 1976–1991.* Edited by Joseph Adamson and Jean Wilson, 2006. *Collected Works of Northrop Frye,* vol. 18, U of Toronto P, 1996–2012.

Gabriele, Matthew, and David M. Perry, editors. *The Bright Ages: A New History of Medieval Europe.* HarperCollins, 2021.

Gardner, Delbert R. *An "Idle Singer" and His Audience: A Study of William Morris's Poetic Reputation in England, 1858–1900.* Mouton, 1975.

Gerrard, Christopher. *Medieval Archaeology: Understanding Traditions and Contemporary Approaches*. Routledge, 2003.

Grennan, Margaret Rose. *William Morris: Medievalist and Revolutionary*. 1945. Russell and Russell, 1970.

Grey, Lloyd Eric. *William Morris: Prophet of England's New Order*. Cassell, 1949.

Groom, Nick. *Twenty-First-Century Tolkien: What Middle-Earth Means to Us Today*. Atlantic Books, 2022.

Harrison, Royden, editor. *The English Defence of the Commune 1871*. Merlin Press, 1971.

Hass, Andrew W., David Jasper and Elisabeth Jay, editors. The Oxford Handbook of English Literature and Theology. Oxford UP, 2007.

Helsinger, Elizabeth K. *Poetry and the Pre-Raphaelite Arts: Dante Gabriel Rossetti and William Morris*. Yale UP, 2008.

Henderson, Philip. *William Morris: His Life, Work and Friends*. New ed., Penguin, 1973.

Hertzler, Joyce Oramel. *The History of Utopian Thought*. Cooper Square, 1965.

Hill, Rosemary. *God's Architect: Pugin and the Building of Romantic Britain*. 2007. Penguin, 2008.

Hilton, Tim. *John Ruskin*. Yale UP, 2002.

Hoare, Dorothy M. *The Works of Morris and of Yeats in Relation to Early Saga Literature*. Cambridge UP, 1937.

Hobson, J. A. *John Ruskin: Social Reformer*. James Nisbet, 1898.

Hodgson, Amanda. *The Romances of William Morris*. Cambridge UP, 1987.

Hollow, John, editor. *The After-Summer Seed: Reconsiderations of William Morris's The Story of Sigurd the Volsung*. William Morris Society, 1978.

Horner, Frances. *Time Remembered*. William Heinemann, 1933.

Hough, Graham, editor. *The Last Romantics*. G. Duckworth, 1949.

Jackson, Holbrook. *William Morris*. Cape, 1926.

———— *Dreamers of Dreams: The Rise and Fall of 19th Century Idealism*. 1948. Scholarly Press, 1971.

Kalliney, Peter J. *Cities of Affluence and Anger: A Literary Geography of Modern Englishness*. U of Virginia P, 2007.

Kinna, Ruth. *William Morris: The Art of Socialism*. U of Wales P, 2000.

Kocmanová, Jessie. *The Poetic Maturing of William Morris: From the Earthly Paradise to the Pilgrims of Hope*. Státní Pedagogické Nakladatelství, 1964.

Holloway, Lorretta M , and Jennifer A. Palmgrem, editors. *Beyond Arthurian Romances:*

The Reach of Victorian Medievalism. Palgrave Macmillan, 2005.

Kirchhoff, Frederick. *William Morris: The Construction of a Male Self, 1856–1872*. Ohio UP, 1990.

Krier, Theresa M., editor. *Refiguring Chaucer in the Renaissance*. UP of Florida, 1998.

Langland, William. *Piers Plowman*. Translated by A. V. C. Schmidt, Oxford UP, 2000.

Latham, David, and Sheila Latham. *An Annotated Critical Bibliography of William Morris*. Harvester Wheatsheaf, 1991.

Latham, David, editor. *Writing on the Image: Reading William Morris*. U of Toronto P, 2007.

Le Quesne, A. L., George P. Landow, Stefan Collini and Peter Stansky. *Victorian Thinkers*. Oxford UP, 1993.

Lesjak, Carolyn. *Working Fictions: A Genealogy of the Victorian Novel*. Duke UP, 2006.

Levine, George Lewis. *The Emergence of Victorian Consciousness: The Spirit of the Age*. Free Press, 1967.

Lewis, C. S. *Rehabilitations and Other Essays*. Oxford UP, 1939.

Lindsay, Jack. *William Morris: His Life and Work*. Constable, 1975.

Lucas, John. *Literature and Politics in the Nineteenth Century: Essays*. Methuen, 1971.

MacCarthy, Fiona. *William Morris: A Life for Our Time*. 1994. Faber and Faber, 2003.

———— *The Last Pre-Raphaelite: Edward Burne-Jones and the Victorian Imagination*. Faber and Faber, 2011.

Mackail, J. W. *The Life of William Morris*. 1899. Dover, 1995.

Maddox, James H., Jr. *The Survival of Gothic Romance in the Nineteenth-century Novel: A Study of Scott, Charlotte Bronte, and Dickens*. 1970. Yale U, PhD dissertation.

Manuel, Frank E. and Fritzie P. Manuel. *Utopian Thought in the Western World*. 1979. Belknap Press of Harvard UP, 1982.〔マニュエル、フランク・E、フリッツィ・P. マニュエル『西欧世界におけるユートピア思想』門間都喜郎訳、晃洋書房、2018年。〕

Marsh, Jan. *Pre-Raphaelite Sisterhood*, Interlink Publishing, 1995.

Marx, Karl. *Capital: A Critique of Political Economy*. Translated by David Fernbach. Penguin Classics, 1981. 4 vols.

Matthews, David. *Medievalism: A Critical History*. D. S. Brewer, 2015. Medievalism 6 .

Matthews, David, and Michael Sanders, editors. *Subaltern Medievalisms: Medievalism 'from below' in Nineteenth-Century Britain*. D. S. Brewer, 2021. Medievalism 19.

Mathews, Richard. *Fantasy: The Liberation of Imagination*. 1997. Routledge, 2002.

Meier, Paul. *William Morris, the Marxist Dreamer*. Translated by Frank Gubb, Harvester

参考文献　**191**

Press, 1978. 2 vols.

Merriman, James Douglas. *The Flower of Kings: A Study of the Arthurian Legend in England between 1485 and 1835*. UP of Kansas, 1973.

Morris, Kevin L. *The Image of the Middle Ages in Romantic and Victorian Literature*. Croom Helm, 1984.

Morton, A. L. *The English Utopia*. Lawrence and Wishart, 1952.〔A・L・モートン『イギリス・ユートピア思想』上田和夫訳、未来社、1967年、1986年改版。〕

Negley, Glenn. *Utopian Literature: A Bibliography with a Supplementary Listing of Works Influential in Utopian Thought*. Regent Press of Kansas, 1977.

Nordby, Conrad H. *The Influence of Old Norse Literature upon English Literature*. 1901. AMS, 1966.

O'Gorman, Francis, editor. *The Cambridge Companion to John Ruskin*. Cambridge UP, 2015.

Oberg, Charlotte H. *A Pagan Prophet, William Morris*. UP of Virginia, 1978.

Parker, Joanne, and Corinna Wagner, editors The Oxford Handbook of Victorian Medievalism. Oxford UP, 2020.

Parry, Linda, editor. *William Morris*. Wilson in association with the Victoria and Albert Museum, 1996.

Pater, Walter, and Donald L. Hill. *The Renaissance: Studies in Art and Poetry: The 1893 Text*. U of California P, 1980.〔ペイター、ウォルター『ルネサンス――美術と詩の研究』富士川義之訳、白水社Uブックス、2004年。初版1986年〕

Pater, Walter. *Sketches and Reviews*. Books for Libraries Press, 1969.

Peterson, William S. *A Bibliography of the Kelmscott Press*. Clarendon Press, 1984,

――― *The Kelmscott Press: A History of William Morris's Typographical Adventure*. Clarendon Press, 1991.

Phelpstead, Carl. *An Introduction to the Sagas of Icelanders: New Perspectives on Medieval Literature: Authors and Traditions*. UP of Florida, 2020.

Pick, Daniel. *War Machine: The Rationalisation of Slaughter in the Modern Age*. Yale UP, 1996.

Pinkney, Tony. *William Morris in Oxford: The Campaigning Years, 1879-1895*. Illuminati books, 2007.

Plagnieux, Philippe, Patrick Müller, and Charles Penwarden. *Amiens: The Cathedral of Notre-Dame*. Monum, Éd. du Patrimoine, 2005.

Prettejohn, Elizabeth, editor. *The Cambridge Companion to the Pre-Raphaelites*. Cambridge

UP, 2012.

Pugin, Augustus Welby Northmore, and Pugin Society. *Contrasts; and The True Principles of Pointed or Christian Architecture*. Facsimile of 1841 ed., Spire Books, 2003.

Pugin, Augustus Welby. *The Present State of Ecclesiastical Architecture in England*. 1843. Cambridge UP, 2012.

Reed, John Shelton. *Glorious Battle: The Cultural Politics of Victorian Anglo-Catholicism*. 1996. Vanderbilt UP, 2000.

Robbins, Keith. *Nineteenth-Century Britain: Integration and Diversity*. 1988. Clarendon Press, 1995.

Rosenberg, John D. *The Darkening Glass: A portrait of Ruskin's Genius*. Columbia UP, 1986.

Rossetti, William M., editor. *Prœraphaelite Diaries and Letters*. Hurst and Blackett, 1900.

Rossetti, William Michael, editor. *The Germ; Being a Facsimile Reprint of the Literary Organ of the Pre-Raphaelite Brotherhood, Published in 1850*. 1901. AMS Press, 1965.

Ruskin, John. *The Complete Works of John Ruskin*. Edited by E. T. Cook and Alexander Wedderburn, George Allen, 1903–1912. 39 vols.

Salmon, Nicholas, and Derek W. Baker. *The William Morris Chronology*. Thoemmes Press, 1996.

Sambrook, James, editor. *Pre-Raphaelitism: A Collection of Critical Essays*. The U of Chicago P, 1974.

Saunders, Corinne, editor. *A Companion to Romance: from Classical to Contemporary*. Blackwell, 2004.

Schulz, Max F. *Paradise Preserved: Recreations in Eden in Eighteenth- and Nineteenth-Century England*. 1985. Cambridge UP, 2009.

Seiler, R. M., editor. *Walter Pater: The Critical Heritage*. Routledge, 1980,

Seki, Yoshiko. *The Rhetoric of Retelling Old Romances: Medievalist Poetry by Alfred Tennyson and William Morris*, Eihōsha, 2015

Silver, Carole G. *The Romance of William Morris*. Ohio UP, 1982.

Silver, Carole G., editor. *The Golden Chain: Essays on William Morris and Per-Raphaelitism*. William Morris Society, 1982.

Simmons, Clare A. *Medievalism and the Quest for the "Real" Middle Ages*. Frank Cass, 2001.

——— *Reversing the Conquest: History and Myth in 19th-Century British Literature*. Rutgers UP, 1990.

参考文献　**193**

Simons, John, editor. *From Medieval to Medievalism*. Palgrave Macmillan, 1992.

Skoblow, Jeffrey. *Paradise Dislocated: Morris, Politics, Art*. UP of Virginia, 1993.

Steinbeck, John. *The East of Eden*. 1952. Penguin Books, 2012.

Stone, Lawrence. *Uncertain Unions: Marriage in England, 1660–1753*. Oxford UP, 1992.

Taylor, Beverly, and Elisabeth Brewer. *The Return of King Arthur: British and American Arthurian Literature since 1800*. D.S. Brewer, 1983.

Tennyson, Alfred Lord. *Poems*. Vol. I: 1907–08. Edited by Hallam Lord Tennyson. AMS, 1970.

Thompson, E. P. *William Morris: Romantic to Revolutionary*. 1955. Rev. ed. Pantheon Books, 1977.

Thompson, Paul Richard. *The Work of William Morris*. 3 rd ed, Clarendon Press, 1991.

Tolkien, J. R. R. *Tree and Leaf*. 1964. HarperCollins, 2001.

———　*The Letters of J. R. R. Tolkien*. 1981. Edited by Humphrey Carpenter. HarperCollins, 2006.

———　*The Legend of Sigurd and Gudrún*. Edited by Christopher Tolkien. HarperCollins, 2010.

Tolkien, J. R. R. *The Fall of Arthur*. Edited by Christopher Tolkien. HarperCollins, 2013.

Toman, Rolf. *Gothic: Architecture, Sculpture, Painting*. Ullman, 2011.

Tompkins, J. M. S. *William Morris: An Approach to the Poetry*. Cecil Woolf, 1988.

Trappes-Lomax, Michael. *Pugin, a Mediaeval Victorian*. Sheed and Ward, 1932.

Vaninskaya, Anna. *William Morris and the Idea of Community: Romance, History and Propaganda, 1880–1914*. Edinburgh UP, 2010.

Waithe, Marcus. *William Morris's Utopia of Strangers: Victorian Medievalism and the Ideal of Hospitality*. Boydell and Brewer, 2006.

Watkinson, Raymond. *William Morris as Designer*. Studio Vista, 1967.

Wawn, Andrew. *The Vikings and the Victorians: Inventing the Old North in Nineteenth-Century Britain*. D. S. Brewer, 2000.

Weinroth, Michelle. *Reclaiming William Morris: Englishness, Sublimity, and the Rhetoric of Dissent*. McGill-Queen's UP, 1996.

William Morris Gallery, and Waltham Forest（London, England）. *In Fine Print: William Morris as Book Designer*. London Borough of Waltham Forest, Libraries and Arts Department, 1976.

Williams, Raymond. *Culture and Society: 1780–1950*. Chatto and Windus, 1958.〔レイモンド・ウィリアムズ『文化と社会——1780－1950』若松繁信、長谷川光昭訳、ミネルヴァ

書房、2008年。〕

Williams, Rosalind. *The Triumph of Human Empire: Verne, Morris, and Stevenson at the End of the World.* U of Chicago P, 2013.

Winwar, Frances. *Poor Splendid Wings: The Rossettis and Their Circle.* Little, Brown, 1933.

青山吉信『グラストンベリ修道院——歴史と伝説』山川出版社、1992年。

新井明『ミルトンの世界——叙事詩性の軌跡』研究社出版、1980年。

新井明・新倉俊一・丹羽隆子編『ギリシア神話と英米文化』大修館書店、1991年。

岩井淳・道重一郎編著『複合国家イギリスの宗教と社会——ブリテン国家の創出』ミネルヴァ書房、2012年。

岩村透『芸苑雑稿 他』平凡社（東洋文庫）、1971年。

ヴィケール、M・H『中世修道院の世界——使徒の模倣者たち』朝倉文市監訳、八坂書房、2004年。

ウィリアムズ、レイモンド『田舎と都会』山本和平訳、晶文社、1985年。

ウィルソン、サイモン『イギリス美術史』多田稔訳、岩崎美術社、2001年。

ウォー、イーヴリン『回想のブライズヘッド』（上・下）小野寺健訳、岩波文庫、2009年。

ウォーターズ、ビル、マーティン・ハリスン『バーン＝ジョーンズの芸術』川端康雄訳、晶文社、1997年。

内山武夫監修『モダンデザインの父ウィリアム・モリス』京都国立近代美術館ほか編、NHK大阪放送局、1997年。〔会期・会場：1997年3月18日〜5月11日 京都国立近代美術館ほか〕

ウルフ、ヴァージニア『ダロウェイ夫人』丹治愛訳、集英社、2007年。

エラール、アンドレ『ジョン・ラスキンと地の大聖堂』秋山康男・大社貞子訳、慶應義塾大学出版会、2010年。

生地竹郎『薔薇と十字架——英文学とキリスト教』篠崎書林、1977年。

大石和欣『家のイングランド——変貌する社会と建築物の詩学』名古屋大学出版会、2019年。

大内秀明『ウィリアム・モリスのマルクス主義——アーツ＆クラフツ運動を支えた思想』平凡社新書、2012年。

大木英夫『ピューリタン——近代化の精神構造』聖学院大学出版会、2006年。〔中央公論社、1968年〕

大熊信行『社会思想家としてのラスキンとモリス』論創社、2004年。〔新潮社、1927年〕

大槻憲二『モリス』研究社、1935年。

大橋健三郎他『ノヴェルとロマンス』学生社、1974年。

岡田温司『グランドツアー——18世紀イタリアへの旅』岩波新書、2010年。

オーラー、ノルベルト『巡礼の文化史』井本晌二・藤代幸一訳、法政大学出版局、2004年。

オールティック、リチャード・D『ヴィクトリア朝の人と思想』要田圭治・田中孝信・大嶋浩訳、音羽書房鶴見書店、1998年。

小嶋潤『イギリス教会史』刀水書房、1988年。

小野二郎『装飾芸術――ウィリアム・モリスとその周辺』青土社、1979年。

―――『紅茶を受皿で――イギリス民衆芸術覚書』晶文社、1981年。

―――『書物――世界の隠喩』岩波書店、1981年。

―――『ウィリアム・モリス研究』晶文社、1986年。

―――『ウィリアム・モリス――ラディカル・デザインの思想』中公文庫、1992年。

―――『ウィリアム・モリス通信』川端康雄編、みすず書房、2012年。

加田哲二『ウィリアム・モリス――藝術的社會思想家としての生涯と思想』岩波書店、1924年。

ガレット、J・C『文学とユートピア――未来志向の文学』武田光史訳著、弓書房、1982年。

川北稔編『イギリス史』山川出版社、1998年。

川崎寿彦『楽園のイングランド――パラダイスのパラダイム』河出書房新社、1991年。

川端香男里『ユートピアの幻想』講談社（学術文庫）、1993年。

川端康雄『ウィリアム・モリスの遺したもの――デザイン・社会主義・手しごと・文学』岩波書店、2016年。

河村錠一郎監修『バーン＝ジョーンズ展』（図録）、東京新聞、2012年。〔会期：2012年6月23日〜8月19日（於・三菱一号館美術館、東京）、2012年9月1日〜10月14日（於・兵庫県立美術館、神戸）、2012年10月23日〜12月9日（於・郡山市立美術館、福島）〕

木村竜太『空想と科学の横断としてのユートピア――ウィリアム・モリスの思想』晃洋書房、2008年。

木俣元一『ゴシックの視覚宇宙』名古屋大学出版会、2013年。

―――『ゴシック新論――排除されたものの考古学』名古屋大学出版会、2022年。

ギトリン、トッド『60年代アメリカ――希望と怒りの日々』疋田三良・向井俊二訳、彩流社、1993年。

木村正俊編『スコットランド文学――その流れと本質』開文社出版、2011年。

キャヴェンディッシュ、リチャード『アーサー王伝説』高市順一郎訳、晶文社、1983年。

キャンター、ノーマン・F『中世の発見――偉大な歴史家たちの伝記』朝倉文市、横山竹己、梅津教孝訳、法政大学出版局、2007年。

キング、E『中世のイギリス』吉武憲司監訳、慶應義塾大学出版会、2006年。

草光俊雄・小林康夫編『未来のなかの中世』東京大学出版会、1997年。

クマー、クリシャン『ユートピアニズム』菊池理夫・有賀誠訳、昭和堂、1993年。

倉智恒夫・水之江有一・前田彰一編『幻想のディスクール──民衆文化と芸術の接点』多賀出版、1995年。

グリフィス、ラルフ、編『14・15世紀』（オックスフォード　ブリテン諸島の歴史5）鶴島博和日本語版監修、北野かほる監訳、慶應義塾大学出版会、2009年。

グレンベック、V『北欧神話と伝説』山室静訳、講談社学術文庫、2009年。

クロスリィ＝ホランド、キーヴィン『北欧神話』山室静・米原まり子訳、青土社、1983年。

小林一美・岡島千幸・神奈川大学人文学会編『ユートピアへの想像力と運動──歴史とユートピア思想の研究』、御茶の水書房、2001年。

コリー、リンダ『イギリス国民の誕生』川北稔監訳、名古屋大学出版会、2000年。

近藤存志『時代精神と建築──近・現代イギリスにおける様式思想の展開』知泉書館、2007年。

───『現代教会建築の魅力──人はどう教会を建てるか』教文館、2008年。

サイクス、ノーマン『イングランド文化と宗教伝統──近代文化形成の原動力』野谷啓二訳、開文社出版、2000年。

齊藤貴子『ラファエル前派の世界』東京書籍、2005年。

齋藤勇『ミルトン』研究社、1933年。

───『ブラウニング研究』洋々書房、1948年。

───『イギリス文学史』第五版、研究社、1974年。

坂上貴之『ユートピアの期限』慶應義塾大学出版会、2002年。

坂口昂吉『中世の人間観と歴史──フランシスコ・ヨアキム・ボナヴェントゥラ』創文社、1999年。

坂野正則『パリ・ノートル＝ダム大聖堂の伝統と再生──歴史・信仰・空間から考える』勉誠出版、2021年。

佐藤清『モーリス藝術論』日進堂、1922年。

佐藤彰一『中世世界とは何か』岩波書店、2008年。

シェルドレイク、P『キリスト教霊性の歴史』木寺廉太訳、教文館、2010年。

柴田陽弘『ユートピアの文学世界』慶應義塾大学出版会、2008年。

島貫悟『柳宗悦とウィリアム・モリス──工藝論にみる宗教観と自然観』東北大学出版会、2024年。

シュール、P・M、他『神話の系譜学』野町啓他訳、平凡社、1987年。

壽岳文章編、モリス生誕百年記念協會『モリス記念論集』川瀬日進堂書店、1934年。

壽岳文章『モリス論集』沖積舎、1993年。

ジルアード、マーク『騎士道とジェントルマン──ヴィクトリア朝社会精神史』髙宮利行・

参考文献　197

不破有理訳、三省堂、1986年。

スーヴィン、ダルコ『SFの変容──ある文学ジャンルの詩学と歴史』大橋洋一訳、国文社、1991年。

菅靖子『イギリスの社会とデザイン──モリスとモダニズムの政治学』彩流社、2006年。

菅原邦城訳・解説『ゲルマン北欧の英雄伝説──ヴォルスンガ・サガ』東海大学出版会、1979年。

鈴木博之『建築の世紀末』晶文社、1977年。

───『建築の七つの力』鹿島出版会、1984年。

───『建築家たちのヴィクトリア朝──ゴシック復興の世紀』平凡社、1991年。

───『ヴィクトリアン・ゴシックの崩壊』中央公論美術出版、1996年。

鈴木博之・伊藤毅・石山修武・山岸常人編『近代とは何か』東京大学出版会、2005年。

ストレム、フォルケ『古代北欧の宗教と神話』菅原邦城訳、人文書院、1982年。

関川左木夫、コーリン・フランクリン『ケルムスコット・プレス図録』雄松堂書店、1982年。

高垣松雄『機械時代と文学』研究社、1929年。

高階秀爾『想像力と幻想──西欧十九世紀の文学・芸術』青土社、1994年。

高階秀爾・鈴木杜幾子編『都市のユートピア』講談社、1993年。

高階秀爾責任編集『ロマン主義』小学館、1993年。

髙宮利行・松田隆美編『中世イギリス文学入門』雄松堂出版、2008年。

伊達功『ユートピア思想と現代』創元社、1971年。

田中宏、阿部美春、大平真理子『イギリス・ユートピア思想』大阪教育図書、2007年。

谷口幸男『エッダとサガ──古代北欧への案内』新潮社、1976年。

谷口幸男訳『新版　アイスランドサガ』松本涼監修、新潮社、2024年。

谷田博幸『ロセッティ──ラファエル前派を超えて』平凡社、1993年。

田村秀夫『マルクス・エンゲルスとイギリス』研究社出版、1983年。

───『ユートピアの展開──歴史的風土』中央大学出版部、1991年。

───『ユートピアへの接近──社会思想史的アプローチ』中央大学出版部、1992年。

───『ユートウピアと千年王国──思想史的研究』中央大学出版部、1998年。

チェスタトン、G・K『ヴィクトリア朝の英文学』（G・K・チェスタトン著作集8）安西徹雄訳、春秋社、1979年。

チャールズ゠エドワーズ、トマス『ポスト・ローマ』（オックスフォード　ブリテン諸島の歴史2）鶴島博和日本語版監修、常見信代監訳、慶應義塾大学出版会、2010年。

塚田理『イングランドの宗教──アングリカニズムの歴史とその特質』教文館、2006年。

デ・カール、ローランス『ラファエル前派──ヴィクトリア時代の幻視者たち』村上尚子

訳、創元社、2001年。

ド・ソーヴノニー、B、他『ロマン主義時代のキリスト教』（キリスト教史 8 ）上智大学中世思想研究所編訳・監修、平凡社、1997年。

富岡次郎『イギリス農民一揆の研究』創文社、1965年。

トレルチ『近代世界とプロテスタンティズム』西村貞二訳、創元社、1950年。

名古忠行『ウィリアム・モリス』研究社、2004年。

───『ウェッブ夫妻の生涯と思想──イギリス社会民主主義の源流』、法律文化社、2005年。

西脇順三郎『西脇順三郎全集』第10巻、筑摩書房、1982年。

日本ペイター協会編『ペイター『ルネサンス』の美学──日本ペイター協会創立五十周年記念論文集』、論創社、2012年。

ネグリ、アントニオ、マイケル・ハート『〈帝国〉グローバル化の世界秩序とマルチチュードの可能性』水嶋一憲他訳、以文社、2003年。

ネッケル、V・G、他編『エッダ──古代北欧歌謡集』谷口幸男訳、新潮社、1973年。

ノウルズ、M・D、他『中世キリスト教の成立』（キリスト教史 3 ）上智大学中世思想研究所編訳・監修、平凡社、1996年。

野谷啓二『イギリスのカトリック文芸復興──体制文化批判者としてのカトリック知識人』、南窓社、2006年。

───『オックスフォード運動と英文学』、開文社出版、2018年。

ハイド、ラルフ、解説『地図で読むヴィクトリア女王時代のロンドン』小池滋監訳、本の友社、1997年。

バーク、エドマンド『崇高と美の起源』大河内昌訳、平凡社ライブラリー、2024年。

バーバー、リチャード『アーサー王──その歴史と伝説』高宮利行訳、東京書籍、1983年。

ハーン、ラフカディオ『詩の鑑賞』、ラフカディオ・ハーン著作集第 8 巻、篠田一士・加藤光也訳、恒文社、1983年。

長谷川堯『建築逍遥──W・モリスとその後継者たち』平凡社、1990年。

ビア、ギリアン『ロマンス』田辺宗一訳、研究社、1973年。

ピータースン、ウィリアム・S『ケルムスコット・プレス──ウィリアム・モリスの印刷工房』湊典子訳、平凡社、1994年。

久守和子『「インテリア」で読むイギリス小説──室内空間の変容』ミネルヴァ書房、2003年。

蛭川久康『評伝ウィリアム・モリス』平凡社、2016年。

ヒルトン、ティモシー『ラファエル前派の夢』岡田隆彦・篠田達美訳、白水社、1992年。

福原麟太郎『メリ・イングランド』吾妻書房、1955年。

富士川義之『英国の世紀末』新書館、1999年。

藤田治彦『ウィリアム・モリス——近代デザインの原点』鹿島出版会、1996年。

———『ウィリアム・モリスとアーツ＆クラフツ』梧桐書院、2004年。

———監修『ウィリアムモリス展——原風景でたどるデザインの軌跡」求龍堂、2017年。

フライ、ノースロップ『批評の解剖』海老根宏他訳、法政大学出版局、1980年。

———『イギリス・ロマン主義の神話』渡辺美智子訳、八潮出版社、1985年。

———『力に満ちた言葉——隠喩としての文学と聖書』山形和美訳、法政大学出版局、2001年。

———『ダブル・ヴィジョン——宗教における言語と意味』江田孝臣訳、新教出版社、2012年。

ブラック、ウィンストン『中世ヨーロッパ——ファクトとフィクション』大貫俊夫監訳、平凡社、2021年。

フランプトン、ケネス『現代建築史』中村敏男訳、青土社、2003年。

ブリッグズ、A『ヴィクトリア朝の人びと』、村岡健次・河村貞枝訳、ミネルヴァ書房、1988年。

ブリュレ、イヴ『カトリシスムとは何か——キリスト教の歴史をとおして』加藤隆訳、白水社、2007年。

ブルックス、クリス『ゴシック・リヴァイヴァル』鈴木博之・豊口真衣子訳、岩波書店、2003年。

ペヴスナー、ニコラウス『モダン・デザインの源泉——モリス、アール・ヌーヴォー、20世紀』小野二郎訳、美術出版社、1976年。

———『美術・建築・デザインの研究』鈴木博之・鈴木杜幾子訳、鹿島出版会、1980年。

———『英国美術の英国性——絵画と建築にみる文化の特質』友部直・蛭川久康訳、岩崎美術社、1981年。

ベラミー『顧りみれば』山本政喜訳、岩波文庫、1953年。

ベル、クエンティン『ラスキン』出淵敬子訳、晶文社、1989年。

ベルネリ、マリー・L『ユートピアの思想史——ユートピア志向の歴史的研究』手塚宏一・広河隆一訳、太平出版社、1972年。

ヘンダーソン、フィリップ『ウィリアム・モリス伝』川端康雄他訳、晶文社、1990年。

マーシュ、ジャン『女——ラファエル前派画集』河村錠一郎訳、リブロポート、1990年。

———『ウィリアム・モリスの妻と娘』中山修一・吉村健一・小野康男訳、晶文社、1993年。

前川祐一『イギリスのデカダンス——綱渡りの詩人たち』晶文社、1995年。

マシュー、コリン『19世紀　1815年-1901年』（オックスフォード　ブリテン諸島の歴史９）

鶴島博和日本語版監修、君塚直隆監訳、慶應義塾大学出版会、2009年。

松沢信祐『新時代の芥川龍之介』洋々社、1999年。

松田隆美・原田範行・髙橋勇編著『中世と中世主義を超えて——イギリス中世の発明と受容』慶應義塾大学出版会、2009年。

向井清『トマス・カーライル研究——文学・宗教・歴史の融合』大阪教育図書、2002年。

―――『カーライルの人生と思想』大阪教育図書、2005年。

向井秀忠ほか著『ヴィクトリア朝の文芸と社会改良』音羽書房鶴見書店、2011年。

村岡健次『ヴィクトリア時代の政治と社会』ミネルヴァ書房、1995年。

村岡健次・鈴木利章・川北稔編『ジェントルマン・その周辺とイギリス近代』ミネルヴァ書房、1995年。

村上至孝『イギリス・ロマン主義の黎明』（増補改装）、南雲堂、1979年。

村地信夫『社会主義の諸相』教化団体聯合会、1925年。

村山勇三『ユートピア物語』京北書房、1949年。

森戸辰男『オウエン・モリス』岩波書店、1938年。

柳宗悦『工藝文化』岩波書店、2003年。〔文芸春秋社、1942年〕

山本正三『ウイリアム・モリスのこと』相模書房、1980年。

ヤング、G・M『ある時代の肖像』松村昌家・村岡健次訳、ミネルヴァ書房、2006年。

横手義洋『イタリア建築の中世主義——交錯する過去と未来』中央公論美術出版、2009年。

米本弘一『フィクションとしての歴史——ウォルター・スコットの語りの技法』英宝社、2007年。

ラスキン、〔ジョン〕『建築の七燈』高橋松川訳、岩波文庫、1930年。

―――『ムネラ・プルウェリス——政治経済要義論』木村正身訳、関書院、1958年。

―――『ヴェネツィアの石——建築・装飾とゴシック精神』内藤史朗訳、法藏館、2006年。

―――『ゴシックの本質』川端康雄訳、みすず書房、2011年。

―――『ヴェネツィアの石』井上義夫編訳、みすず書房、2019年。

ラングランド、ウィリアム『ウィリアムの見た農夫ピアズの夢』生地竹郎訳、篠崎書林、1974年。

リトルトン、C・スコット、リンダ・A・マルカー『アーサー王伝説の起源——スキタイからキャメロットへ』辺見葉子・吉田瑞穂訳、青土社、1998年。

リンドバーグ、C『愛の思想史』佐々木勝彦・濱崎雅孝訳、教文館、2011年。

ルイス、C・S『別世界にて——エッセー・物語・手紙』みすず書房、1978年。

―――『廃棄された宇宙像——中世・ルネッサンスへのプロレゴーメナ』山形和美訳、八坂書房、2003年。

ルーイス、マイケル『ゴシック・リバイバル』粟野修司訳、英宝社、2004年。

ル・ゴフ、ジャック『中世の夢』名古屋大学出版会、1992年。

―――『中世西欧文明』桐村泰次訳、論創社、2007年。

ルフェーブル、H『パリ・コミューン』（上・下）河野健二・柴田朝子・西川長夫訳、岩波文庫、2011年。

ローズ、アンドレア『ラファエル前派』谷田博幸訳、西村書店、1994年。

ワイルド、オスカー『O・ワイルド全集』（４）西村孝次訳、青土社、1989年。

渡邉浩司編著『アーサー王物語研究――源流から現代まで』中央大学人文科学研究所研究叢書62、中央大学出版部、2016年。

渡邉浩司編著『アーサー王伝説研究――中世から現代まで』中央大学人文科学研究所研究叢書71、中央大学出版部、2019年。

渡辺昇『ミルトンと聖書』開文社出版、1984年。

ワトキン、D『モラリティと建築――ゴシック・リヴァイヴァルから近代建築運動に至るまでの、建築史学と建築理論における主題の展開』榎本弘之訳、鹿島出版会、1981年。

論文

Ashurst, David. "William Morris and the Volsungs" *Old Norse Made New*. Viking Society for Northern Research, 2007, pp. 43–61.

Baker, Lesley A. "Romantic Realities." *JWMS*, vol. 10, Autumn 1992, pp. 10–13.

Bellamy, Edward. Review of *News from Nowhere*, by William Morris. *The New Nation*, vol. 3, 14 February 1891, p. 47.

Bennett, Phillippa. "The Architecture of Happiness: Building Utopia in the Last Romances of William Morris." *Spaces of Utopia*, vol. 1, no. 4, Spring 2007, pp. 113–34.

Brantlinger, Patrick. "'News from Nowhere': Morris's Socialist Anti-Novel." *Victorian Studies*, vol. 19, no. 1, September 1975, pp. 35–49.

Brewer, Elizabeth. "Morris and the 'Kingsley Movement.'" *JWMS*, vol. 4, no. 2, Summer 1980, pp. 4–17.

Clutton-Brock, A. "The Prose Romances of William Morris." *Times Literary Supplement*, vol. 625, 8 January 1914, pp. 9–10.

Yuri Cowan "'Paradyse Erthly': *John Ball* and the Medieval Dream-Vision," David Latham, editor. *Writing on the Image: Reading William Morris*, U of Toronto P, 2007, pp.137–54.

Faulkner, Peter. "News from Nowhere in Recent Criticism." *JWMS*, vol. 5, no. 3 Summer 1983, pp. 2–7.

Fellman, Michael. "Bloody Sunday and News from Nowhere." *JWMS*, vol. 8, no. 4, Spring

1990, pp. 9–18.

Frye, Northrop. "The Meeting of Past and Future in William Morris." *Studies in Romanticism*, vol. 21, 1982, pp. 303–18.

———— "Varieties of Literary Utopias." *Daedalus*, vol. 94, no. 2, 1965, pp. 323–47.

Goode, John. "William Morris and the Dream of Revolution." *Literature and Politics in the Nineteenth Century*. Edited by John Lucas. Methuen, 1971. pp. 221–80.

Harris, Richard L. "William Morris, Eiríkur Magnússon, and Iceland: A Survey of Correspondence." *Victorian Poetry*, vol. 13, nos. 3/4, Fall-Winter 1975, pp. 119–30.

Hassett, Constance W. "William Morris's 'The Defence of Guenevere, and Other Poems.'" *Victorian Poetry*, vol. 29, no. 2, Summer 1991, pp. 99–114.

Hodgson, Amanda. "Riding Together: William Morris and Robert Browning." *JWMS*, vol. 9, no. 4, Spring 1992, pp. 3–7.

Holzman, Michael. "Anarchism and Utopia: William Morris's News from Nowhere." *ELH*, vol. 51, no. 3, 1984, pp. 589–603.

———— "Propaganda, Passion, and Literary Art in William Morris's *The Pilgrims of Hope*." *Texas Studies in Literature and Language*, vol. 24, no. 4, Winter 1982, pp. 372–93.

Jann, Rosemary. "Democratic Myths in Victorian Medievalism." *Browning Institute Studies*, vol. 8, 1980, pp. 129–49.

Janowitz, Anne. "*The Pilgrims of Hope*: William Morris and the Dialectic of Romanticism." *Cultural Politics at the Fin de Siècle*. Edited by Sally Ledger and Scott McCracken, Cambridge UP, 1995

Kegel, Charles H. "William Morris's *A Dream of John Ball*: A Study in Reactionary Liberalism." *Papers of the Michigan Academy of Science, Arts, and Literature*, vol. 15, 1955, pp. 303–12.

Kinna, Ruth. "William Morris and the Problem of Englishness." *European Journal of Political Theory*, vol. 5, no. 1, 2006, pp. 85–99.

———— "William Morris: the Romance of Home." in Kemperink, M G, and Willemien H. S. Roenhorst, editors, *Visualizing Utopia*. Peeters, 2007, 57–72.

[Lewis, C. S.] Review of *The Works of William Morris and Yeats in Relation to Early Saga Literature*, by Dorothy M. Hoare. *TLS*, no. 1843, 29 May 1937, p. 409.

Macdonald, J. Alex. "The Revision of *News from Nowhere*." *JWMS*, vol. 3, no. 2, Summer 1976, pp. 8–15.

Marsh, "William Morris's Painting and Drawing", *Burlington Magazine*, vol. 128, no. 1001, August 1986, pp. 571–77.

Salmon, Nicholas. "The Revision of *A Dream of John Ball*." *JWMS*, vol. 10, no. 2 , Spring 1993, pp. 15–17.

—— "A Friendship from Heaven: Burne-Jones and William Morris." *JWMS*, vol. 13, no. 1 , Autumn 1998, pp. 2 –13.

—— "A Reassessment of *A Dream of John Ball*." *JWMS*, vol. 14, no. 2 , Spring 2001, pp. 29–38.

Sharratt, Bernard. "*News from Nowhere*: Detail and Desire," in Ian Gregor, editor, *Reading the Victorian Novel: Detail into Form*. Vision Press, 1980, pp. 288–305.

Short, Clarice. "William Morris and Keats." *PMLA*, vol. 59, no. 2 , June, 1944, pp. 513–23.

Spatt, Hartley S. "William Morris and the Uses of the Past." *Victorian Poetry*, vol. 13, nos. 3 / 4 , Fall-Winter 1975, pp. 1 – 9 .

—— "Morrissaga: Sigurd the Volsung." *ELH*, vol. 44, no. 2 , 1977, pp. 355–75.

Staines, David. "Morris's Treatment of His Medieval Sources in 'The Defence of Guenevere and Other Poems'." *Studies in Philology*, vol. 70, no. 4 , October 1973, pp. 439–64.

Timo, Helen A. "'An Icelandic Tale Re-Told': William Morris's *Sundering Flood*." *JWMS*, vol. 7 , no. 1 , Autumn 1986, pp. 12–16.

—— "News from Somewhere: The Relevance of William Morris's Thought in 1990." *JWMS*, vol. 8 , no. 4 , Spring 1990, pp. 3 – 5 .

Wiener, Martin J. "The Myth of William Morris." *Albion: A Quarterly Journal Concerned with British Studies*, vol. 8 , no. 1 , 1976, pp. 67–82.

"William Morris." *TLS*, no. 1677, March 22, 1934, pp. 201–02.

Yeats, W. B. Review of *The Well at the World's End*, by William Morris. *The Bookman*, November 1896, pp. 37–38.

阿見明子「ウィリアム・モリスの『ユートピアだより』──フェローシップの夢」、倉智恒夫他編『幻想のディスクール』多賀出版、1994年、583-608頁。

内田義郎「Poems by William Morris についての覚え書──Walter Pater 研究」、『長崎大学教養部紀要　人文科学篇』23巻 2 号、1983年、77-91頁。

生地竹郎「中世への憧憬と革命の夢──William MorrisのA Dream of John Ball」、『英語青年』119巻 8 号、1973年、 8 – 9 頁。

小田原克行「ペイター──『ウィリアム・モリスの詩』」、『人文研究』40巻11分冊、大阪市立大学文学部、1988年、15-40頁。

上坪正徳「幻想のエデン──ウィリアム・モリス『地上楽園』の冬の物語詩」、『埋もれた風景たちの発見』、中央大学出版部、2002年、253-312頁。

川端康雄「ウィリアム・モリス研究者としての大槻憲二──モリス誕生百年祭を中心に」、

『社会情報論叢』 8 巻、十文字学園女子大学社会情報学部、2005年12月、 1 –26頁。

─── 「『希望の巡礼』のリズム──ウィリアム・モリスの1880年代」、『ヴィクトリア朝文化研究』第14号、 3 –32頁、2016年11月。

木村正身「ウィリアム・モリス解釈の新段階」、『香川大学経済論叢』29巻 5 号、1957年 1 月。

─── 「"ロマン的反抗"の政策思想──ウィリアム・モリスの場合」、『香川大学経済論叢』35巻 4 号、1963年 2 月。

─── 「ウィリアム・モリスにおけるユートピア思想の性格──労働本質観を中心に」、『研究年報』 3 巻、香川大学経済学部、1964年 3 月、 1 –52頁。

木村竜太「変化はいかにして訪れるのか──ウィリアム・モリスの革命観」、同志社大学文化学会『文化學年報』第60号、2011年 3 月、35–56頁。

倉恒澄子「立ち昇る香り──ミルトンの『楽園喪失』における改悛の祈り」、甲南女子大学『英文学研究』44号、2008年、 1 –14頁。

厨川白村「詩人としてのヰリアム・モリス」、東亜協会『東亜の光』 7 巻 6 号、1912年 6 月、68–77頁。国立国会図書館デジタルコレクション https://dl.ndl.go.jp/pid/1591467

杉山真魚「ウィリアム・モリスの両義性とアーツ・アンド・クラフツ運動」『装飾の夢と転生──世紀転換期ヨーロッパのアール・ヌーヴォー』第一巻：イギリス・ベルギー・フランス編、国書刊行会、2022年、27–58頁。

高橋徹「ウィリアム・モリスと現代」、『東京経済大学人文自然科学論集』第28号、東京経済大学、1971年 6 月、53–83頁。

伊達功「二つのユートピア──ベラミーとモリスについて」、『松山商大論集』30巻 6 号、1980年 2 月、25–45頁。

中村英子「William Morris とアーサー王伝説──Guenevere をめぐって」、『Asphodel』同志社女子大学、Vol. 18、1984年、123–44頁。

仲村政文「ロマン主義的ユートピア思想の一類型──ウィリアム・モリス」、『鹿児島大学法学論集』37巻 1 ・ 2 号、2003年 6 月、A 1 –A61頁。

萩原博志「ペイターの『W.モリス論』のゆくえ」、『城西大学教養関係紀要』 3 巻 1 号、1979年 3 月、33–35頁。

藤井貴志「芥川龍之介とW・モリス『News from Nowhere』──モリス受容を媒介とした〈美学イデオロギー〉分析」、『日本近代文学』第74集、2006年、152–67頁。

細田あや子「中世における幻視と夢」、竹下政孝・山内志朗編『イスラーム哲学とキリスト教中世　III・神秘哲学』（岩波書店、2012年）、211–44頁。

宮川英子「ラファエル前派の詩人としてのウィリアム・モリス：『グェニヴィアの弁明』の現代性」、『中京大学教養論叢』第31巻 2 号、1990年12月、461–83頁。

森田由利子「ウィリアム・モリスの理想の書物――後期散文ロマンスにおける書物の表象」、『サピエンチア』43巻、聖トマス大学、2009年2月、179-94頁。

横山千晶「ウィリアム・モリスの歴史観――その夢物語をめぐって」、『芸文研究』通号49号、慶応義塾大学芸文学会、1986年、21-36頁。

―――「Nowhere（ユートピア）再訪――変化はいかにして起こり得るか」、『英語青年』136巻8号（ウィリアム・モリスの世界〈特集〉）、1990年11月、381-83頁。

―――「グウィネヴィアの弁明」（抄訳・解説）、『ユリイカ――詩と批評』9月号、青土社、1991年、64-65頁。

その他（事典類・データベース）

Drout, Michael D. C., editor. *J. R. R. Tolkien Encyclopedia: Scholarship and critical Assessment.* Routledge, 2007.

Mitchell, Sally editor. *Victorian Britain: An Encyclopedia.* Garland, 1988.

Oxford Dictionary of National Biography 〈https://www.oxforddnb.com〉

Oxford English Dictionary 〈https://www.oed.com〉

Wiener, Philip P., editor. *Dictionary of the History of the Ideas: Studies of Selected Pivotal Ideas.* Charles Scribner's Sons, 1974. 5 vols.

グラント、マイケル、ジョン・ヘイゼル『ギリシア・ローマ神話事典』西田実ほか訳、大修館書店、1988年。

田村秀夫・田中浩編『社会思想事典』中央大学出版部、1982年。

日本イギリス哲学会編『イギリス哲学・思想事典』研究社、2007年。

松島正一『イギリス・ロマン主義事典』北星堂書店、1995年。

カバー使用図版

Evans, Frederick H. Photograph of *Kelmscott Manor*. "Kelmscott Manor: In the Tapestry Room," by Evans, 1896. The Art Institute of Chicago, https://www.artic.edu/artworks/215564/kelmscott-manor-in-the-tapestry-room.

Morris, William. *Honeysuckle.* 1876. The Metropolitan Museum of Art, https://www.metmuseum.org/art/collection/search/222341.

―――*Corncockle.* 1883. The Art Institute of Chicago, https://www.artic.edu/artworks/39157/corncockle.

Burne-Jones, Edward, and Carl Hentschel. *Adam and Eve (Labour: Whan Adam Delved and Eve Span, Who Was Then the Gentleman?).* 1895 or later. The Metropolitan Museum of Art, https://www.metmuseum.org/art/collection/search/368270.

表紙使用図版

Morris, William, and Edward Burne-Jones. *The Kelmscott Press "Chaucer"*, 1896. Tokyo Fuji Art Museum, https://www.fujibi.or.jp/collection/artwork/01591.

人名・団体名索引

作品名は人名・団体名索引の作者項目に紐付けた。作者不明の場合は事項索引の項目とした。
ウィリアム・モリスに関連する項目は、作品名・講演題目、事項の順に並べた。

〈ア 行〉

アーツ・アンド・クラフツ展協会　Arts and Crafts Exhibition Society　153

アーノット，R・ページ　Arnot, R. Page　41

アーノルド，マシュー　Arnold, Matthew　40, 88

芥川龍之介　Akutagawa, Ryunosuke　9, 135, 148

アシュビー，C・R　Ashby, C. R　38

アリンガム，ウィリアム　Allingham, William　170

アン（女王）Anne　129

インクリングス　Inklings　17

ヴィオレ＝ル＝デュク，ウージェーヌ・エマニュエル　Viollet-le-Duc, Eugène Emmanuel　1, 14, 15

ヴィクトリア（女王）Victoria　26, 129

ウィクリフ，ジョン　Wycliffe, John　130

ウィリアム4世　William IV　129

ウェッブ，フィリップ　Philip Webb　29, 39, 171

ウェルギリウス　Virgil　87

　『田園詩』　87

ウォー，イヴリン　Waugh, Evelyn　8, 17

　『ブライズヘッド再訪』　8, 17

ウォーカー，エマリ　Walker, Sir Emery　153

ウォルポール，ホレス　Walpole, Horace　19, 36

　『オトラント城』　19

ストローベリ・ヒル　19

ヴォルム，オーレ　Worm, Ole　40

ウルナー，トマス　Woolner, Thomas　43

ウルフ，ヴァージニア　Woolf, Virginia　8, 16

　『ダロウェイ夫人』　8, 16

エドワード3世　Edward III　62

エドワード6世　Edward VI　2

エラストゥス，トマス　Erastus, Thomas　36

エリザベス1世　Elizabeth I　2, 21

エンゲルス，フリードリヒ　Engels, Friedrich [Frederick]　147

生地竹郎　Oiji, Takero　12, 117, 118, 130

オーウェン，ロバート　Owen, Robert　136

オーデン，W・H　Auden, Wystan Hugh　17

〈カ 行〉

カーライル，トマス　Carlyle, Thomas　23, 26, 31, 32, 37, 38, 40, 66, 115, 116

　『過去と現在』　23, 38, 116

キーツ，ジョン　Keats, John　41, 42

キーブル，ジョン　Keble, John　20

　「国民の背教」　20

キケロー　Cicero, Marcus Tullius　70

　『国家について』　70

ギトリン，トッド　Gitlin, Todd　8

キャサリン・オブ・アラゴン　Katherine of Aragon　21

ギョーム・ド・ローリス　Guillaume de Lorris　130

キングズリ，チャールズ　Kingsley, Charles

27, 47, 64, 65

『オールトン・ロック』 66

クランマー，トマス Cranmer, Thomas 37

クリスビー，リチャード Cleasby, Richard 40

厨川白村 Kuriyagawa, Hakuson 173

グレイ，トマス Gray, Thomas 40

グレナン，マーガレット・R Grennan, Margaret R. 7，5，32，40

ケンブリッジ・カムデン・ソサイエティ Cambridge Camden Society 20

コール，G・D・H Cole, George Douglas Howard 41

古建築物保護協会 Society for Protection of Ancient Buildings 31, 34, 102

コッカレル，シドニー Cockerell, Sir Sydney 130, 160

コットル，エイモス Cottle, Aimos Simon 40

『アイスランド詩』 40

コベット，ウィリアム Cobbett, William 37, 115

コリンスン，ジェイムズ Collinson, James 43

〈サ 行〉

齋藤勇 Saito, Takeshi 41

サウジー，ロバート Southey, Robert 31, 69

堺枯川〔利彦〕 Sakai, Kosen [Toshihiko] 147

ジェイムズ、ヘンリ James, Henry 11, 62, 70

『ノース・アメリカン・リヴュー』寄稿 62

ジェフリーズ，リチャード Jefferies, Richard 148

『ロンドン以後』 148

シダル，エリザベス Elizabeth Eleanor Siddal 67

シドニー，フィリップ Sidney, Sir Philip 149

『アルカディア』 149

社会主義同盟 Socialist League 39, 89, 145

社会民主連盟 Social Democratic Federation 39, 40

ショイ，アンドレアス Scheu, Andreas 27

スウィンバーン，アルジャノン・チャールズ Swinburne, Algernon Charles 62, 69, 70

「詩とバラッド」 70

スコット，ウォルター Scott, Sir Walter 19, 22, 31, 32, 34, 40, 42, 50, 60, 132

『アイヴァンホー』 132

『エイルビッギャ・サガ』要約 40

スタインベック，ジョン Steinbeck, John 8

『エデンの東』 8

スティーヴンズ，フレデリック・ジョージ Stephens, Frederic George 43

ストリート，ジョージ・エドマンド Street, George Edmund 29, 43, 171

スピヴァク，G・C Spivak, G. C. 178

スペンサー，エドマンド Spenser, Edmund 87

『羊飼いの暦』 87

聖ジョージ・ギルド Guild of St George 16

ソープ，ベンジャミン Thorpe, Benjamin 40, 65, 66

『詩のエッダ』翻訳 40

『神話学』 65, 66

ゾラ，エミール Zola, Émile 147

〈タ 行〉

ターナー，シャロン Turner, Sharon 22

『アングロサクソンの歴史』 22

人名・団体名索引　209

『ノルマン・コンクエストから1509年までの
　イングランドの歴史』　23
タイラー, ワット　Tyler, Walter［Wat］　109
ダセント, ジョージ　Dasent, Sir George Webbe
　40
　『ギスラのサガ』翻訳　40
　『ニャールのサガ』翻訳　40
チェスタトン, G・K　Chesterton, Gilbert Keith
　23
チャタトン, トマス　Chatterton, Thomas　15
チョーサー, ジェフリ　Chaucer, Geoffrey
　11, 34, 39, 60, 62-64, 70, 82, 86, 98, 102,
　103, 129, 130, 153
　『トロイラスとクリセイデ』　130
　『カンタベリ物語』　98
　『善女列伝』　60, 69
　『薔薇物語』　130
ディグビ, ケネルム　Digby, Kenelm Henry
　47
ディケンズ, チャールズ　Dickens, Charles
　42
ディズレリ, ベンジャミン　Disraeli, Benjamin
　37, 40
　『シビル、または二つの国民』　38
テニスン, アルフレッド　Tennyson, Alfred,
　Lord　11, 47, 60, 62, 64, 69, 87
　「麗しき女性たちの夢」　60, 69
　『王の歌』　60
　『ロックスリー・ホール』　60
デフォー, ダニエル　Defoe, Daniel　42
デューラー, アルブレヒト　Dürer, Albrecht
　68
デュマ・ペール, アレクサンドル　Dumas,
　père, Alexandre　42
ド・クィンシー, トマス　De Quincey, Thomas
　64
ドイツ工作連盟　Deutscher Werkbund　38

東方問題連合　Eastern Question Association
　31
トールキン　Tolkien, J. R. R.　10, 17, 176,
　178
　『指輪物語』　17, 178
　『ロード・オブ・ザ・リング』（映画）　161
トムスン, E・P　Thompson, E. P.　41
トルストイ, レフ　Tolstoy, Leo　147

〈ナ　行〉

ニール, ジョン・メイスン　Neale, John
　Mason　36
西脇順三郎　Nishiwaki, Junzaburo　9
ニューマン, ジョン・ヘンリ　Newman, John
　Henry　20, 21, 24, 26, 27, 36, 83
ネグリ, アントニオ　Negri, Antonio　8
ノヴァーリス　Novalis　83

〈ハ　行〉

パーシー, トマス　Percy, Thomas　40
　『北方の古代文化』　40
ハート, マイケル　Hardt, Michael　8
バーン＝ジョーンズ, エドワード　Burne-
　Jones, Sir Edward　29, 41, 43-45, 48,
　68, 88, 103, 129, 157, 171
　《「怠惰」の戸口の前の巡礼》　130
　《夢みるチョーサー》　129
バーン＝ジョーンズ, ジョージアナ　Burne-
　Jones, Georgiana　158
ハイヤーム, オマル　Khayyám, Omar　158
　『ルバイヤート』　158
ハインドマン, ヘンリ　Hyndman, Henry
　Mayers　39, 129
バウハウス　Bauhaus　38
バックス, E・ベルフォート　Bax, Earnest
　Belfort　129, 132
コヴェントリ・パトモア　Patmore, Coventry

バトラー，サミュエル　Butler, Samuel　148

　『エレホン』　148

ジョン・バニヤン　Bunyan, John　42

バリー，チャールズ　Barry, Sir Charles　36

ハント，ウィリアム・ホルマン　Hunt, William Holman　43

ピュージ，エドワード　Pusey, Edward　21, 36

ピュージン，A・W・N　Pugin, Augustus Welby Northmore　20, 23-25, 36, 37, 39, 40, 50, 124-126, 133, 139

　『対比』　23-25, 50, 139

ヒル，ジェフリ　Hill, Sir Geoffrey　17

フーリエ，シャルル　Fourier, François Marie Charles　136

フォークナー，チャールズ　Faulkner, Charles　29

プライス，コーメル　Price, Cormell　39

フライ，ノースロップ　Frye, Northrop　17, 32, 33, 41, 42

ブラウニング，ロバート　Browning, Robert　11, 61, 69

　「最後の遠乗り」　69

ブラント，ウィルフリッド・スコーイン　Blunt, Wilfrid Scawen　157

ブレイク，ウィリアム　Blake, William　148

フロワサール，ジャン　Froissart, Jean　101, 129

　『年代記』　101

ペイター，ウォルター　Pater, Walter　11, 83, 84, 88

　「ウィリアム・モリスの詩について」　83

　『ウエストミンスター・リヴュー』　87

　『鑑賞』　88

　『ルネサンス』　84

　『ルネサンス──芸術と詩の研究』　88

『ルネサンス史研究』　83, 88

ベーベル，アウグスト　Bebel, August　147

ベケット，トマス　Becket, Thomas　64, 70

ベラミ，エドワード　Bellamy, Edward　13, 135, 136, 147

　『顧みれば』　13, 135-137

ベロック，ヒレア　Belloc, Joseph Hilaire Pierre René　23

ヘンリ2世　Henry II　70

ヘンリ8世　Henry VIII　2, 21, 37

ホーソーン，ナサニエル　Hawthorne, Nathaniel　42

ボール，ジョン　Ball, John　104, 109, 114, 130, 132, 145

ホメロス　Homer　16, 42

　『オデュッセイア』　33

ボロー，ジョージ　Borrow, George Henry　42

〈マ 行〉

マーシャル，ピーター・ポール　Marshall, Peter Paul　29

マクドナルド，ジョージ　MacDonald, George　40

マグヌスン，エイリクル　Magnússon, Eiríkur　30

マッケイル，ジョン・W　Mackail, John W.　40

マルクス，カール　Marx, Karl　9, 129, 147

マロリー，トマス　Malory, Sir Thomas　34, 60, 61, 158

　『アーサー王の死』　34, 60, 69, 158

宮沢賢治　Miyazawa, Kenji　135, 148

ミルトン，ジョン　Milton, John　132

　『楽園喪失』　132

ミレイ，ジョン・エヴァレット　Millais, Sir John Everett　43, 45

　《両親の家のキリスト》　45

民主連盟　Democratic Federation　29, 31, 39, 101

メアリ1世　Mary I　21

モア，トマス　More, Sir Thomas　148
　『ユートピア』　148

モーリス，F・D　Maurice, F. D.　66

モリス，ウィリアム　Morris, William
　『イアソンの生と死』　30, 62, 69, 89
　『ヴォルスンガ・サガ』　33
　『ウォルフィング家の人々』　17
　《麗しのイズー》　67
　『オックスフォード・アンド・ケンブリッジ・マガジン』　48, 51, 59, 60, 65, 71, 86
　『折節の詩』　89
　『輝く平原の物語』　151, 158, 159, 170
　「起源からの社会主義」（バックス共著）　132
　「北フランスの教会群」　51, 57
　「希望の巡礼者」　11, 12, 86, 89, 90, 92, 98, 99, 101, 127, 128, 178
　「グウィネヴィアの抗弁」　61, 69
　『グウィネヴィアの抗弁とその他の詩』　33, 60, 62, 68, 71, 72
　「芸術と大地の美」　99, 119, 173
　『芸術に対する希望と不安』　31
　『ゴシックの本質』（ラスキン）序文　30
　「ゴシック本の木版画」　155
　『コモンウィール』　31, 89, 101, 118, 132, 135, 147
　『サンダリング・フラッド』　13, 122, 160
　『ジェフリ・チョーサー作品集』　153, 157
　『社会主義──その発展と成果』（バックス共著）　105
　「十五世紀のウルムとアウグスブルクの木版画入り本の芸術的特性について」　68
　『ジョン・ボールの夢』　8, 13, 48, 86, 89, 97, 98, 101-105, 114, 117, 125, 127-129,

132, 135, 137-139, 141, 145, 146, 159, 160, 168, 174, 178
　「新時代の夜明け」　145
　『世界の果ての泉』　33, 141, 152
　「代用品」　170
　『地上楽園』　7, 11-13, 30, 33, 62, 71, 72, 76, 83, 84, 86, 87, 89, 90, 92, 98, 103, 116, 146, 151, 153, 158, 170
　「中世彩飾写本についての若干の考察」　171
　「共に駆ける」　69
　「人知れぬ教会の物語」　11, 33, 48, 59, 122
　「フランクの封書」　60, 87
　「文明の希望」　97, 127
　『ペル・メル・ガゼット』寄稿　34, 42
　「変革の兆」　31, 70
　「封建時代のイングランド」　62, 103
　「民衆の芸術」　39
　「柳と赤い崖」　48, 68
　『山々の麓』　17, 33, 141
　『ユートピアだより』　11, 13, 34, 40, 81, 89, 93, 114, 127, 135-137, 139, 143, 145-148, 151, 160, 165, 168, 170, 175
　「夢」　11, 59
　「リンデンボルグ池」　65, 71
　アイスランドへの関心　31, 42, 88, 116, 161
　アイスランド旅行　86, 88, 160
　イタリア旅行　88
　ヴィジョン　12, 13, 80, 85, 89, 90, 98, 127, 147, 169
　オックスフォード・ユニオン談話室壁画　67
　画家　46
　北フランス旅行　2, 48, 49
　教会　102, 105, 106, 118, 119, 121-124, 128, 161

芸術　5, 13, 26, 33, 35, 46, 58, 62, 65, 68, 119, 169

芸術家　27, 28, 47, 102, 169

ケルムスコット・プレス　13, 27, 68, 69, 103, 147, 151, 152, 159

建築　13, 156, 157

講演活動　31

後期（散文）ロマンス　6, 13, 17, 33, 151, 159, 166, 170

工芸　140, 160, 163, 169, 173

工芸家　9, 29

彩飾写本　28, 64, 138, 153, 157

詩　35, 46-48

詩人　7, 11, 33, 72, 74, 86, 90, 98, 102, 153, 176

社会主義者　5, 9, 27, 28, 33, 40, 99, 102, 153

社会主義転向　28, 91, 118

商会活動　29, 62

書物・出版　13, 153, 156, 157

聖書　42, 51, 57, 103, 132, 158

聖職者　27

戦争の機械　94, 98, 99, 128

タイポグラフィ　152, 153

「中世」　6, 9, 10, 13, 71, 72, 135-137, 139, 145, 146, 151, 169, 173, 175, 177

中世主義者　5, 17, 24

デザイン　47

フェローシップ　12, 13, 74, 83, 97, 98, 102, 104, 106-113, 115, 117-122, 127, 128, 139, 145, 159, 160, 165, 168

文学　17, 19, 43, 58, 62

翻訳　13, 33, 88

夢　9, 13, 53, 54, 59, 64, 69, 70, 72, 76, 79, 83, 89, 98, 103, 104, 106-108, 110, 111, 114, 122, 127, 146, 147

歴史　34, 160, 169, 175

レッド・ハウス　29, 69

労働　5, 6, 140

ロンドン　75, 76, 84-86, 90, 93, 94, 113, 121, 128, 138, 145, 176

モリス（バーデン），ジェイン　Morris［née Burden］, Jane　18, 41, 47, 72, 88, 95

モリス，ジェニー　Morris, Jane Alice［Jenny］ 41

モリス商会　Morris & Co.　39

モリス・マーシャル・フォークナー商会　Morris, Marshall, Faulkner & Co.　29

モリス，メイ　Morris, Mary［May］　41, 68, 89, 104, 160, 172, 175

〈ヤ　行〉

ヤコブス・デ・ウォラギネ　Jacobus de Voragine 158

　『黄金伝説』　158

ヤング，シャーロット・M　Yonge, Charlotte M. 48, 68

　『レッドクリフの相続人』　48, 68

ユゴー，ヴィクトル　Hugo, Victor　42

〈ラ　行〉

ラスキン，ジョン　Ruskin, John　5, 6, 16, 24, 27, 30-32, 34, 37, 38, 41, 43, 47, 52, 68, 88, 99, 101, 115, 116, 137, 148, 158, 170, 172

　『アミアンの聖書』　51

　『ヴァル・ダルノ』　38

　『ヴェネツィアの石』　30, 99

　『近代画家論』　43

　『建築の七燈』　24

　『この最後の者にも』　158, 172

　『フォルス・クラヴィゲラ』　16, 99

ラファエル前派　Pre-Raphaelite, PRB　7, 11, 12, 29-31, 41, 43-45, 59, 62, 64, 67-70,

人名・団体名索引　213

103

ラファエロ　Raffaello　43

ラングランド，ウィリアム　Langland, William
　12, 64, 102, 103, 130

『ウィリアムが見た農夫ピアズのヴィジョン』
　12, 42, 102, 103, 129, 130, 158

リンガード，ジョン　Lingard, John　23, 37

『イングランドの歴史』　23

ルイス，C・S　Lewis, Clive Staples　6,
　10, 17, 31, 32, 146, 176

ルイス，マシュー・グレゴリ　Lewis, Matthew
　Gregory　64

『修道士』　64

ルソー，ジャン＝ジャック　Rousseau, Jean-
　Jacques　143

レイン，サミュエル　Laing, Samuel　40

レザビー，W・R　Lethaby, W. R.　38

ロウ，ロバート　Lowe, Robert　40

ロセッティ，ウィリアム・マイケル　Rossetti,
　William Michael　43, 44

ロセッティ，クリスティナ・ジョージーナ
　Rossetti, Christina Georgina　44

ロセッティ，ダンテ・ゲイブリル　Rossetti,
　Dante Gabriel　11, 29, 31, 41, 43-47, 59,
　60, 68, 86

「手と魂」　44

《見よ、我は主の婢なり（受胎告知）》　45

〈ワ　行〉

ワーズワース，ウィリアム　Wordsworth,
　William　28

ワイルド，オスカー　Wilde, Oscar　88

事項索引

〈ア 行〉

アーサー王伝説　35, 48, 60, 103
アーツ・アンド・クラフツ運動　27, 38
アイスランド・サガ　「サガ（文学）」参照
「アミとアミールの友情」　69
アングリカニズム　20
アングロ・カトリシズム、アングロ・カトリック　28, 64
暗黒の中世　2, 10
異教（性）　6, 66, 116
『逸楽の国』　148
イングランド教会　22, 37
イングランドの状態　26, 38
イングリッシュネス、イングランドらしさ　22, 115, 129
ヴァイキング　5, 40
ヴィクトリア時代　7, 10, 12, 18, 26, 33, 41, 47, 61, 71, 83, 115, 139, 141, 142, 152
ウェストミンスター宮殿（国会議事堂）　3, 20
『エッダ』　42
エラストゥス主義　36
オックスフォード運動　6, 10, 20, 23, 26–28, 36, 64, 68

〈カ 行〉

革新主義　135, 136
カトリシズム　5, 21, 23, 117, 118, 125, 132
カトリック　2, 4, 6, 20, 37, 105
カトリック解放　22, 23, 37
カトリック教会　21, 22, 64
カトリック知識人　23
雅量　7, 16

歓待　7
カンタベリ司教座聖堂（大聖堂）　70, 157
騎士道　16, 35, 50
教会芸術、教会建築　20, 119, 120
ギリシア・ローマ古典／神話　62, 86, 103
キリスト教社会主義　6, 66
キリスト教世界　36
キリスト教中世　4, 117, 118
近代化　2, 5, 11, 19, 21, 22
グラストンベリ　35
グランド・ツアー　15
芸術社会主義　122, 137
劇的独白　62
好古趣味　2, 19, 24, 35, 60
国王至上法　37
ゴシック建築　19, 58, 139
ゴシック小説　11, 19, 20, 41, 48, 50, 54, 64
ゴシック様式　1, 3, 15, 20, 29
ゴシック・リヴァイヴァル　2–4, 10, 24, 36, 126, 152, 154, 170
ゴシック・ロマンス　42
国教会体制　21
古典主義　132

〈サ 行〉

サガ（文学）　5, 6, 40, 86, 102, 160
サバルタン　10, 178
産業化　24
産業革命　19, 23
『時局冊子』　36
社会主義　6–8, 12, 17, 26, 29, 31, 33, 35, 85, 86, 89, 98, 101, 102, 129, 132, 135, 137, 151, 154, 166, 169
宗教改革　22, 105, 132

事項索引　215

宗教革新議会　21

修道院の解散　37

修道院の破壊・掠奪　21

修復　1，14，20，29，31，40，101，170

上告禁止法　37

小説　33，42

叙事詩　34，101，155

審査法　37

神話　11，13

スピリチュアリズム　69

聖人崇敬　14

聖メアリ・レドクリフ教会　15

『千一夜物語』　42

〈タ　行〉

第一次選挙法改正法　37

チャーティスト運動　66

中産階級　26，103，127，133

中世主義　4-8，10，12，19，26，31，32，41，
　47，71，102，115，146，154

中世趣味　4，9，28，41，86，102

中世ロマンス　34，41，69

中道　21，37

帝国主義　22

伝承文学　6

東方問題　40

トーリー　115

トラクタリアン　36

〈ナ　行〉

ナショナリズム　35

『ニーベルンゲンの歌』　42

熱狂的愛国主義　116

農民反乱（1381年）　101，102，109，117，129，
　130

ノートルダム司教座聖堂（アミアン大聖堂）
　29，51，52

ノートルダム司教座聖堂（シャルトル大聖堂）
　29，51，157

ノートルダム司教座聖堂（ノートルダム・ド・
　パリ）　1，2，14

のぞきからくり　107，132，138

ノブレス・オブリージュ　16

ノルマン・コンクエスト　70

〈ハ　行〉

廃墟　10，15，19，48-50

拝金主義　24

ハイ・チャーチ主義　27

バラッド　35，62

パリ・コミューン　97

万国博覧会　39

美学　27，32

ピクチュアレスク　19

美的感覚　26

ピュージ主義　27

ピューリタニズム　28，38，132

ファンタジー　176，178

二つの国民　26，37

フランス革命　1，22，23

ブリティッシュネス　22

ブルジョワジー　95

プロテスタンティズム　21，22，28，24，132

プロテスタント　37，38，105

分業　30，174

分離派　38

平民社　147

ホイッグ史観　115

『萌芽』　44，46

封建制、封建主義　24，132

北欧サガ　「サガ（文学）」参照

北欧趣味　48，65

北欧文化　18

ポスト・コロニアリズム　178

牧歌文学　　87, 149
ボドリ図書館　　28, 153

〈マ　行〉

民衆の建築（芸術）　　58, 126
民主主義　　115, 118, 133
メリー・イングランド　　107, 116, 174

〈ヤ　行〉

唯美主義　　9 , 62, 84

ユーゲントシュティール　　38
ユートピア　　13, 33, 71, 115, 117, 135, 148
夢・ヴィジョン（文学）　　64, 70, 102

〈ラ　行〉

ロマン主義　　15, 22, 41, 64, 143
ロマンス　　11, 34, 35, 41, 175, 176
ロマンティック・ナショナリズム　　5 , 19
ロラード派　　62, 103, 130

《著者紹介》

清川 祥恵（きよかわ さちえ）

　神戸大学大学院国際文化学研究科博士課程後期課程修了。博士（学術）。現在、佛教大学文学部講師、神戸大学国際文化学研究推進インスティテュート連携フェロー。専門は英文学、ユートピアニズム。共編著に『人はなぜ神話〈ミュトス〉を語るのか──拡大する世界と〈地〉の物語』（文学通信、2022年）、『なぜ少年は聖剣を手にし、死神は歌い踊るのか──ポップカルチャーと神話を読み解く17の方法』（文学通信、2024年）など。分担執筆に「崩れ墜つ天地のまなか──原民喜の幻視における魔術的現実」（斎藤英喜編著『文学と魔術の饗宴・日本編』小鳥遊書房、2024年）がある。

ウィリアム・モリスの夢
──19世紀英文学における中世主義の理想と具現──

2025年2月28日　初版第1刷発行	＊定価はカバーに表示してあります

著　者　　清　川　祥　恵ⓒ

発行者　　萩　原　淳　平

印刷者　　河　野　俊一郎

発行所　株式会社　晃　洋　書　房

〒615-0026　京都市右京区西院北矢掛町7番地

電話　075（312）0788番（代）

振替口座　01040-6-32280

装丁　尾崎閑也　　　　印刷・製本　西濃印刷㈱

ISBN 978-4-7710-3893-6

JCOPY 〈㈳出版者著作権管理機構　委託出版物〉

本書の無断複写は著作権法上での例外を除き禁じられています．複写される場合は，そのつど事前に，㈳出版者著作権管理機構（電話 03-5244-5088, FAX 03-5244-5089, e-mail:info@jcopy.or.jp）の許諾を得てください．